U0478847

有一种力量，叫文学；
有一种美好，叫回忆；
有一种感动，叫青春；
有一种生命，在鲁院！

鲁迅文学院「百草园」书系

纸上的旷野

李木马◎著

ZHI SHANG DE KUANGYE

江西高校出版社
JIANGXI UNIVERSITIES AND COLLEGES PRESS

节奏不断加快的当下生活，
谁都需要一片精神的旷野，
让心灵之花安静地绽放。

图书在版编目（CIP）数据

纸上的旷野 / 李木马著. —南昌：江西高校出版社, 2017.5

（鲁迅文学院“百草园”书系）

ISBN 978-7-5493-5352-1

Ⅰ. ①纸… Ⅱ. ①李… Ⅲ. ①散文集—中国—当代 Ⅳ. ①I267

中国版本图书馆CIP数据核字(2017)第100414号

出版发行	江西高校出版社
社　　址	江西省南昌市洪都北大道 96 号
总编室电话	（0791）88504319
销售电话	（0791）88595089
网　　址	www.juacp.com
印　　刷	北京一鑫印务有限责任公司
经　　销	全国新华书店
开　　本	700mm × 1000mm　1/16
印　　张	14.75
字　　数	182 千字
版　　次	2017 年 5 月第 1 版
	2020 年 7 月第 2 次印刷
书　　号	ISBN 978-7-5493-5352-1
定　　价	39.00元

赣版权登字-07-2017-458

版权所有　侵权必究

图书若有印装问题，请随时向本社印制部（0791-88513257）退换

目录 Contents

从黑格尔之“黑”说起

那天看书愣神儿，突发奇想：认为黑格尔的“黑”与墨迹之黑有关，黑与白的辩证关系无以穷尽……于是“牵强附会”地“牵”出这篇小文。

黑格尔是辩证法思想的集大成者，而书法之黑白关系，在高度上与哲学是共通的。在哲学史上，黑格尔第一次把辩证法看作是一切运动、一切生命、一切事业的推动原则，是一切真正科学知识的灵魂。而在书法理论领域，先人们也在很早时候就表现出了辩证思维的色彩。千年以降，辩证思维在书法理论和实践中丰富和发展，成为树木一样蓬勃、葳蕤，极富生命力的艺术图腾。

由于象形是汉字构造的基础，在早期的书法理论中，是以形象思维占主体地位的，东汉蔡邕《篆势》中称篆书特点是“或象龟文，或比龙鳞，纡体放尾，长翅短身，颓若黍稷之垂颖，蕴若虫蛇之棼缊”。书写应“似水露缘丝，凝垂下端，纵者台悬，衡者如编，杳杪斜趋，不方不圆，若行若飞……”。崔瑗在《草势》中论及草字的书写特点时写道：“抑左扬右，兀若竦峙，兽跂鸟跱，志在飞移，狡兔暴骇，将奔未驰。”西晋辞赋家成公绥在《隶书体》一文赞扬隶书“烂若天文之布曜，蔚若锦绣之有章……或若虬龙盘游，蜿蜒轩翥，鸾凤翱翔，矫翼欲去，或若鸷鸟将出，并体抑怒，良马腾骧，奔放向路……”形象之极又动感十足。这些精彩纷呈的文字，显示出了古人专注的观察力与丰富的想象力。

唐代大文学家韩愈在《送高闲上人序》中以雄健而形象的文字，在高度评价了张旭草书艺术的同时，深入探究了他的艺术来源“往时张旭善草书，不治他技。喜怒窘穷、忧悲、愉佚、怨恨、思慕、酣醉、无聊、不平，有动于心必于草书焉发之，观于物，见于山水崖岩，鸟兽虫鱼，草木之花实，日月星列，风雨水火，雷霆霹雳，歌舞战斗，天地事物之变，可喜可愕，一寓于书。故旭之书，变动犹鬼神，不可端倪，以此终其身而名后世”。以形象思维论书，窃以为莫过于孙过庭《书谱》：“观夫悬针垂露之异，奔雷坠石之奇，鸿飞兽骇之姿，鸾舞蛇惊之态，绝岸颓峰之势，临危据槁之形。或重若崩云，或轻如蝉翼，导之则泉注，顿之则山安，纤纤乎似初月之出天涯，落落乎犹众星之列河汉……”这段神采飞动、自由恣肆又准确精当的文字，成为书法史上的绝唱。

我们注意到，作为线条造型艺术的汉字，其象征性与抽象性在演变过程中逐渐成为它的基本品质，既然是具有建筑感的空间造型艺术，它的属性中，就离不开“结构”和“逻辑”，当然也离不开涵盖万物的“辩证”。东汉崔瑗在《草势》中论及草书的书写特点时写道“方不中矩，圆不副规”，较早地流露出书家的辩证思维。

这种可贵的辩证当属逻辑思维的范畴。在习字和阅读的过程中我发现，随着汉字逐渐脱离象形而走向高度概括的抽象，在书法家和书法理论的思维中，“辩证”的色彩浓厚起来了。只是这种“辩证”如同老子《道德经》中的辩证，还是一种朴素的、下意识的理论，更多的是一种感觉和直觉的成分，尚未上升到较完备的理论层面。

崔瑗之后，书论中这样的论述多起来了。“为点必收，贵紧而重；为画必勒，贵涩而迟；为撇必掠，贵险而劲；为竖必努，贵战而雄。”（李世民《笔法诀》）“横毫侧管则钝慢而肉多，竖管直锋则干枯而露骨”“笔长不过六寸，捉管不过三寸，真一、行二、草三，指实掌虚。”（虞世南《笔髓论》）北宋大文学家、书法家苏轼也在《论书》中写道：“书法备于正书，溢而为行草。未能正书，而能行草，犹未尝庄语，而辄放言，无是道也。……真书难于飘扬，草书难于严重，大字难于洁密而无间，小字难于宽绰而有余。”

接下来我们有必要重点提到两位书法理论家，是他们将书法中的辩证思维推向了新的高度。头一个还是前面说过的孙过庭。还是在那篇名垂青史的《书谱》中，孙过庭冷静而深有体会地写道："初学分布，但求平正；既知平正，务追险绝；既能险绝，复归平正。初谓未及，中则过之，后乃通会。通会之际，人书俱老。"这段精妙入理之语，道出了从平到险，由险复平的三个阶段。他还提出"违而不犯，和而不同"，道出了和谐与变化、法则与创新的关系。又如"凛之以风神，温之以妍润，鼓之以枯劲，和之以闲雅"，主张刚柔并济，枯润相兼的效果。更令人钦敬的是，孙过庭不仅从写字的结构、用笔等方面提出自己独到的辩证思想，他在《书谱》之中，对书家的年龄还有过曼妙的一说："若思通楷则，少不如老；学成规矩，老不如少；思则老愈妙，学乃少而可勉。"逻辑和理性的气息弥散于字里行间。

另一位辩证书法理论家是清代笪重光。他的书法论著有一个诗意的名字——《书筏》，浩浩荡荡的墨海，一叶书筏，溯流而上！《书筏》一卷，载论书札记凡二十八则，言简意赅，充溢着形而上的逻辑辩证思维，是一篇难得的精粹之作，摘录如下：论用笔。"横画之发笔抑，竖画之发笔俯，撇之发笔重，捺之发笔轻，折之发笔顿，裹之发笔圆，点之发笔挫，钩之发笔利，一呼之发笔露，一应之发笔藏，分布之发笔宽，结构之发笔紧。""横之出锋或收或出，竖之出锋或缩或垂，撇之出锋或掣或卷，捺之出锋或回或放"。更精彩的是下面一段："将欲顺之，必故逆之；将欲落之，必故起之；将欲转之，必故折之；将欲掣之，必故顿之；将欲伸之，必故屈之；将欲拔之，必故擫之；将欲束之，必故拓之；将欲行之，必故停之"。最后他提炼总结："书亦逆数焉。"论布白。笪氏精于画理，故以黑白虚实论书，如"匡廓之白，手布均齐；散乱之白，眼布匀称。""黑圆而白方""黑之量度为分，白之虚净为布。"论呼应和变化。如"起笔为呼，承笔为应。或呼急而应迟，或呼缓而应速。"如"真行、大小、离合、正侧章法之变，格方而棱圆，栋直而纲曲，佳构也。"如"活泼不呆者其致豁，流通不滞者其机圆，机致相生，变化乃出。"所以，王文治在书后跋："此卷为笪书中无上妙品，其论书深入三昧处，直与孙虔礼并传。"

除此二人，还应该一提的是清朝写出《艺概》一书的刘熙载，他写道："……惟笔方欲行，如有物以拒之。竭力而与之争，期不期涩而自涩矣。""画山必有上峰，为诸峰所拱向；作字必有主笔，为余笔所拱向。主笔有差，则余笔皆败，故善书者必争此一笔。""结字疏密须彼此互相乘除，故疏不嫌疏，密不嫌密也。""学书者始由不工求工，继由工求不工。不工者，工之极也。""怪石以丑为美，丑到极处，便是美到极处……"

而说到以丑为美，又不得不说到一个叫傅山的书法家。明亡后，一个誓死不食清禄的晚明孤臣。特殊的时代和特殊的人生际遇，使这个半僧半俗的奇人成了书法史上具有划时代意义的巨擘。他以特立独行的叛逆性格在书法创作中将明清积习一扫而空，在理论上又乾坤力扭，改变了沿袭日久的审美定势，他提出"宁拙毋巧，宁丑毋媚，宁支离毋轻滑，宁真率毋安排"的书法审美观，指引了清朝三百年书法发展的基本方向。

整个书法史，假如说有一根主线贯穿始终，那就是辩证法。从王羲之到颜真卿，从赵孟頫到傅山，书法大家的书风变化均能证此理；疏密、俯仰、向背、迎让、参差、呼应、疾徐、轻重、欹正……书法之技亦能证此理。

小到具体点画，大到审美定式，扭住辩证法的牛鼻子，一切都会迎刃而解。

艺术版图之瑰丽处恰在于具象和抽象之间，它的目的在于抵达意识和直觉。孙过庭说："艺之至，未始不与精神通。"所以，书法最高追求不在于它的形式之美，而在于它所表达的内在理念之美，黑格尔在《美学》中写道："遇到一件艺术品，我们首先见到的是它直接呈现给我们的东西，然后再追求它的意蕴或内容。前一个因素——即外在的因素——对于我们之所以有价值，并非由于它所直接呈现的；我们假定它里面还有一种内在的东西，——即一种意蕴，一种灌注生气于外在形状的意蕴。"用极度简洁又抽象的线条组合体传达一种深刻和有趣的东西——这样，技法中的"小辩证"就上升到了审美的宏观辩证思维了。

向抽象前进

翻到德国画家多萝泰娅·莎萨尔的油画集，想到了多年前在中国美术馆那次印象深刻的画展参观，心中慢慢生发出一些感触。

从较大的美术范畴来讲，莎萨尔的绘画属于现代绘画，从具体的绘画风格上说，她的画属于20世纪后期崛起的德国新表现主义画风，画中都不是特别具象的事物，粗犷得类似中国书法狂草的奔放线条，明显看出具象向抽象前进的轨迹。我的文学艺术的现代意识是来源于现代绘画的。由具象向抽象前进，可能是每个艺术工作者的必由之路，但很多人都是通过“曲径”而“通幽”的。有的借助音乐，有的借助戏剧，有的借助舞蹈……总之更多的是那些可观可闻可感的事物帮我们这个忙。1997年，北京中国美术馆举办米罗现代绘画大展，我坐火车过来，在那里待了一整天（有点像欧阳询观碑流连三日的感觉）。他的点线面的意味，他的色彩语言，总能准确地契合你意识中朦胧的东西，米罗的每一幅画，总能让你饶有兴致地琢磨老半天。而莎萨尔的画是介于具象与抽象之间的，为我们理解由此及彼的路径搭设了“梯子”。

现代艺术的主旨无非是把艺术主旨从表现自然世界转向了人的内心和意识。这是从欧洲文艺复兴以来艺术创作领域特别是艺术观念的革命性进步。自19世纪以来，现代主义思潮几乎席卷了文学、绘画、舞蹈、音乐、戏剧、电影等等所有的艺术领域。它成为受到大多数公众欢迎、欣喜和一些意识保守者不得不接受的现实。总之，世界上的物质不尽是具体的自然存在，比如特别重要的“思想”“意识”“观念”“情绪”等等，看不见，抓不着，但谁都不会否认它们的存在。痴迷于现代艺术探索的人们，大都热衷于探索这个空间。人内心的世界和自然宇宙一样宽广无垠，这是一个早已存在又很少被艺术再现和开掘的世界。

崛起于20世纪初期的德国表现主义画风和同世纪后期的新表现主义画风，与19世纪法国的“印象派”一脉相承，都是摒弃自然主义的客观再现，追求自我感受的主观表现。只是新表现主义已经从表现主义的注重社会变革和冲突中人性的异化或存在的焦虑（这些主题与文学中的“嚎叫派”和“垮掉的一代”异曲同工），转向表现个人情感世界变化丰富的心理空间。说得通俗一些，这时候的人们已经从突如其来的社会经济和大工业变革中让身心安定下来，安然认领命运并开始享受现代文明的社会现实成果。我认为，莎萨尔的艺术之河主要有两个源头，用她自己的话说：“我在既受到法国比较柔和的一面，又受到德国富于攻击性一面的启示下，通过将材料加以掺和、刮来刮去、去除、覆盖与重新寻求的方式，不自觉地寻找着新的表现方式与技术。”由她的艺术源头溯流而上，我们还可以看到米开朗基罗、伦伯朗、雷东、透纳、马蒂斯、高更、凡·高以及诺尔德、希基纳……扎实的基本功和上苍赐予的天赋和灵感使她在艺术天空上如生双翼。

正如莎萨尔所言：“我的作品像生活一样丰富多变”，“我的作品产生于我的灵魂深处”。正如我国著名学者王镛教授所说：“她的绘画首先偏重于色彩，其次是线条，相对忽略结构……”她的画的确特别强调了色彩自身独立的表现性，以色彩准确地抵达心灵。她喜欢用红、黑、蓝、白、黄在突兀的强烈对比中形成一种内在的冷静，而在这种冷静中又充满了明亮和欢快、趣味和细腻。她在一首诗中写道：“醉心于粉红色，直至穿透身体内部。”我也的确在她的很多画中看到了这种浅紫，像同样作为画家诗人的艾青在《大堰河》中所写到的“紫色的灵魂”。有趣的是，莎萨尔的浅紫也总是出现在图画的灵魂位置。不仅如此，她笔下的色彩还是有声音的，而且这声音还有着音乐的旋律（她自己也说：我希望在一种安静的、有音乐的环境下作画）。她的笔触在粗砺、狂放中体现出特有的内涵和质地（她喜欢风与风暴），抽象中可以心领神会地窥见不经意的细微之妙和灵犀一闪，甚至能从没有五官的抽象女性画面中，可以隐约觉察到她微风中俏丽的发梢和低垂含情的眼睑……最见功夫的地方告诉我们一个道理：由具象向抽象前进的道路是循序渐进的，必须以扎实的艺术功底和不断提升的艺术观念为前提。说到这里，联想起两件事颇能说明这个道理。一是前几年有人说上海金山农民的抽象画和毕加索的作品几无二致，艺术大师的东西也不过如此。这话显然是有失偏颇的。上海作家王安忆在一篇讲小说的讲稿中回答了这个问题。她说的大致的意思是，毕加索的抽象画和金山农民的抽象画都可以说是感性的，“可是毕加索的感性认识是经过了理性的阶段，它里面是有升华的。”“他的感性世界包含了理性的果实……”。还有就是目前很多人说看不懂所谓书法家的书法，歪歪扭扭的，像儿童写的字，还有人把书法家的字和小孩的字作过比较，还真差不多。有前面说的这个例子，说到这里似乎就应该打住了。郑板桥的“难得糊涂”很多地方都见得到，字像喝醉了酒似的，不少人说这样的水平也叫书法家?！其实郑氏还真是算不上历史上太出色的书法家，但绝对也是当时不凡的高手了，他 30 来岁写的规规矩矩的小楷可是棒极了……

扯远了点，收回来。莎萨尔的艺术探索并不是停留在表面的色彩和形式上，既然是表现丰富的心灵世界，那么它们就一定是深刻的和有思想的，里面就一定包含着矛盾、冲突、恐惧和不安……在一幅名叫《梦 A》的作品中，一块红色楔子闪闪发光，其标题亦可解释成“心灵创伤”。在这幅描绘精神崩溃的画作中，让人看到的是混乱与迷失……其实我们仔细想想，人类对世界的认识还相当有限，隐忍、恐惧、不安、迷惑和乐观、探索、坚强、自信一样重要。艺术探索的责任不仅是提供花园和牧场，还有悬崖和深渊。莎萨尔的色彩和线条都让我想到了这些。她画中的人物很多都只有一只眼睛，她分明是在暗示现实中被遮蔽的那部分东西，不过那已经是我在另一篇短文中要说的了。

莎萨尔还是一位不错的诗人，她坦言波德莱尔的诗集是她许多作品的起点。

比例失调的古人

晚上擦地时，把墩布想象成一只大毛笔，擦地就当是练字呢，这样就不觉得累啦！

想到古往今来众多书法家书风之变，暗想，当数颜真卿为最。虽然都是楷书，可他壮年所书的《多宝塔》与晚年所书的《大麻姑鲜坛记》《自书告身》简直判若两人。前者可以说是雅俗共赏，包容了阳春白雪和下里巴人。而后者呢，刚一接触觉得字体傻呆呆、胖墩墩，怎么也看不出好来。然而十几年过去了，原来瞧不上眼的大字竟越看越妙，越临越不能罢手。仔细分析它的字体特点：重心下降——准确地说是往右下侧偏移，字形扁方，外紧内松，整字的合抱之力如站桩之武士、坐禅之高僧，抱朴守真，元气十足。字里行间，无一丝剑拔弩张的火气和杀气，骨气和内力都隐于笔画之内。

有段时间总也想不通，颜真卿为什么偏爱写这种上部夸张，下部内敛的字呢？今天在“擦地为书”时忽然有点开窍儿：他的这种字体让我想到了古画中的人物——从吴道子到任伯年，古人画的人物大都是头重脚轻，甚至传统年画以及《三侠五义》《三国演义》《杨家将》《说岳全传》的插图绣像也不例外。无论是穆桂英还是花木兰，关云长抑或秦叔宝，都是如此。上中学时美术老师就教我们：人体比例在美术中是西方人的专利，大意是中国古人没画过裸体素描，没研究过人身解剖学，弄不清人身结构和比例云云。从那时起就一直让这个问题纠缠着，那么多聪慧的古代画家难道真的连人体的基本比例都拿不准画不来？怎么想也不至于啊，但那么多画中人都在那儿呢，真都如大头娃娃一般啊……

感谢晚上擦地板的劳动，感谢临习多次才渐解其味的老颜体。它让我解开了一道多年的难题。颜真卿的字和古人画的人物多么相似啊：头大身子小，上身长下身短，刚开始用常眼看怎么瞧也不舒服，后来沉浸其中就越来越觉得有意思了。让我们假设一下，画中比例适当的人物会给你什么感觉？真是真了，像是像了，但总觉得有点俗，画中之人是眼前身边之人的克隆与翻版，总觉得意犹未尽。若把人画成大身子小脑袋呢？既小气又难看。我们每天都在谈论着抽象派、立体派、荒诞派，可以承认毕加索的三个眼睛的两面人是艺术，可以承认米罗的抽象线条是艺术，为什么就看不懂因为比例失调而偷偷具备了品咂味道的古画中人呢？画中之人似世上之人，又非世上之人，画家想着重表现人的智慧，人的胸襟气度，人的情怀。所以头大一些，胸膛挺阔一些，这是多么正常的事情啊！想到这里，不禁为自己是一个现代文明中的文人而感到羞愧。但这个物质化的喧嚣时代，真是很难让人静下心思发现美，感觉美。

进而想，为什么人们大都喜欢孩子？肯定跟他们身体的比例有关，这不完全是牵强附会。有人说美是抽象的，我说这具象中不易察觉的抽象之美，更是别具味道。试想一下，在比欧洲文艺复兴时期画家的人体解剖、精确计算早数百年的中国画家，就敢于打破匀称的比例，创造出画中的阴柔含蓄之美，这不是值得我们自豪的事情吗？

这又不由地让我们想到昭陵六骏，马踏飞燕，马的头部拉长，鼻孔外翻（取龙首之形）让马胸宽背阔，有一股气吞山河的大气。哦，原来在艺术微妙而不易察觉的变形之中，隐藏着睿智的审美。

要感觉还是要效果

假如把这个题目拿给公众去答，大多数人会说要效果——可不是嘛，字摆在那里，就是成了效果了嘛，不看效果看什么？多少蒙事儿的人，拉着大师的架子，笔走龙蛇，可到了，你看看他（一般用不上“她”，书法打马虎眼骗人蒙事者，99%都是男性）的字，就啥饭都不想吃了……

您同意上述说法吗？如果同意，可能就错了——并不是您错了，而是二者根本不是一个层面的问题。打个比方：陈景润的一加一等于二吗？

不仅是写字要感觉，世上要动手干的事情都是需要感觉的。什么事情，你感觉做得顺手、舒服、特别有意思、特别对头的话，那么效果一般是不会差的——只要动脑子，开心、细致地做就行了。这时候，你根本不用眺望和设计效果。效果是最后自己显现出来的，不是你在做的过程中奢望出来的——注意，笔者指的是过程中。事先你是可以也必须设想的。一块地，种麦子还是种高粱你当然要想好了再动手。但当你决定种麦子的时候，千万别想能收多少斤麦子，卖了麦子买点什么……一想这种“效果”，就走了神，感觉就不对头了。感觉不对头了，效果能好吗？

再比如说乒乓球，你老恨铁不成钢地想着球的效果，动作自然就走了形，球自然也就走了线。爱打球的人可能都有这样的体会，动作放松了，感觉舒服了，往往球的效果就好。反之亦然。我们干事情也是一样，你投入而踏实地把每一步做好，完成最后一步的时候，事情的好结果已经显现在那儿了，哪里还用你去“要”啊？

写字岂不也是这个道理？事先胸有成竹，放手写，找到并把握好感觉，收笔的时候，“效果”已经在那里了，根本不用你去“求”了。你越是怕最后的效果不好，肯定早早就背上小包袱，越是该按不敢按，该提忘了提，到后来效果能好吗？书友们都有这样的体会，不为完成作品，不为参展不为获奖，一个人放松随意的时候字反而好。字是很高雅的懂事的活物，你硬给它强加很多功利之累，它自然不好好待见你。我们只要好好把握住“因”，“果”自然就会不请自来。

综上所述，在写的时候，感觉是大于效果的。等挂在了墙上，还是感觉大于效果。为什么？一幅好字是能够让观者想象和感觉得到书写者的感觉的，它能够跨越时空让你闭上眼睛就能看见并体会到书写者陶醉的动感和快感甚至心态（这正是书法的核心魅力所在）。这时候，我们眼前的所谓“效果”只是一扇门、一座桥、一条船，借助它们，我们还是要去找那种具有强烈诱惑力的“感觉”。

写字如是。做事也是。感觉与效果是过程与结果的关系。结果是我们管得了的吗？反过来说，以良好的感觉完成了过程，效果是跑得了的吗？一旦找到了感觉进入了状态，效果已是囊中之物也，它变得不再重要，充其量，只是感觉的一个客观记录而已。

对液体的态度

书法是什么？是墨留在纸上的痕迹。墨是什么？是一种黑色的液体。书法的本质是什么？试图随心所欲地指挥液体。液体和人类劳动中摆弄的固体（像砖石、木头、钢铁等）不一样。平面的液体运动可以说是可视物体运动中最难的。它仅次于声音和空气的运动，是人不易掌控的。中国书画是指挥液体的艺术，液体运动的随意性和不可预见性，为这种行为提供难度的同时也贡献了神奇与魅力。人要指挥液体，要让站不起来的液体在纸上体现出具有建筑属性的立体神态的线条，必须借助一种介乎于二者之间的媒介物——笔毫。为了自如地操纵笔毫，上面才安了笔杆。

我们在写字时对自己应该有一个非常关键的提醒：你的这种劳动和别的面对固体的劳动是有着本质区别的——写字和搬砖扛木头凿石头是不一样的，你要指挥的是立不起个儿来的“软”东西（甚至还要让这软东西体现出“硬”的属性），必须和液体达成一种默契的合作关系，光硬来是行不通的。你要指挥液体，必须知己知彼，必须深谙和顺应液体的脾气、秉性、习惯。古人说：“抽刀断水水更流。”和液体打交道，强硬和强权是不行的。首先是要有如水之心。当然不尽是静如止水，如行书、狂草的书写，也是需要激情与亢奋的。但不管你怎么激动，必须是“水”性的激动，你的心中可以掀起狂澜巨浪，但不能擎起巨石和燃起烈火——简单说，无论写什么，如何写，你干的是液体的活计，你指挥的是液体，必须找到和液体相默契的感觉（乃至灵感）。再者是要尊重液体。大禹治水的时候人类就懂得了，和水不能来硬的，堵不如导，既然不能硬来，怎么办？就要得体地“哄”“劝”、做工作、疏导，让它按照我们的意愿流淌。和液体打交道与和固体打交道最明显的区别在哪里？是时间性。同样的一张纸上，一方镇纸放在那里和一笔墨迹写在那里是不一样的，镇纸放在那里，你轻一点，重一点，早一点，晚一点，都是没有关系的；而一笔墨就大不一样了，你下笔、行笔、收笔，快了不行，慢了不行，须臾之间可能就是天壤之别。时间在这里变得非常关键。为什么？时间和液体有着一部分共同属性——它们都是流动的。指挥液体，最关键的就是找到恰到好处的速度和节奏。

当我们隐约把握到了液体的脉搏，它才会比较听话地跟着你的感觉走。

幻 梅

我知道凛冽的芬芳，尤其需要骨血的培养。谁人都识得这梅，特别是它的骨气与冷香。“常含北极冰霜气，不受东皇雨露恩。世上已无干净土，更以何处托孤根？”这是吴昌硕在1923年向满目疮痍的祖国发出的苍凉而悲愤的追问。

在这里，梅，成了先生暗喻自身志趣的首选艺术符号。显然，出淤泥而不染的莲花缺少它的铮铮铁骨；耐秋暮之霜的菊没有它凌寒愈香的澡雪精神。梅与人，在这里达成了性格与禀性的默契。

梅傲寒。先生生于鸦片战争爆发后的第4年（1844年），恰逢家亡国破，颠沛流离之命运。17岁逃难在外，流浪数载，饱尝饥寒之苦，他不畏冰霜，志向高洁，呵护着心中梅朵般的艺术火苗。梅有骨，不趋颜附媚，朔风荒岭，独持心香。先生志向高远，从青年时起刻苦求学，从善如流，精研诗书篆刻，书法以石鼓钟鼎为宗，风骨凛然，力透纸背。于是在他的梅中我们看到了这样一种耐人寻味的景象：扭错虬曲的枝干传达出的是一种坚挺正直的气息；冷淡的梅瓣表现的恰恰是一种荡气回肠的炽烈情感。在奇倔的构图中，铁枝老干没有一丝颓废，而是洋溢着不屈的生命冲动。如雪梅苞绝无点滴媚态，鼓胀着平凡而典雅的真美。疏影横斜的支撑与拱卫，置绝境而后生的暗度天香，我看见像冬天那样固执的梅，仿佛在证明着一种精神的坚守与抵达。

吴昌硕之梅，奇在笔墨，更奇在构图。他笔下之梅，无一幅一枝一瓣雷同，每一笔都洋溢着创造者的天真与神采。抽象而立体的枝条充满了抒情的欲望，艺术放大的点点梅瓣中都裹藏着内心的小小光源。于是我看见一瓣瓣纯银的耳朵向另一个世界悄然打开，这小小的雷达聚敛着无数天籁和会心者的笑靥。它们是否会在最寒冷的暗夜集体哗变，像飞天仙女那样飞升，成为天庭中闪光的钻石？

鹅颈，蚕身，鲶鱼尾

鲶鱼跟水墨有缘，徐渭、八大山人、白石老人都喜画之。鲶鱼在塘底，不轻浮，游动起来如行草书的线条，连绵流畅。鲶鱼体生黏液，类似于润滑剂。黄永玉先生在散文中说到鲶鱼的滑，是消极运动的最高境界。古往今来，书法的笔画写得鲶鱼般灵动、圆润，没有几人。这家伙的大头像铲子，为的是减轻游动中的阻力，国外已经有一种新型潜艇开始模仿这种造型了。这大扁头又极似篆隶书的起笔，圆得是那样熨帖、舒服，又讲不出道理来。鲶鱼最灵动的身体部位在尾部，摆动的动作看似单调，其实极为丰富多彩和自得其乐。我们光着屁股的年龄就在池塘里领略过。那柔弱无骨如水似波又坚挺如犁倔强似铁的善舞之尾，比京剧青衣的水袖还迷人哩。我们写字画画之人的手腕应该好好向它学习！我还注意到鲶鱼扁平的身体到了尾部逐渐立了起来，形成船舵一样的竖鳍，那种潜移默化的曲线过渡得自自然然又不露痕迹，墨迹的线条应该好好向它学习！鲶鱼眼距宽，善于从低处看世界；嘴大，不干不净，黑白通吃；消化功能强，化腐朽为神奇，稀泥烂草里能咂吧出营养来……这些都该学。

蚕喜净，勤奋，学书人更该学呀！从前没有纸的时候，称其为艺术品的字要写到绢帛之上，可见蚕与书画缘分不浅。蚕擅篆书，更擅九曲回环循环往复之法。肉乎乎的小家伙以口代心，连绵不绝地吐出世界上最纤细最坚韧的线条。谁能相信，蚕丝的拉力是最强韧的钢丝的数倍！然而我重点要说的不是这些，而是蚕的身子。蚕身是线条的库房，又是小小的吐丝机。工作的时候，它昂起身子，永无止休地缠绕着横斜往复的线条。蚕头可以向无数可能的方向运动，执著、连续又灵动。太极、八卦的“缠丝劲”，大抵由此而来。所以，隶书讲求“蚕头燕尾”也就在情理之中了。观察蚕的蠕动，也颇受启发——真正高质量的书画线条是能在宣纸上蠕动的。蚕的身材特别像一段蠢蠢欲动的线条，圆润立体之中体现着鱼鳞行笔法。

王羲之为什么老是爱写鹅，自有个中玄机。鹅素衣红冠（古人的微型小帽），爱清洁，品性好，形象可人。这些都只是一方面。从鹅身上，至少还有三方面可学之处：首先是从容淡定，心静自然体轻，偌大鹅身才会羽团般浮于清波之上。（想想古来登萍渡水踏雪无痕者，修炼的也不只是技艺，更多的是心念。）不飘——不至于被一阵风吹走；不坠——不会如死沉之物沉于水底。此正为点画线条之圭臬也。再者是水纹中隐现的小扇子般的鹅掌，拨蹬疾徐之间，收放推缩之际，深有只可意会不可言传的微妙。还有就是灵巧的鹅颈，能如鞭子一样扭曲探缩，顾及八面。平时则高傲地弯成最符合力学原理的S形，以逸待劳的优美造型诠释着线条的弹性和力度之美。

向鹅、蚕、鲶鱼学习，正所谓：“同自然之妙有，非力运之能成”也，吾等庶几近乎？

方圆之间

在古人的想象中，天圆地方包罗万象。“不以规矩，不能成方圆”，不尽然是拿圆规画圆用角尺画方，古人说的是大规矩。一圆一方之间，足以概括万有之形。

古钱币演化成外圆内方，讲究不小。圆，意味流通；方，象征人的创造，约等于“工”字。至于圆形便于携带，揣在兜里不磨损衣物，中间方孔串起来方便的理解，虽看似表层含义，其实也不那么简单。简单中的深刻才更令人信服。

汉字虽称之为方块字，其实细看，很少有字是绝对方形的。把书法家笔下的汉字最外端各点连接起来，会呈现丰富的几何图形——多是不等边多边形、梯形、菱形等，唯少有规矩的正方形。

看似约定俗成的事情有时也有例外。偶然会晤方块字中的圆，颇有心得。这个完美体现“外圆内方”审美观念的唐代书法家名字叫颜真卿。之所以公认他是王羲之之后最伟大的书法家，不仅仅是他的字写得如何如何的好，我以为，是他提出并实践了一套相对完整的与书圣王羲之相悖的审美思想——并且千百年来得到了认可。

习书者通常的认识是：汉字的中心在内部中间一点（也是浓缩之圆），笔画向外扩散，即常说的内紧外松。而颜氏能以“冒天下之大不韪”的勇气，身体力行大相径庭的观点，笔下别开生面，书坛光耀千秋。他的字，特别是晚年的字，外紧内松，如凛然大将，像挽狂澜于既倒的砥柱老臣，泰然肃穆，不臃不滞，若古松高崖之凛凛然，如金钟罩加身的佛陀，威严而不可犯。临习之中发现，颜体字的中心（即那个抽象的圆点）在字内是找不见的。而外拓的笔画，却大都决不放肆，似乎恪守一个抽象的规矩。后来某一日恍然大悟：原来那个圆已经由字中扩展到字外！我甚至用圆规比量过，颜体字的最外点，几乎都在圆形的边线上。这由小到大、由内而外的抽象之圆，正是汉字艺术造型的关键所在。相悖的艺术观念之间原来存在着必然的联系。而颜体外紧内松，缩宇宙于方寸之间，大气庄严自是情理之中的事了。其实，真正有造诣的书家，大抵都是深悟方圆之法的，推而广之，所有的书体，所有的书家，也都是在方圆之间讨营生。

更耐人寻味的意思在于，颜字楷书给人的感觉是“方”，实际外部的笔画却多是“圆”的，而笔画的内侧夹角才是“方”的。外圆内方，在不经意中体现得完足与到位。书法家张旭光先生所说的“到位”与“味道”，颜真卿可以说真是做足了，而且是自自然然的“足”，中气十足的“足”。颜书笔画粗重，临习者极易陷入臃肿的泥沼，关键是要在考量“计白当黑”的时候，注意到笔画的交际处，“际”虽然关乎方圆，若骨肉间之筋脉，应当是另述的话题了。

汉字是象征万物的抽象艺术，经络骨血的神妙法则，俱存于方圆之间也。圆乃自然，方是人工，方圆融合，乃天人合一之造化也。此外，我们注意到，汉字方圆之意的蕴含，也并非天造地设与生俱来。汉字的建筑属性决定了方圆旨归，这其中也有一个时间演进的过程，譬如小篆字形颀长，简帛书很多夸张的笔画也还没有方圆之矩的抽象约束。

说说笔画七兄弟

点

从微观上讲，点是世界的起源，点比分子、原子、粒子、基本粒子还小，它让我想到数轴上的原点，和我们儿时刚学写字时写下的人生第一个点。而之于所有的汉字乃至汉语言文化，点，无愧是真正的母亲。

书法中的点笔迹运行轨迹是一个圆，把这个圆无限放大就可囊括万象包容大千，由点衍生出的横、竖、撇、捺、钩、挑、折，各自有着严格的运笔规则，自古至今各种运笔方式和灿若星辰的书家的不同见解可谓汗牛充栋，令人像一个刚学识字的书童站在岳麓书院的藏书楼中，目不暇接，敬畏踌躇而无所适从。我也曾沉游其中茫然不知所终。古人云诗书画一脉相承，看来此话不假，近日对书法的感悟竟是诗中得来。爱诗写诗，穷其根源乃是对汉语言本身内在宝藏的发掘，由诗联想到书法，它们都是围绕汉语言在做文章，只不过诗的工作主要是直接对母语内在蕴含的开掘，而书法的任务则是通过外在形式由表及里地揭示汉字的灵魂形态，由此我很想在两者之间探寻某种默契而微妙的关系。

扯远了，有点跑题，现在我们回到书法，回到点。从文化的本身意义讲，“文”多指文本和已形成的体系，“化”原是佛家语，即融会贯通，潜移默化，心幽洞开，春风化雨，这个字更是文化的精髓所在。人，所有的社会活动目的都无外乎丰富、拓展着自身对世界的认知与理解，老子在两千多年前就以洞视苍穹的大智慧发现了那个“道”，老子曰：道，可道，非常道。乃指出道的无穷无尽和万事万物发展变化万变不离其宗的脉络……书法又何尝不是呢?只要我们换个角度看，任何笔画都是点的衍生与变形解体：横是把点写扁，竖是把点拉长，撇、捺是把点打开，钩、挑、折是点的一部分……如此而已，仅此而已。说到底写好了点理解了点，别的笔画就会迎刃而解，只是这点并不像写在纸上的那个样子，那只是它的一张照片，真正的点像浑圆的巨石，立体、质感，有分量，要找到打开它的钥匙不是那么容易的呢！点还如露珠、如雨滴、如葡萄，透明，有味道……

有时晚上练字，眼瞅着一个点慢慢扩大，洇开了整个黑夜。

横

横，汉简中的横真如一抹横云翩跹天际，能引起我们无尽的遐思。在几种基本笔画当中，横可能是最好写的，但它由于在字中所占笔画较多，时常露面，容易雷同，也是最易露怯的笔画，长短、粗细、偃仰、角度、位置都要注意变化和搭配。一位好的书法家在一方匾额和一幅字中最费心思的，恐怕就是如何把横写得各具面目。在王府井的一方匾中，欧阳中石先生以一个挑代替了封口的底下一横，真神来之笔也！昨天上街买豆角，回家在择的时候发现它们像礼器碑中的横，不浮滑，有印印泥之意，蚕头雁尾的规矩可破，自然、大气，古有蟹爪钩、柳叶撇，如今就不能有豆角横么?

竖

在基本笔画的练习过程中，感觉最难写的是竖。别的笔画都可藏拙，或多或少可以将就，竖则不能，像顶梁柱和定海神针，必须不偏不倚、浑浑然元气十足，不容半丝苟且。运笔要在剑锋般的毫端聚全身之力，不，是通过站成马步的双脚凝聚整个大地的力量！疾了，或漂浮不定或火气十足；徐了，或拖沓臃肿，或头轻脚重，满字皆输。以自身体会而言，竖者，侧锋短竖和悬针竖容易些，中锋垂露长竖最难，旁侧了无倚托牵挂，容不得半点心虚犹豫，说到底它是一个人骨气和底气刹那间的体现。

撇

撇和捺在字中同时出现的时候像一个人的两只手，让人不禁想到大江之棹、飞天之袖……而比较起来撇比捺要难写得多，它是一个先行者，没有参照，充满了冒险和投石问路的意味，不成功就意味着全篇都要跟着成仁。撇比较难写还有一个原因，运笔时常常被笔和手挡住视线，有摸着石头过河的感觉。这几乎在所有的笔画中是个特例。不惟仅此，细节和局部要求也很高：头忌呆头呆脑，要棱角分明有质感，尾忌轻佻浮躁，要沉稳安静又飘逸。依我之见，撇之难更在于中间的弯曲角度，须臾之间全凭感觉，不像头尾那样好控制。像做一件事，开头结尾当然重要，更不能忽视这中间的过程。古人书论中讲到，撇像女子梳头一样，均匀用力，一梳到底，既不能不使劲，又不能太用力，要保持很微妙的手感。真是形象至极。

捺

比较而言，捺是比较好写的，原因有三，首先它笔画较粗重，写起来容易些。再者按笔顺它都大抵靠后，大都是在一个字中出彩的地方，像剧中的主角，别人为它的出场已做了不少铺垫。三是从位置上别的笔画都可以作为它的参照，所以捺一般都是十拿九稳的，但有见识的书家偏不愿安闲度日，总想挣破樊篱，自寻险径，之如欧阳询，之如米芾，之如钱南园者，偏要把可以放纵出彩的捺写得含蓄内敛。我喜欢这样的捺，若谦谦君子，为给伙伴让出亮点，把自己简化成短横或一点，更让人想到了它不事张扬、引而不发的美德。

钩

钩，也是较难写的，按笔顺也都较靠后，但严格说它是将三个基本笔现连到一起的，前边好办，最后易露锋芒和火气，钩的锐气要藏掖起来，像一个人的底蕴和才气，要不温不火地展现，不易。钩最后出锋的动作叫“趯”，是个短促发力又迅速回收的动作，诗经云：“喓喓草虫，趯趯阜螽”，这里的“趯”指的是蚂蚱蹦跳后腿的弹性动作，动作急促而略向外撇，逮过蚂蚱的朋友有这种体会，可意会不可言传矣。

挑

钩多是右向左，挑多是左向右，挑几乎在任何时候都不是主角，是为下一笔服务的，承上启下的环节不可谓不重要，但容易被忽视，在日常事理中这已是不争的事实。挑，要耐得住寂寞，火气不可太重，锋芒不可太露，要有些绿叶精神，像足球的助攻手，往往得不到花朵和掌声，但同样是重要的，不可或缺，不可忽视。

折

写好了横与竖，折的关键恰在它们的转折处，拐弯抹角说起来不太好听，生活中有谁愿意一条道跑到黑呢？万事横竖有别，即要让二者有明显的区别，同时又是一个浑然有机的整体，是联动的和协调的，它特别像一个人的肩膀和肘、膝关节，它给我们的感觉不应是生硬和机械，而是整体性的协调和灵活。

以立体和空间为主要特征的汉字，折是很关键的。没有转折处的联接，结构是根本立不起来的。所以，在汉字结构和用笔中，折，是一个带有普遍意义的关键与核心。在行草书中，很多的“折”变成了“转”，转折，总能带来新的机遇和新的风景。

把汉字当朋友

画家石虎先生说，巍巍天地间矗立着一块块巨石——那就是我们的汉字……他主要是说汉字是立体的，是具有质量的。我进一步觉得汉字是有性格的，有喜怒哀乐和七情六欲，甚至每一个汉字都可以看成一个人，用不好，写不好，主要是不了解它们所致。要在诗文中用好每一个字，每一个词，在书法中写好每一个字，绝不是一件小事情。最好的方法是先把它们当成朋友，作为朋友当然要了解它的出身、经历、脾气秉性，和其他朋友是什么关系。作为书法来讲，每个字在不同的篇幅甚至在一幅书法作品的不同位置的形态也是不一样的。一幅书法也可以看成是一个故事，故事中哪能有完全相同的人物呢？字与字之间的穿插、揖让、俯仰、错落，以及笔画之间的轻重、徐急、枯润、粗细、长短等等也像文章中的情节，要巧妙安排。而在诗中，主要的任务是完成心象的文字转换，即把心中朦胧美妙甚至稀奇古怪的图景转化为文字形式，这种转换能力的高低足以检验一个诗人的水平和层次。要尽可能准确地描述、表达这些心灵图景，显然按字与词的传统排列方式是力不从心的，原因很简单——它已经被别人多次用过了。这正如世界上没有两片完全相同的叶子一样，也不会有两个人心中的幻景是完全一样的。所以，在表现这些的时候，没有别的办法，只能去更多地发现字词之间的那些神秘、尚不为人知的血缘、朋友关系。说得狭义一些，新鲜诗意的表现主要依赖于字与词崭新的、在人们思忖之余认可的排列关系。汉字这种高度抽象的符号，可以说我们至今对它的开掘和理解还有很大空间，汉语言本身内在的深奥和神秘魅力，还有待人们睁大好奇的眼睛，伸出敏感的触须去感知、去发现。

有这么多汉字做朋友，我们是很幸福的了，但别忘了我们对朋友的了解是那么有限，即使我们自以为完全了解的那几千位也只是知其表而难知其里，像人，只能通过长相大致认出张三李四……我们在任何时候最好把自己当成咿呀学语的孩子，不断地把目光放回起点，就会发现诸多完全不同的新意。

由结构和线条想到的词

几年前，曾到美术馆观摩了孙晓云和张海两位书家的个人展览，得到了不少启发，也生发出一些关于对书法的理解和认识。书法的根本是结构和线条，或者说是以线条为基本单位构建起来的结构（单笔画字本身亦具有结构属性）。二者是没有主次之分的，因为它们是两个方面的概念，不具备可比性。比如说盖房子，是结构设计重要还是建筑材料重要？不是一类东西，没法比。

结构与线条同等重要，但结构是在先的，譬如建筑，有了结构，建筑材料才能物尽其用。

关于结构的第一个词语是：骨架正。古人云："初学分布，但求平正。"也是这个道理。这也像一个青年人，身材骨架要发育好，端正、健壮，然后他喜欢运动，爱好舞蹈，身体的运动幅度（或者说夸张变形幅度）才会大。而一个人，成长起来骨架不端正，其缺点不说，即使是特点和个性（哪怕是好的和被认可的），迟早也会成为局限，就像一个先天驼背的人和别人比弯腰一样。

第二个词语是：胸怀大。字如其人，要有胸怀，有了胸怀，才能涵养精神。胸怀，是一个内宇宙，要包容一个气场，把气息含住，所谓气象万千、气韵完足者也。笔画之间的怀抱要尽量大，让学养住进来，涵得住。有点好意思就往外张显，内里就空了。"疏可跑马"，还要"密不透风"，但凡妙书好字，皆具此意。

第三个词语是：气格高。气格，指的是一个人的精神气质，气格不高，技艺再娴熟也不能进入艺术的精神和审美层面。就书法而言，追溯得越高古，则气格越高。因为越往前，人的精神气质与自然越是默契。越往后，则反之。所以，不习魏碑和摩崖乃至简帛书、钟鼎大篆、甲骨文，就不能从书法之树最深的根脉中汲取最原始的营养，也就很难从根底上理解书法的本质。

上述三词，也与线条质量相关，但主要是通过结构体现的。

关于线条也同样有三个词。

第一：点画精。点画精到，对书者而言是最基本的东西，也是最不容易和最要命的东西，更是很多人都明白又很难迈上去的台阶。为什么？笔画精到，没有别的办法，必须经过枯燥而持久的练习。学养、气质、情怀可以通过“功夫在书外”而得到，可以触类旁通，但点画的基本功，要下苦功夫和笨功夫，否则，你再有学问有气质，但柔软的毛笔不买账，你再是多大的文豪，它也不听你的使唤。

第二：意趣雅。一个人，要让别人觉得你有意思，有趣味，而且是高雅的意思和高雅的趣味，包括率性与理性，天真与幽默感等等。一个人的意思和趣味大都是通过细节流露出来的，书法的意趣亦然——主要是通过线条笔画表现出来的。当然也离不开结构。生活中很有意思的一件事情，离不开恰当的时间与地点。

第三：情味深。所有的艺术都是要拨动受众者内心那根隐秘的情感之弦，让人的身心生发出一种别样的感喟与况味。书者与笔墨之间，有情有义是相互的，是一种相知相契的感知、信任与理解的关系。你对它的感情有多真、多深，它对你的回报就有多大。

从某种角度上说，艺术创作应当成为艺术家与艺术之间的隐秘。只有这样，一位出色的书法家，才能像一位出色的厨师，用菜笋芥姜一样的横竖撇捺，挥洒出自己的独特韵味。

抵纸、调锋与修持

抵纸，第一层意思就是用笔抵住纸，像过去农村的房门冬天要用木棍抵住。北风那个推，木棍就使劲持续地顶，是两种力量相互猜测、揣摩的粘着之力。说到“抵”，就必须有两种力量相互抵抗。一张宣纸挂在晾衣绳上，王羲之、齐白石也写不出好字、画不出好画。但是，一般情况下，我们对书桌、毛毡乃至墙壁的抵抗之力视而不见。也有特殊情况，古代在写字的高桌出现之前，也有书童斜抻着绢或纸，让书法家在上面写字，但这种情况书童也要用力把绢或纸绷紧，松软无力也是不行的。抵纸的第二层意思是让笔抵达纸的内部，并不仅仅是力透纸背的“透”。这方面似乎没见别人道及，属于我的臆想与猜测。笔画的深度是多维的，不光是浮在纸面和力透纸背两种情况。从这种角度看，一张薄薄的宣纸有着纵深的“厚”度，一笔下去，如潜艇入海，有下潜千米还是万米的区别。至于王羲之《记白云先生书诀》中所言“把笔抵锋，肇乎本性”则属于更深的层面。大致朦胧的理解是，当我们拿笔写字的时候，意识中的注意力和手的力量集中到笔尖上去，是源于人的本性、习惯以及毛笔的基本结构特征使然。反过来说，从笔性、墨性到人性，要有意识地让主体、客体最根本的存在相契相合。

调锋，不是调和与调整的“调”，而是调度与调遣的“调”，不读二声，读四声，是指挥和运筹的意思。接下来我们分析，无论万毫齐力还是千军万马，指挥和运筹是统帅和将军们的任务与责任。毛笔亦然。所谓调锋，主要是靠最尖端的几根笔毫，像冲锋打仗，必须清楚先锋官在什么位置。这个先锋官的重要任务并不是自己要斩获多少敌军，而是不把冲锋的道路领错。否则就容易出现损兵折将的危险乃至全军覆没的灾难。有书友说，写字笔速较快时很难看见锋尖在什么地方。的确是这样，还有裹锋、绞锋、散锋呢，上哪儿找那几根最长的笔毫去？能找到，不是光凭肉眼去盯，而是用意识去感知，用心去感觉和把控。所谓笔法，归结起来，主要就是调锋。调锋，首先是该调则调，当机立断，不丢失和省略动作。再者是要让火候分寸恰恰好，像我们说话办事，到位又不过分，细致而不拖沓。还有，调锋不仅关乎火候与技术，还在于胆魄与格局。这就回到了了元代书法理论家鲜于枢所说的：书者，胆也！

修持这个词特别好，像玉，有包浆。“修”者，诸如修炼、修辞、修业、修行、修仙、修身、修好……反正做得都是些好事情。“持”就更高级了。我甚至认为，带提手旁的动词中，可能没有比“持”更高级的了。支持、保持、坚持、持久、持续、持重、持身……只要做到了持而不僵，持这个字几乎再没有缺点与不足。我对“持”做出的解释是：从思想上拿起一件庄重而近乎神圣的事物，当有虔敬恒久之念，而不是简单的爱好、娱乐与消遣。从字面上解析，“修”是一个人从上到下用文化一刀一刀地修剪自己；“持”则是寺庙里动手的事情，这种劳动超越一般俗常的劳作。譬如作诗，譬如写字画画。

体会颜楷之变化

春节假期得闲，临颜书《元结墓表》对“变化”又有所悟。书家之变，颜真卿可为杰出代表，传世诸帖无一雷同，一帖是一帖面目，但每帖之精神皆有渊源，而非仅图求变的追异求怪。窃以为，诸体之中，楷书的变化最难，规矩中求变化，变化中求协调，无异于戴着镣铐跳舞，难上加难。真卿之帖，如《勤礼碑》《大麻姑仙坛记》《元结墓表》《东方朔画赞》《自书告身》等等，看似大同小异，殊不知这“小异”之中蕴藏多少微妙的变化与学问。楷字由求脉络清晰、起收分明的每个笔画组合而成，布局大致上又是平稳的。有了这两条规矩，极容易把字写得板滞雷同、千篇一律，形如算子。也容易为把字写得好看而套用诸如黄自元九十二法那样的口诀，最终作茧自缚，樊篱难破。

艺术的魅力在于个性，以个性的面目得到认可是检验艺术追求的重要尺码。而个性不是一味地任性，也不是一味地率性，它是在继承中求发展，于颖悟中求变化。说到继承自然离不开学习与模仿，这的确是一门笨功夫。塌下心来一门心思下功夫没错，但这样一来最大的问题就是容易形成亦步亦趋，不敢越雷池一步的毛病，从而失去求变的欲望。最近常想，学楷书不仅仅是学笔画、布局、学字形结构特点等等，因为这样一来非常容易陷入程式化的死胡同，先是不容易进去，而进去了更不易绕出来。比如说某一个笔画，在这个字中这样写，在那个字中那样写，甚至在相同的字中差异也很大，那我们按

"口诀"如何解释？七个音符能谱出万千旋律，笔画亦然。学楷书在掌握了可视的表面文章之后，要进一步深入内在世界，分析、揣摩书法家想通过此帖体现什么思想和追求，看似平常，其实无时无处都隐隐表达着他们的审美追求。艺术上无形的东西有时用有形的文字是讲不清楚的，真应了古人说的："如人饮水，冷暖自知"，不是吗？看似字体扁平的《大麻姑仙坛记》里面却有不少长方瘦劲的字，充满了篆意和金石气；瞧着随意自然的《东方朔画赞》细品每个字都特别讲究笔画和结体以及通达的元气；几乎每个竖画都大胆倾斜的《自书告身》帖，看进去之后发现，字体重心竟是那样的平稳，无懈可击。观察要由表及里，从微观到宏观，意念和观念要解放，要敢于大胆地"猜"，猜错不怕，就怕依葫芦画瓢，不动脑子。

要把看着规规矩矩的笔画写得不那么规矩，又法度森严，不离谱，真难！总之，要在协调、自然中求变化，让变化无处不在又含而不露。要努力把求变化由一种欲望逐渐转化成一种本能和习惯。

想得宽泛一点，变化和发展有很多共同属性，要发展就必须变化，变化是发展的前提和结果体现。建筑、服装、家具什么都在变，但它们的实用性是固定的。对艺术来讲，变化更多是审美和欲望的要求。变化是丰富与拓展事物既有概念的唯一途径。回到书法，变化要着眼于形而下，并牵着这根若即若离的墨线回溯到形而上，不仅看人家怎么写，更要追问为什么在这里这样写而在那里那样写，多想由此体现与表达文字背后的东西。然后，才是我怎么学。

为什么要变？接下来是怎么变，头脑里的"变"指挥行动上的"变"，否则就谈不上主动地变，而是信手涂鸦地乱来。横竖撇捺钩挑折也是音符，是元素，要有大脑中枢的统一调度指挥。常用字词就那么几千个，小说家写出东西来怎么那么有味道？表面看是语词如何科学地"搭配"，实际上是思想与意识在指挥。一样的食材一样的油盐酱醋，大厨炒出菜来为什么好吃？关键是知道菜里面和菜后面的事情。这里面有继承和学习，重要的是别让脑子僵化，给想象力和创造力腾出翻筋斗的地方来。

颜真卿在王羲之之后的创新与变化，主要是得到北碑启示，篆隶入楷，竖起了另一块丰碑。有书家言：“有论者称颜秉承王，找不到实据。可能出于习惯性思维，认为‘书圣’是必学的。其实颜真卿时代，刻帖未盛行，二王影响不及后来。”对这个问题我并不这么看。从初唐虞世南、褚遂良临《圣教序》来看，王羲之在那时候已经成为楷模，颜正卿怎能不知不学呢？另外，从后来被称之为“天下第二行书”的颜真卿《祭侄稿》与后来被称之为“天下第一行书”的王羲之《兰亭序》结体和用笔上都能看出其“有关系”，而且“关系不一般”。只是其强烈的个人面目部分地遮掩了这种内在关系。

秉绶字中见真“颜”

清代书法大家伊秉绶，将颜真卿创造的楷书审美移植到隶书中，创造了清代篆隶书的最高峰。细思量，他成功的奥秘在于字的结构。

伊秉绶沿用和发展了颜真卿的审美观，把颜氏楷法结字原理大胆地移植到隶书之中，甚至将颜字笔画藏锋和浑圆之体的特点一并“拿来”，在距颜真卿几百年后又创造了一个不小的奇迹。

颜真卿之所以成为几乎与王羲之比肩的大书法家，关键是他巧妙地将辩证法运用到书法创作中，从一个审美的高度之上，慧眼独具发展了逆向思维。

二王以降，面对清秀婉媚，潇洒俊逸，他提出浑厚雄强，端庄凝重；面对内紧外松的结字原则，他敢于内松外紧；面对“书贵瘦硬”的古人审美，他力求骨肉饱满。真如一位诗人所言，向你的反方学习，你的学识不仅会增长一倍。然而，自颜真卿之后的几百年间，习颜者不善书之人，但学到的多是颜的技法和面目，而大都没有上升到思想和观念层面，很少有人沿着颜鲁公开创的审美道路继续创造性地开拓。伊秉绶填补了这个空白。伊秉绶的隶书，笔画藏头护尾，立体饱满，膨胀着无尽的张力与弹性。结构一改隶书的扁方为长方，或正方，让字正面示人，凛然大气。结字外紧内松，涵养和内力十足。这些都与颜书楷字如出一辙。

伊秉绶的成功，并非只是把颜真卿的审美观念由楷书移植到隶书。假如要是那样的话，伊秉绶也就不是今人眼中的伊秉绶了。他在继承的基础之上，有思考，有创新，让这种逆向思维在书法中表现得更加丰富，焕发出自己的神采。

首先看他的笔画。颜真卿的笔画无论粗细，提按还是疾徐，变化是很丰富的。但令人奇怪的是，伊秉绶对线条的变化简直可以说是熟视无睹，难道他不懂得线条的丰富和变化？绝对不是，他是有意而为之，他是以浑厚有力的齐整线条，达到一种肃穆高古的境界，是一种岿然不动，以不变应万变的大家气度。气度，应该是伊家字最显著的特征。

笔画之后，我们再看他的空间结构。发掘空间构架的奥秘，是伊秉绶成功的终南捷径。在线条获得独立意识之后，书家们不约而同地把线条变化的丰富与质感作为主攻目标，更多的只是把结构看成是表达线条语言的载体和媒介。伊秉绶恰恰看准了这个契机，在冷静思考确立了自己的线条属性之后，他义无反顾地把表现空间结构上美的纯粹性和极致性作为主攻方向。在内松外紧的大原则之下，他不露声色地将颜书的结体原则又悄悄向前推进了一步。其具体表现有三：一是错落和取舍。大气简洁之中产生了理趣。二是顶天立地。强调了边缘笔画的力量，让外紧更紧，内松更松，在结字上达到了疏可走马，密不透风。三是大胆变形。字型变隶书的扁方为方和长方，笔画撑格，体现力量感。四是改变笔画习惯。横画左高右低，字体稍右倾，体现动感，改变隶书最明显的燕尾和撇捺夸特征，别出机杼，以平胜奇。

伊秉绶在继承颜真卿的审美思想的同时，又以“君子有所为有所不为”的辩证思想，以抑制笔画的张扬方式充分展开空间，充分展示了材料配置的魅力。

饶宗颐先生曾说《爨宝子碑》有古佛之容，那么伊秉绶的隶书则有罗汉之相。里面包含着不苟言笑的大智若愚，他给我们的启示不应该仅仅限于书法。

感悟“计白当黑”

书法理论当中，“计白当黑”是屡见不鲜的词句。一般习惯的理解，是针对整幅作品的谋篇布局而言的，类似国画的“留白”。

通过临帖、读帖发现，“计白当黑”的内涵不仅与篇幅相关，而更多的意味空间在具体的字当中。

原来上美术班，习美术字，老师讲美术字的笔画宽度与字格之间有一定比例。以黑体字为例：竖画宽以格宽的六分之一为佳，超过五分之一字显得臃肿、不透气；而小于八分之一则显得纤细、单薄。由此想到书法的笔画也与之有异曲同工之妙。仔细审视颜体字的粗重竖画，亦鲜有逾五分之一字宽者。说到底，美术字即是毛笔字演变而来，我们在书本中见得最多的横细竖粗的印刷体即与颜体字最为接近。楷书法帖大多是横细竖粗——像房屋的结构，这样就逐渐靠近了主题：“计白当黑”。有了字型的尺度，有了横竖的粗细尺度，自然就会引领出另一个问题，即一个字中的“白”的“形态”。“计白当黑”的这个“白”应主要指的是这些，而不仅是字与字、行与行之间的“白”。我在临习《颜勤礼碑》数遍后悟到的这层意思，对书家来讲可能是个“小儿科”的问题，但作为一个书法爱好者，不啻是一个“重大发现”。

我终于能够转移视角把目光集中到那笔画之间的“白”上了，看见它们也是意态盎然、生动活泼的笔画——噢，“计白当黑”原来如此！像一扇门怎么撞也撞不开，后来，轻轻一拉就开了！原来就是换个角度。

后来举一反三，发现诸多字帖，如颜真卿的《自书告身》《东方朔画赞》《颜家庙碑》，智永的《真草千字文》，隶书《礼器》《张迁》《乙瑛》诸碑，甚至孙过庭的《书谱》等等，大抵若此。当然，什么都不是绝对和片面的，如甲骨文和多数行草书字中的“白”占的比重很大，有些楷书、隶书中“黑”往往占的比重很大，甚至行草书中个别追求积墨效果的字中，“白”几乎是透不过气来的。但只要细心观察和体味就会发现，“白”留得多的字，细线的质量要求更高；而重黑之中往往也有星星点点的“白”光，幽微玄机如灵犀闪现。这样在分析一点一画的俊丑得失时，就多了一个“参照”，看看留出的“白”自然不自然，舒服不舒服——真是妙不可言，另一扇窗子就这样打开了，灵风扑面，心幽洞开。

再进一步想，“计白当黑”中更包含着阴阳相生相克的古典哲学色彩，计白当黑，以黑观白，黑白互衬，共相表里，既相互矛盾又相互统一。后来看见金开诚先生的论述，茅塞顿开：“……我们的美学思想最根本的东西就是‘有无相生’，所以，真正好的一幅字是黑白相生的（请留意这个‘生’字），黑处是字，白处也是字，不仅如此，它还是变化的。我现在看《兰亭序》，觉得和少年时不一样，关键是多了‘白’的参照系，更看出了黑与白的相互滋养”。

是的，写上字的“白”就是艺术的“白”了，和没有写过字的白纸是不一样的。这叫做“计白当黑”。篆刻也讲究“分朱布白”，方寸之间产生气象万千的效果。音乐中有“此时无声胜有声”，诗歌中有跳跃产生的“空间”……总之，在每幅字、每个字中，注意“黑”的整体，更要注意“白”的整体；注意了“黑”的细微处，更要注意“白”的细微处。此外，联想到古人所说的“齐整之白”和“散乱之白”，“白”与“黑”一样，有齐整敦厚的静态之“白”，也有自然飘逸的动态之“白”。

笔画之间的揖让

揖让是汉字结构中重要的礼貌行为，它不仅仅是一种技巧和方法，还有一种文明的含义。

“揖”的第一解释是“拱手为礼”，《论语·述之》有“揖巫马期而进之”的语句。它还有一种含义是谦让，《后汉书·刘传》“延陵高揖，华夏仰风”说得多少有些夸张了。“揖让”指古代宾主相见的礼节禅让。总之，揖让的意思大抵是一种讲究礼仪的谦让。

在汉字的结构中，揖让是最重要的关键词。字由笔画、偏旁部首组成，绝大多数汉字都需要处理好内部的揖让关系。一般来讲，是先让后，左让右，上让下，内让外。弄清了谁该让谁，就会胸有成竹，避免了不必要的顾虑。

与揖让相关的一个词语是“先见之明”，即需要书写者具备周到的预想能力，如博弈，要想到下几步，不能写到哪儿算哪儿，先把眼前这一笔写舒坦了再说。其实，揖让的笔画在成字之前样子是很难看的，直待最后一笔落下，揖让的美德才得以显现。所以，要达到落笔之前脑中有字，笔画、部首之间的关系、位置考虑周全、细致，力求做到“胸有成竹”再下笔。

揖让与我们日常生活中的礼让、谦让一样，应力求做到习惯和自然，顺理成章，变成一种修为，而不是该不该让都有意识地过分谦让，弄得字很不舒服。所以，揖让最难掌握的是“度”。书法中的“法度”一词拆开来理解，法是方法、规范，度是程度、分寸。前者是基础的，趋静态，后者是灵性的，趋动态。法者，如文章、典籍；度者，若声音、语调。同一篇文章也是一个人朗诵一个样。

一个人在生活中不能没有文明意识，不能不讲礼貌，但也不能光是表面客气，过分客气与谦让，那样往往会让双方都不舒服。揖让亦然。笔画是汉字家庭中的成员，身份是大致平等的，虽然有主次序列之分（如戏中主角配角之分），但一笔一画都占有同样重要的位置，一字之中，一点一画稍有闪失都会导致整字的失败。所以，古人讲，“不能一笔苟且”“笔笔要有来历”。由此不难看出，字中笔画的谦让与尊重是相互的，没有贵贱奴主之分。谦让者，应不失风雅，谦而有度，不卑不亢；被谦让者，要心领神会，不骄不纵，顾盼之间以礼相还。

从某种程度上讲，做人写字的道理大同小异。

用笔的时间性

用笔是有时间性的，这是书法审美独特的魅力之一。一件雕塑，甚至是一幅画，它可以是分阶段完成的，时间的直观性并不明显。当然，雕塑作品中也能看到刀法的钝利、拙巧。绘画的作品的线条也有疾徐、粗细、轻重，也能看出时间的痕迹。但是时间在其他艺术门类中的体现可以是片断式的，若隐若现的和不完整的。唯书法不一样——它对于时间的要求是苛刻的，完整的，一次性的。

原则上讲，一幅书法应该是一次性完成的，除非某种特殊的需要长时间完成的长卷需分时段完成，绝大多数书法作品是一气呵成的，这是整体性的时间要求。进而，每一个字或者连贯的几个字是要保持更紧凑的时间连续性的，它成了一个毋庸置疑的抽象原则，稍微的犹豫和迟钝都会导致整体的失败——因为墨在纸上，它的洇晕与挥发也是带有强烈的时间性的，呈迅疾扩大的特征。再高明的书法家也不能限制水墨的洇染——只能以水墨量的控制，笔的轻重的控制，书写速度的控制等等进行有限的调解。再把单元划小，每一笔的起止及中间必须是一次性的，完成的艺术元素是完整和相对完整的线条。而书法作品，竟然无一例外地是由线条组成的。从某种程度上讲，在恰当的位置完成了每一笔点画，并且注意了它们之间的逻辑关系（而且它们之间的逻辑关系其经络也是由时间构成的）就可以说完成了艺术创作。

更为关键的是，时间性体现着节奏性，连续性的有韵致的速率变化中，节奏之美悄然诞生。本质上，节奏是由快与慢实现的。真正的书家能够做到快中有慢，慢而不滞。还有，就是有的佳作看着笔画爽快，其实写的时候很稳；有的看似很沉稳，其实用笔非常爽利。节奏之美，是无以穷尽的。其中的钥匙便是时间性。

快与慢，疾与徐，轻与重，顺与逆，断与连，那么多辩证的词语都是用时间的线串起来的。

谈线条与结构

线条是书法的基本语言单位，线条质量和它们之间的美妙关系达成的结构，为书法形而上的最终指归。在通常的观念里，单独长条状的笔画才可称之为线条。的确，这没有什么错误，只是略显局限。

首先，线条不一定是条状的，“线”和“条”不过是对笔画的比喻性称谓而已。字中之墨，不论长短方圆，何形何态，都是线条，如游丝飞羽，若枯藤秀木，似巨石颓峰，定然是都叫线条，没错。线条是汉字部落的总称。

写字的人，追求的目标也定然是让线条的形态在纸面上千姿百态，气象万千，自然生动，鲜活可爱。不能让笔画的学名点横竖撇捺钩挑折们缚住手脚——当然应当是对法度的极度稔熟、精确的前提下。

其次，字，说明事物，从某种程度上代表事物，而凡物都是立体和生动的，凡事都是变化发展的。所以，从事和物体察事物之人，创造出来的文字也应该是立体、生动、发展、变化的。进而，构成文字的元素——笔画，也应该是立体生动、发展变化的。

先说立体生动。线条写在纸上是平面的，但它的属性和本质象征是立体的，绝不是平涂的一条子黑，而是一茎树干、一根银钗、一道闪电、一渊深涧……书写者和欣赏者都应当做如此想。生动即鲜活，是生命的基本表现特征。光立体还不够，像一段钢锭，一根电线杆，立体是立体，凝重是凝重了，不生动不鲜活，没有生机。

再说发展变化。发展是生长的状态，变化是动态升华的过程，化是佛家语，喻最终的佳境，妙不可言。发展变化，是一个由形体的生长、成熟到精神境界升华的过程。线条，至此可以称作是一个丰满自足的意象之物，造化之物。

更重要的是，相对独立的线条，质量再高，若没有达成它们之间的奇妙关系，仍然不能称其为字。建筑美是汉字的基本属性和审美基础。于此，启功先生早有高论。不赘述。汉字之根是线条，汉字之魂是结构。线条之间的关系形成结构，结构是汉字的灵魂。

然而，线条和结构是一对具象、抽象的孪生兄弟，相当于人的肉体和思想，它们之间互为表里，相互渗透，达成了灵与肉浑然一体的默契。线条决定着结构，结构制约、统领着线条。于是在线条的家族出现了揖让、拱卫、呼应、顾盼、欹侧等一系列的良好伙伴关系。

写这篇短文，意在告诫自己，写字为文，要尽量把死东西往活处理解，要把泾渭分明的东西往一起融合。汉字的身体之中，笔画既是骨骼又是血肉，是字之所以成字的根本；而结构是意念魂魄，它更能体现书家的心胸和境界，以及对汉字本质上的理解。我有这样的体会，一个人的观念胆识和功力决定其综合艺术水准。我们很少见过笔画甚妙而结构差劲的字，也少见过结构高妙而笔画草草的字。所以，笔画和结构是一个人的肉体与思想，是分不开的一码事。

“纠错笔法”与“重字变异”之我见

看到《中国书画报》刊登的文章《略谈〈兰亭序〉中的重字变异——由洪亮老师的“纠错笔法”说起》，对这样的学术讨论很感兴趣，也引发出一些思考。下面略谈浅见，求教于书界同仁与读者。

一、“纠错笔法”能够站得住脚

首先，我与该文作者一样，对洪亮老师发表在《中国书画报》和优酷网上的书法技法《兰亭序》文章与视频非常关注，认真学习，获益匪浅。我认为，作为一名研究型和学者型书家，洪亮对王羲之《兰亭序》的研究是细致而深入的。他宏观着眼，细节入手，对《兰亭序》的笔法、结构及章法做出了令人信服的解读与示范。更为可贵的是，他没有因循守旧和人云亦云，更没有顶礼膜拜地将《兰亭序》神话和固化，而是凭着自己丰富的书学理论修养与扎实实践，以科学态度和严谨论证，敢于越雷池一步，提出了一些颇有见地的观点以供大家探讨。譬如他提出的“要斤斤计较笔法”“不要斤斤计较字形”等观点，就契合了唐张怀瓘提出的“深识书者，唯神采，不见字形”的观点，得到很多书友的认可与肯定。他提出的“纠错笔法”更是发前人所未道，让人体察到了一位研究型书家的真知灼见。

第二，从哲学辩证的观点看，任何事物的完美都是相对的，而不是绝对的。艺术创作同样不能超越这一规律。众所周知，被后人称赞为“天下第一行书”的王羲之书《兰亭序》和“天下第二行书”的颜真卿书《祭侄稿》，都是书家即兴创作的草稿，那些涂抹、修改的实打实的错误是有目共睹的。这些，也并非如该文中所言的“尽善尽美”以及“并非是错误，而恰恰正是王羲之的无法而法”。我想，包括李强先生在内，可能没有人怀疑，当时在王羲之自己眼中，这件即兴书写的精品，仍是存在一些不称意之处的。否则，就不会有“王羲之后来又书数遍不及原稿”的传说了。晋代不像今天，书法家为准备某个重要展赛，用上一年半载来谋篇（基本上是抄篇）布局、废纸三千、精雕细刻，力求所谓的尽善尽美和完美无瑕。那时候的书家墨客，多是腹有诗书，兴之所至，即兴挥毫，玩得高级且高兴。那时候没有书法“国刊”和中央电视台直播给十几亿人看，书家在“放浪形骸”的自由环境中已经习惯于书写当中的改错纠偏。今天看来，这也正是书法家一种真诚与自信的表现。更为难得的是，洪亮恰恰是从更深的层面，看到《兰亭序》中这些“美丽的错误”不但没有给作品减分，反而增添了光彩。正如其所言：纠错笔法也是经典笔法，恰恰可以通过其看出书法家学养与真性情的自然流露。只是这些“美丽的错误”可以让我们欣赏与回味，而不能亦步亦趋地去描摹罢了。

第三，对于辨识诸如“纠错笔法”的笔画是亮点还是缺点，借助“另外的镜子”更能看到真相，就像我们在生活中要特别留意那些“别人的真理”。洪亮老师在讲解“纠错笔法”中列举出“其”的横画、“娱”字中的连笔、“畅”字中的竖画等实例，他同时说出了一个令人信服的观点：即检验其是否为“妙笔”的一个重要方法，可以从名家临本中去验证。洪亮分析的上述几个字那几笔“纠错笔法”，虞世南临本、褚遂良临本、欧阳询临本、赵孟頫临本中均未见仿效，可见其真不是李文所写的“无法而法”的妙笔。这也正如文中所言：“冯承素摹本是影印王羲之《兰亭序》真迹之上，以笔依原迹轮廓勾摹，然后填墨而成……”这些为了描摹真迹而表现出的“纠错笔画”在虞临本、褚临本、欧临本、赵临本中均未出现，我们能说几位大师对王羲之的用心妙笔视而不见吗？这些，反而告诉我们，在尊重景仰古贤的同时，要以科学与审视的目光去分析、比较、观照、印证，不能表面化地摹其形，而是要深入地求其理。

二、“同字变异”之说难以成立

首先，一个法则和规律若能够成立，必须从逻辑上做到无懈可击，且不能被反证（譬如说“人有男人和女人”“人都要吃喝拉撒睡”）。而浩如烟海的法帖碑刻中大量同字相同的实例，证明“同字异写，同形求变”并不能成为一个放之四海而皆准的书法原则。我们可以想象一下，假如把《兰亭序》换成《道德经》，把王羲之换成赵孟頫，假如出现的“之”字是210个，那么王羲之还能“极尽变化之能事”游刃有余地“变”下去吗？如果真的让所有书家在所有创作中都背上“必须变”和“不变不行”的包袱，就真的有“画地为牢”的嫌疑了。

再者，从反证角度分析，在一篇书作中相同的字不变得“七十二变”一样的面目全非是不是就“犯规”呢？回答必然是否定的。客观分析审视，《兰亭序》的21个“之”字，在自然变化中又与整体章法非常协调统一，而且，从字形意态上也有多个“长相”很相近。再往深处想，难道说王羲之在这篇即兴为文、多处涂改的草稿书写之前，为了必须遵循“须字字异别，勿使相同”的原则，胸有成竹地“设计”出21个不同的“之”字吗？可见，王羲之的书写之“变”更多的是随性的、下意识的，也流露出学养与技巧的深厚积淀。正如王羲之在《记白云先生书诀》中所说的“把笔抵锋，肇乎本性”，以及明代杨慎所言：“晋人书……修容发语，以韵相胜，落华散藻，自然可观。可以精神解领，不可以言语求觅也。”由此不难看出，书法创作中的“同字异写”属于“自选动作”而不是“规定动作”。

第三，我们应当正确地理解“变化”的含义。变化是事物的本质，世间万物只有变化才是恒久不变的。在书法章法、笔法中，力求在协调统一中求变化，应该成为每一位书家的追求。这里面的关键有二。一方面，要理解和体悟“变化”是一种抽象的、意识上的自主要求，并不是“相同的字必须写得不一样”这么具体的“规定”。另一方面，所谓变化，关键是要根据章法的需求和运笔调锋的瞬间态势，顺势而变，顺手而变，顺笔而变，自然而变。说到底，“变”是为了生动活泼，“变”是为了美。说到底，“变”绝不是为变而变。

行文至此，那么我们对王羲之曾说的“若作一纸之书，须字字异别，勿使相同”当作何解释呢？首先，我认为这是王羲之作为一名书法高手，对自己提出的更严格的自我要求，而不是给天下写字人定的规矩。再者，该文作者忽略了王羲之此语的前半句是“若作一纸之书”（较短篇幅），这时我们就会理解王羲之为什么没有说“一册之书”和“一卷之书”的缘由了。至于洪亮老师所说“纠错笔法”为什么让人觉得有些刺目和刺耳呢？主要是有人乍一看，不理解是王羲之自己即时纠偏，而误解为有人胆敢给书圣挑错，有点“冒天下之大不韪”的意思了。其实，洪亮老师所言“纠错笔法”之处，王羲之也并没有写错，只是落笔位置有些跑偏，即时纠正。所以，我觉得冠之以“法”亦显勉强，是不是称之为“纠偏笔触”更妥当些呢？

试论线条的“师造化”

外师造化，中得心源。造化主要指的是大自然的天地造化，师造化，是各种艺术门类殊途同归的终南捷径。自然万象，其声其形其色都能成为种种艺术建筑的原料和胚胎。

而具有高度概括和抽象特征的书法线条，则更像是行云流水游走于自然万象之间。唐代孙过庭《书谱》所云的悬针、垂露、奔雷、坠石、蝉翼、崩云、惊蛇、飞鸿、骇兽、新月、星云……无一不是取自然之象，喻造化之理。那么艺术的学习方式为什么都无一例外地选取自然之物呢？答案是简单的，自然之象是自在的，有生命的，而有生命的事物更具生动的美感和恣肆的动感，更具有变化发展的空间和可能。

自然中的生物，无论动物、植物都无一例外地具有自然赋予的崇高属性——生命。在常人看来，一棵草、一只蚂蚁的价值绝对低于一根铁管和一枚纽扣，但一只蚂蚁和一棵草却更容易撩拨起我们那根属于艺术属于情感的心弦。原因很简单，只为它是有生命的，不是“死物”。一根水泥电线杆，只有在诸如把它们想象成一位穿灰衣的瘦高个子男人或一根树干时，我们才可能对其产生抒情的欲望。板着面孔却给我们以温暖庇护的楼房，在被某位诗人看出像整齐的蜂箱时，我们对其更多了几分生命体验与亲切感和喜爱。

寻求变化发展的生命力是一切艺术的出发点和归宿。而书法线条，也只有当它们与自然之物构成某种关系时，才会在人的审美架构中找到它对应的位置和支点。艺术形体的属性中最重要的一条是概括能力，它的脉络和轨迹无一例外地是从具象走向抽象的。音乐的声音既像流泉又似飞沙亦如鸟鸣风音，前者是后者形而上的混合体。书法中的一点既如巨石颓峰又像竹篁新葩，来源于自然物象的抽象艺术符号，总能让想象之泉成为有源之水，滋润看得见摸得着的有本之木。所以孙过庭说要“同自然之妙有”，实乃大了然的高度概括。

师法自然的基础，是自然界中生命体对生命伙伴的尊重，并试图用另外的方式达成某种理解、默契的衍生。

那么深究一步，我们为什么非要师法自然呢？简言之，自然之物的存在是所有存在的基础和园地，这些存在先于本质，原在的存在即合理、即神圣、即有意义……不是么？恐龙比蝴蝶强大，但它没有能力与自然达成和解与共存，所以它要灭绝。而千淘万沥留下来的生命无疑都是了不起的。自然是一切生命的天堂，人的一切审美都是在（也必然在）自然之物寻找例证，反之，就会因缺乏根由而坠入空茫。

敬畏自然，不断理解和发现自然万物的妙处和它们之间的神秘关系，是对艺术和科学信徒永无止境的要求。

衡量存在的尺度主要是时间。有人说，科学越发达，艺术越繁荣，人的头脑也就越聪明。其实不尽然。无论什么时候，人对自然都要敬畏、谦卑和隐忍。因为，一切生命都有一个从诞生到消亡的过程，人或者将来比人更聪明的生灵亦不能例外，这绝不是宿命论的悲观，而是进化论的辩证。

师法自然，是广义而非狭义的，师的是自然发展变化的大“道”，而不只是此物和彼物的可视之“物”。所以孙过庭说“崩云”而不是“崩石”——重中有轻；“蝉翼”而不是“蝶翅”——轻中有骨。简单的一词一句中，蕴含着玄妙的辩证。

书道长河，墨线如波。水波，抽象又具态，有象又无可拿捏，充盈与虚妄的本质，只在心领神会的默契中抵近。

忌 方

汉字是方块字，所以是方的，我们一定要打破这种观念和概念，特别是写字的人。

方块字、方形字是人们为了便于印刷而采取的加工措施，是一种汉字工具化的性质，它们已经不是本质意义的汉字，譬如说牛棚是方形的，牛是方的吗？

都说汉字是方块字，其实我们稍微考究一下，几乎没有一个字是绝对意义上的方形。想想也是，连“回”“国”“日”这样的字都不是真正的方，而是倒梯形和长方形。如果我们有兴趣，请将古今任何一幅书法作品中的任何一个字的笔画外缘用线封闭起来，基本找不到一个真正的正方形的字，出现的可能是不规则的梯形、矩形、平行四边形、菱形、三角形、椭圆形……而且，所有的圆形不会有两个绝对雷同，就如同世界上几十亿人口没有两张完全相同的脸。古人云：“不以规矩，不成方圆。”这句话是活的，所谓“方”和“圆”，是一个大致上的规矩。我们不能把方圆的死规矩套在有生命力和自由表现力的汉字身上。

大致而言，规矩的字体给人的感觉比较接近于方，如楷书、篆书，比较自由，肆意的字体则离“方”较远，如行草书。然而，即使是规矩的字体在它的萌芽时期，也是离“方”较远的，甲骨文、汉简乃至隶书《石门颂》《石门铭》、魏碑《龙门二十品》和《爨宝子碑》等都是天真烂漫，无拘无束。

汉字是活的，不仅仅是一种工具，我们要以尊重的眼光，将其看成有血有肉的生命载体，发掘、发现其中的个性与灵性。其实，每一个汉字都像是一个人，看着长得差不多，其实各有各的风格特征。书法创作中，我们要让它们灵动起来，个性化起来，而不能像唐僧那样，动不动就对不安分的徒弟念紧箍咒。

说说“得劲儿”

上小学刚学写字时，描红本翻过第一页，上面画的就是怎样执笔。红红的一只小手握着红红的一支毛笔。腕平掌竖，指实掌虚，五根手指各司其职。老师讲着“王羲之偷着从正在写字的王献之背后伸过手来抽他的笔，竟然没有抽出去”的故事。那时候在印象里就打下了烙印：执笔是相当严谨和规矩的事情，握笔要紧一些的好。

后来练字写字，还是用比较规矩的握笔方法。并且，对看到的很多写字执笔随便的人嗤之以鼻——连拿笔都不会，还煞有介事地写什么字啊？后来自己虽然字没有多大长进，但对执笔还是挺满意的。心说像练武术一样，只要姿势动作规矩，一板一眼，早晚会有进步的。

心里这么想着，手下这么练着，多少年过去了。字呢？怎么还没有多大的进步啊？该咋说咋说，楷书的结构布局上基本能够把握住了，偶尔也临写一点行草书，也能体会出一些写字的快感。但总的看，自己的字和自己所下的功夫还是不成比例。想来想去，问题不少，执笔方面的问题最大。打个简单的比方，用斧子砍木头、用锤子砸钉子、用锹铲土，只要是用手拿着工具干活计，道理都是大同小异。而最关键的是什么？就是怎么拿和怎么使劲的问题。先说拿。拿任何工具，首先都要做到省劲（因为劲要用来干活儿呢），尽量放松，让工具和手乃至和身体融为一体，或者说让工具成为身体的一部分。具体握毛笔，要找到笔就是延伸出去的手指的那种感觉。至于到底怎么拿，原则只有一个，就是启功先生说的“得劲儿”。名家讲出来的道理大都很简朴。得劲儿，多简单的三个字，却蕴含着只可意会不可言传的妙理。我的理解，得劲儿先是省劲儿，然后才是把该使的劲儿用到正地方；得劲儿的第二层意思是便于使劲，活动范围大，能够把劲儿使得周全；得劲儿的第三层意思是在书写过程中找到身心的快感。如古人说的“心手双畅”是也。

说到最后，到底怎么拿笔？就是一个得劲儿。写小楷和写大字，坐下写和站起来悬肘悬腕，执笔方法是不一样的——但也得有大致的规矩：无论你怎么拿笔，笔都要立起来，能够八面出锋。坐着写小字手掌自然会竖起来，用腕平掌竖的“五指法”合适；站着写大字或行草书自然是像拿铅笔一样的“三指法”便于使转，手掌与纸面平行或略垂，这样活动范围大，便于挥运和捻管，使笔法丰富。

假如把写字当成一种用手来完成的普通的劳动，很多貌似深奥的问题就会迎刃而解：就是怎么拿笔得劲儿，怎么用笔得劲儿。我听一位书法家说，人手是具有记忆功能的，可能不假思索，听“手”自由自如的安排会更好。而古人把执笔法总结出了很多种，什么“龙眼法”“凤眼法”“回腕法”，形式多于本质，搞得人眼花缭乱找不着北。美国人伯恩写过一本书《手的动态》，详细勾画和解析了手的肌肉和筋骨结构，它告诉我们怎么让手便于使劲儿和如何得劲儿，启发不少。

金刚杵

到西藏，终于在靠近金刚杵本土（印度）的地方见到金刚杵。

小时候印象中想当然的金刚杵，似该有张飞的丈八蛇矛枪和鲁智深禅杖的身量。其实非也。

在拉萨八角街的银器摊上，微缩的金刚杵是当仁不让的主角。头戴毡帽，身着七色藏袍的叫卖者操着生硬的普通话："消灾辟邪的金刚杵——嗨，消灾辟邪的金刚杵"。我瞪着眼睛四下找呢，心说金刚杵在哪呢？噢，这就是金刚杵啊，这带棱的梭子一样掏空的哑铃一般的小物件莫非就是金刚杵？这么小巧精致啊！店主和同行的朋友用外星人的眼光瞅着我——兵不识枪的意思。脸红是脸红，但总算认识了金刚杵。

回来查《辞海》，金刚杵原为古印度的一种兵器，佛教密宗也采用其作为表示摧毁魔敌的法器。用金、银、铜、铁等铸之，长八指到二十指，中间为把手，两端有独股、三股、五股的刃头。后来我推断，金刚杵中之"金刚"不是合金钢中的金刚（因为那时还没出现这种金属）。个中"金刚"应该是八大金刚的金刚。金刚是梵文 Vajra（缚日罗或跋折罗）的意译，金中最刚之意，用以譬喻牢固、锐利、能摧毁一切的意思。而金刚在全称《金刚般若波罗蜜经》的《金刚经》中是比喻智慧有能断烦恼的功用。如说般若为金刚，一般为"金刚力士"的略称，这两位金刚力士就是老人们常说的哼哈二将。他们作为守护佛法的二天神常安置于寺院山门左右，左边那位称密执金刚，右边那位称那罗延金刚。而他们手执的正是金刚杵。

我渐渐恍恍惚惚明白了一点儿，金刚杵不仅仅是一个具体的笨家伙，而是一种法器和神器，有着精神和力量的象征；金刚在拥有无坚不摧之力的同时，更拥有超乎凡俗之上的智慧。所以，潘天寿先生在《论画残稿》中说："用笔忌浮滑。浮乃飘忽不遒，滑乃柔弱无力，须笔端有金刚杵乃佳。"

大师就是大师，只言片语都须用心揣摩：金刚杵具刚直不阿之力，但不是傻力和蛮力，是无坚不摧、无境不达的法力、神力。而且，金刚杵数面有锋，与万毫齐力、八面出锋的笔端形神酷肖，而个中之空之灵，正是宗教与艺术形而上的终极所指。

枯与润

枯与润是线条状态的两极，两条胳膊之间环抱着一个形而上的艺术世界。枯与润，在其深渊谷底，在其边缘的悬崖上，由古至今都有流连忘返和义无反顾的探险者。

枯与润的妙处，不仅仅在于其内在深度以及边缘上的极致拓展，更在于二者之间的程度细分和微妙的互溶关系。枯枯之间，润润之间，枯润枯，枯枯润，润润润枯……无以计数，变化万端，真可谓大千世界，不二法门。润若垂露，枯似老藤，世间万物都可以在任意挥洒之间纳入枯润的黑白版图，岂不妙哉？

枯与润者，究其根本，变化也。与刚与柔，疾与迟，轻与重，大与小，倚与正相辅相成，字之要术也。设若艺术是一个混沌的整体，那么说对它的探索更多是在核心与边缘进行的。笔已经枯了，你还有能力能写下去，关键是还能出变化出味道；笔饱满欲滴了，常人笔一粘纸肯定洇成了墨猪，高手却能游刃有余掌控之，写出重而不笨的效果。所谓枯笔不竭，润笔不淫。关键是笔法的修炼——说到底是对速度、分寸等火候的把握。一般意义上看，枯与润，谁都会，出味道，出感觉，出新意，出品位，不容易。进而，枯中之润，润中之枯，点滴须臾之间的微妙变化，可以比拟为数字的组合，无以穷尽。个中，关乎用心体悟，更关乎天分与悟性。

客观分析，枯与润，并不是先天存在的，它是随着文字书写的发展逐渐出现的。具体说，枯与润是随着文字书写的抒情性出现的，小楷一般没有（也不容易表现）枯与润，简帛书和章草中即使偶见端倪，但想来并不是有意识而为，而是笔毫含墨量多少的线条自然表达。从书论记载上看，东汉蔡邕开始有意识地运用飞白，唐人张旭、怀素乃至宋代米芾、明代王铎等人都有意识地钟情于此，并且做出了各自的独特贡献。特别是王铎和徐渭，在“枯”的反方向，把“润”强化成了“胀墨”，极大地拉开了线条的表现与审美空间。再有一点，枯与润，主要表现在帖学一脉，摩崖石刻乃至金文籀文是很难清晰体现出枯润魅力的。或者通俗一点说，枯与润，在石头与金属（乃至甲骨）上很难施展拳脚，它更多的是纸上功夫。由此，也恰恰可以映现出纸的魅力与神奇。

枯与润，可以说是中国书法的看家本领，但也不是独家秘方，如国画用笔中亦非常此道，外国绘画艺术特别是抽象绘画的线条中也有对其主观的表现。但无论放在哪里，枯与润，都不是空对空的道理和逻辑，它总能在不同的地方表现出具象性。它既是哲理，也能表现出具体的形态。无论书与画，它既体现在具体的笔画和线条中，又能够贯穿于整体的章法布局中，其偏于具象又蕴含抽象的特性，值得我们用心领会。

扭结而凌乱的线条

某年一个冬日，在亲戚家的阳台上看外边的一棵树。那是一棵椿树，春夏时的小蒲扇般的大叶子不见了，只剩下破渔网般密集的枝条扭结纠缠在风中颤抖。乍看时，这些黑灰的枝条乱乎乎的没有任何美感，给人一团乱麻“剪不断，理还乱”的感觉。从局部到整体细看了一会儿，慢慢地有了些变化——树冠如风似水呈现出某种秩序，纠缠中有一种繁而不乱的美感。

由此想到行草书的“缠丝劲”和国画山水画中的“滚笔”“换锋”等遒劲皴法。乱，但乱得自然，繁，但繁得有因由、有秩序。那是一种立体深邃的繁茂之美。艺术常见的说法是以简约为美，把以少胜多的概括力作为追求的最高境界。当然，高度凝练的简洁，以一当十，四两拨千斤固然好，但艺术之高境界是一个宽泛的概念，小桥流水人家很美，是自然恬淡天成之美，但峰峦迭起的群山也是美，紫禁城辉煌的建筑群更是美，那是一种壮观大气繁复之美。书法和写作亦然，简单是美，复杂也是美，多与少，简与繁不是衡量艺术品位的标准，而是一种辩证统一关系。国画中“疏可走马，密不透风”即是此理。相对于高度概括的简约，只有具备把握与控制繁乱的人，才是能在乱麻中理出头绪，乱中取胜的人。艺术师法自然造化，而造化之物不尽是一目了然的简单，如这树枝，令人眩晕的繁乱之中，诠释着一种苍茫的大气。细想，凌乱的枝条，每一枝一茎都不是凭空而来，它们都有其来龙和去脉，它们大同小异的形状，它们之间错综复杂的关系，不正是在书法和写作中应当体悟到的吗？

我还要说到繁乱中的“旋”和“扭”。北京故宫东侧的劳动人民文化宫大院里有很多古柏，树龄都是数百年，甚至有的上千年。我们会看到树干旋扭着向上生长，像巨大的木质钻头拧进了天空，植物是懂事的，关键的这一“拧”，获得了坚韧的强度。万岁枯藤也是“拧”着生长的。由此我们看到，普通而矮小的草木不用费这个劲，而不少高、大、长的植物都需要在旋扭生长中获得强度。由此，我们会得到这样的启发：小字用笔主要是爽劲和干脆利落，而写大字，特别是行草书，用笔就不是那么简单和直截了当，里面的动作和力度要求就多了。加上了“旋”和“扭”的疾徐迟涩，才会大幅度提升线条质量。这样也会得到一些苍茫和凌乱。

再进一步说，有了繁而不乱，有了苍劲旋扭，再加上“势”，就会产生更多的势能与动能，变化和张力也就大了。其实在很多时候，美的本质附着在这苍茫凌乱的枝条之上。

对一张纸的态度

从报刊和网络上看见不少青壮年书法家在书案前的照片，涂鸦的宣纸散如乱羽，书者须发长长，神态茫然，一副焚膏继晷为书消得人憔悴的样子。

练字下功夫没错，但不是着急与发狠。你每天写5小时，我每天写6小时，你一天临一通帖，我半天用一刀纸……这时候，在不少人眼里，毛笔成了杀伐的刀剑，纸墨成了对手和敌人。似乎是，磨秃了多少杆笔耗费了若干刀纸之后，一个书法家就会破茧成蝶地“隆重”诞生了。在每年的各类书法展览中，的确有不少参展作品是如此产生的：先分析评委的组成和好恶，观察研究哪种书风比较流行，哪种章法布局容易吸引大家的眼球。然后扛两刀纸，关起门来，唰唰唰数日，废纸三千。再然后请来老师朋友，在数十幅数百幅中遴选“佳作”，隆重投稿。入选了，慧眼识珠，皆大欢喜；落选了，评委有眼无珠，骂书协的奶奶……

字之优劣暂且不论，这时候，写字对上述诸君，早已不是陶冶性情，怡然自得的享受，而演变成一种急功近利和急火攻心的负担了。他们像一台用疯狂的油脂发动起来的机器，每天“努力”地耗费笔墨，尽是为了入展和获奖，进而是盼有朝一日被捧为名家，前呼后拥，鲜花满怀，润格疯长……

中国书画是宁静的事业，是胸中气象的笔墨表达，更是修炼身心的良好方式，更多的时候是一个人静坐书斋的精神生活。练字时间长了，觉得它们就是朋友——每个汉字都是朋友，有的，时间不长就了解了脾气秉性；有的，相处了多少年还是摸不透心思，让人玩味其中，流连忘返。字是好朋友，笔墨纸砚自然也是好朋友，对朋友不仅要有真情，还要隐忍，相互尊敬，讲究礼貌。你对人家发狠，谁也不会那么愿意成全你。

现在甚至有人，越来越把写字当成发神经的行为艺术了，写起字来跟纸笔如有似海深仇，咬牙，瞪眼，跺脚，发力。费劲是他自找的，关键是糟蹋了笔墨啊！记得启功先生讲过，什么纸他都能用，都喜欢用，包点心的纸、废纸、报纸都能用，而且写出字来各有妙处和心得。所有艺术，无一例外都是给人以美的享受。琴棋书画，或宁静或奔放，都是一件愉悦身心的事情，搞得那么累那么较劲儿干吗呢？

古人作书前，斋戒，沐浴，焚香，我想不光是做样子，适当的仪式感可以让身心由内到外宁静下来，再者是体现对这件事情的尊重。爱和珍惜是同义词。爱字，就要把字和笔墨纸砚都看成生命体（这样写出的字才是活的）。试想，每一张纸包含着自然中多少元素和信息，作为造纸原料的一棵树一棵草都是慢慢长起来的，制造当中又要经过多少道工序，经过多少工人和机器的手，转了多少次车船到了商场，最后有缘铺在了我们的书案之上。怎能不让人尊重呢？古人以蕉为纸、以沙为纸、以墙为纸，现在科学发展，物质丰富，得来好纸不再费工夫，勤学苦练没有错，但千万不能慢待一张纸。

从小长辈就教育我们敬惜字纸，个中定然是有深意的。面对一张纸就是面对一件事，不管做什么还是写什么，只要每天我们开始了，就得一板一眼、一丝不苟。

人生岁月就是一张纸，不管工笔还是写意，不论小楷还是狂草，每一笔都得坦荡安然地用心描绘。面对一张纸的态度就是面对生活的态度，也是面对世界的态度。

吃鱼说鱼

若论书法线条像什么，我看最像鱼。记得有一年年底送文化下基层。晌午在乡下吃饭，鱼宴，相当不错。鲤鱼、鲫鱼、鲶鱼、花鲢、黑鱼、梭鱼、平鱼、海杂鱼、芦根……不止八九种。都是鱼，都有鱼的共性味道，但每种鱼有每种鱼的味道，不可替代。特别像真草隶篆行的线条。

鲫鱼，对应线条：小楷、手札。鲫鱼是我小时候认识的第一种鱼，它是池塘和小河沟的精灵，那时候水多，且干净。有水就有鱼，最多的是鲫鱼。手掌大小的身量，排列有序而优美的鳞片油光闪亮。鲫鱼是我儿时餐桌上的常客，也是最普通的美味。

鲶鱼，对应线条：章草、草篆。认识鲶鱼是在我家午后的苇塘。鲶鱼肉白且细，婉转油滑的外表之下，恰恰是纯洁的雅香。黄永玉先生曾说："滑是消极运动状态中的高境界。"而我想鲶鱼当是其优秀代表。呆呆的扁扁的大头，粗蚯蚓小蚓的两根大须，可能真有些老庄哲学蕴含其中。特别是那双斜斜望天的大眼，什么都了然于胸的样子（有点类于蟾蜍），细想也是，若是没有超乎同类的智慧，鲶鱼老兄长那又扁又大的脑袋作甚？

花鲢，对应线条：简书、草隶。花鲢是鱼类之中的凡夫俗子，身材说不上窈窕，论味道上不得大席面，然而百姓的餐桌上常见。我爱吃鲢鱼的鱼鳔，杀鱼时见它如同一只小小的气球，出锅时若一只干瘪的面袋，但味道极好。鲢鱼体格不错，属于水族中的普通鱼种，长得快，寿命也短。我们常常在市场上见到铺在地上的塑料布上成堆的鲢鱼，那浑圆的眼睛边缘上常常带着委屈的血丝。

梭鱼，对应线条：甲骨、行草。梭鱼是鱼中的中上品，相当于早年的富裕中农。梭鱼整日在海水中编织光与水的丝绸，它们的体形与神情之中透露着精明与勤快。梭鱼是油肠，内脏可食，肉似蒜瓣，刺少，我喜欢它的体形胜过味道，梭鱼身体的曲线让人感到舒服和爽快，像甲骨和行草中的线条。梭鱼给我们的启示，就是用笔要迅疾，我在日本新干线上和朋友调侃，当年造动车组的车头，90%以上的形态都是模仿梭鱼，要不穿梭时空怎么那么便当呢！

黑鱼，对应线条：籀文、摩崖。黑鱼肉质劲道，吃着解馋……黑鱼当是鱼中的黑脸莽汉，又懂得些功夫，自然可以在小河沟里横行霸道，逞乡绅之威。不过我们还是得感谢黑鱼，它不仅创造了“大鱼吃小鱼”这句名言，而且身体力行，维系了较为正常的食物链。这还不说，它还与梭鱼一道，为潜艇提供了微缩模型。说到书法上，若论线条浑劲，谁也比不上黑鱼，黑鱼的身体中有一种“野蛮的力量”，特别值得温文尔雅、弱不禁风的书者参考学习。

鲤鱼，对应线条：楷书、行楷。鲤鱼者，水中有为之君子也。才貌双全，惹人钦羡，俗流之中洁身自好，安身立命。若赶上风云际会的机遇，劈涛斩浪，还会在龙头之前纵身一跃哩！

平鱼，对应线条：隶书、小草。帛书对应线条：五六条小小的平鱼安静地睡在盘子里，几片葱花披在身上，色如水草。平鱼是海水中的小小舞女，可以想象，她们小镜子般的身体折射着多少美丽的光斑，在波浪的五线谱上，这一个个圆圆的音符跳跃着鱼儿们心中多少难以言传的梦想？

大家敞开胃口，让鱼香游进身体的时候，我在想，每种鱼都是书法创作中不同的笔画，有着不一样的味道。上午写的春联上的毛笔字，每一笔岂不是一尾鱼儿，它们从笔尖下游出来，游上了百姓的门楣，游进了那舒展的眉梢，顺着那欣喜的目光游进了他们的心灵之海。

笔毫的“小粮仓”

冲上的笔毫，像不像一座小粮仓？瞅着笔发呆，我有点得意于这小小的发现。

古人云：书中自有黄金屋；书中自有颜如玉。我说：笔里亦有黄金谷；毫端流泻酒如醇。

尖端，尖端科技，尖端产品，尖端人才……尖端，是锋芒，是统帅，领导着千军万马。无论写什么字，必须锋尖率领，像雪野上一只黑色头羊领着一万只羊。懂得笔尖的作用，又不能光用笔尖，又要在运用中懂得保护笔尖。要知道，“尖”亦是孤独与脆弱的，费劲劳神出风头的，也最容易受伤。

用锋端，就像领袖和领导离不开队伍和群众，就像金字塔，众人仰望的辉煌在尖顶，但没有基础和塔身，所谓尖顶就是空中楼阁。没有统帅会打乱仗，但打起仗来还得靠队伍。“群众是真正的英雄”可能就是这个意思。

写字，学习，要汲取养分，像我们吃粮，不能光吃粮仓尖上那一点，否则下面的要发霉，粮仓绝大部分的储量在尖顶的下面，仓中、仓底的粮食不能视而不见；锋有八面，毫分三截，墨存里外，我们看到、想到、用到了哪一部分？

如果顺着这个思路想下去，每根笔毫是一棵树，那么树木之中、树木之间是水是墨，也是风光霁月，自然造化和学养襟怀也以肉眼看不到的方式隐藏其中。同样一支笔，一张纸，每个人写出的字不一样，里面有着“看不见的区别”。这区别，正是文化的魅力所在。

再把想象放大一点，假如每根笔毫都是一棵树，那么笔头就是一座密集的小小森林，每棵树都讲团结，每棵树都服从指挥，八面来风（锋），每棵树都尽力。它们通过你的手指，汲取心灵大地的养分，白天，用皂枪白马点画清风流岚；夜晚，将胸中块垒挥洒成满天星粒。

笔尖，像小粮仓，像树木，也像火炬，所以写字乃至做事情都需要燃起胸中的激情。先打住，这是另外的话题了。

努力把笔毫用全

八面出锋与中锋行笔，等同于练武之人闪展腾挪与正直站位的关系。我们在观看武术表演时发现这样一个规律：习练者不论做出何等俯仰开合的动作，总要时不时恢复到身正体直的姿势。这告诉我们一个道理：中锋行笔是相对的，古人所说中锋行笔是“笔锋在笔画中行”，而不是绝对的“笔锋在笔画的正中间行”。行笔，无论挥勒勾挑，无论侧锋偏锋铺毫飞白，总是要不时提笔和放缓速度，让笔喘口气，恢复到开始的架势。写字和打拳大致都是这么一个过程。

进一步说，八面出锋，还主要说的是另一个问题，从立体角度剖析，笔毫的锥体，还有一个用到哪部分的问题。初习字者，多是使用笔锋尖部某一个方面外边的毫，稍后来，能使用笔锋尖部多个方面的毫。而真正的善书者，能够随心所欲地调遣笔锋从里到外，从上到下的每一根笔毫。而能用内毫，字才有骨气。这一点，我们可以从陆机《平复帖》、张旭《古诗四首》、颜正卿《祭侄稿》以及画家陆俨少、李苦禅、李可染等人的用笔中窥见端倪。用内毫，要有提按，有使转，而且要把提按使转运用到位，乃至运用到极限。如人能跳能落能蹲能起，而且要做到最大的幅度。还真有这样的书写者，姿势放纵，能往而不能收，笔画因之失去弹性。像人蹦得高，落到地上就摔趴下了。

可叹有习书者，一生不敢越雷池一步，不敢（也不懂）启用内毫之力，不敢大胆提按使转。一撇一画，谨小慎微，字空见其形，未立其骨，更谈不上苍茫大气了。

艺术的圭臬是观念决定品位，看到了，想到了，然后就是火候分寸。找准了方向，接下来只有踏踏实实下功夫了。劝人劝己，敢于和善于驾驭每一根锋毫，做那笔那字的主人，而拒绝当笔和字的奴才。

笔画的厚与薄

按惯常的书法审美意识，笔画薄乃是大忌，自古至今都是强调厚重。我看不尽然。笔画追求厚重浑圆，没错，但笔画不应该都是“圆”的，否则笔墨语言的丰富性就弱了，线条的张力空间就小了。

铁板木板都有厚有薄，厚有厚的用向，薄有薄的使处。而在几乎所有的板材之中，加工薄板的难度和质量要求更高（比如说冷轧薄板和超薄三合木板）。笔者曾去过首钢新址曹妃甸，和轧钢专家探讨过冷轧钢板的问题。人家说，冷轧薄板最难，薄，还要有硬度；薄，还要厚度均匀；薄，还要有宽度。像凯迪拉克汽车用的面板，即属此列。

书法，最重要的特征是建筑美。一座好的建筑，哪能光用厚重的材料呢？比如说翘角飞檐，比如说雕花木窗，笨重了就不像样子。

艺术的魅力在虚实之间，实乃基础，虚占主位。舞蹈、音乐、雕塑、绘画、书法……都是让人从“实”出发，弄出一点“虚”的东西来。虚需要轻盈、速度。鸟儿想飞，既需要长大翅膀，又需要降低体重。刀子要好用，既需要刃口锋利，又需要自身的轻薄。

无论什么手艺，掌握“轻”都比掌握“重”的难度大。轻，更需要掌握火候和分寸。薄而有质量的笔画对速度的要求更高，它要求你在短时间到位地完成。不仅要技术，还要看心态、胆量。就像人，无论面对多么动人的眼睛，回眸一笑和惊鸿一瞥，丝毫不比深情凝视逊色。

品中石说尖锋

最近对欧阳中石先生的字又有所悟。尤对其尖笔露锋。

欧阳先生不仅是书法大家，还是书法教育家、逻辑学家。其学养渊深，心态平和冲融，令我仰慕多年。

先生的书法融碑帖两脉，又深谙钟鼎甲骨，直溯渊源，加之大学者风度气格，其字高迈通神。吾偶有点滴意会之得，总于陋室临池之际手舞足蹈，沾沾自喜自乐也。

先生之书，华采于帖，身骨在碑。在行笔风格上，与当代碑学大家孙伯翔先生一迟一爽，神采各具。若言伯翔先生得碑学凝重迟涩之造化，能将岁月的痕迹提按于笔下，那么欧阳先生则是出迟钝于爽劲，以他对书法的高深理解和天籁般的想象力与创造力，复活了在青苔漫漶的石碑上沉睡千年的汉字——哪里岂止是恢复，是让那些石头上的枝根，在心领神会的点化引领之下又生发出喜人的新芽。

众所周知，碑学的要旨为凝重淳厚，晚清以降，多以力透纸背和“印印泥”为圭臬。相对于婀娜多姿的帖学来说，碑学字体多为直画，深沉爽利之余似乎少了些变化和性情。欧阳先生则能游刃其间，双妙皆收。所以，称大家。先生之书，在深得线条厚重质地的基础上多了天真自然的率性，枯藤古干般的浑圆线条，或劲健直扺，或一波三折，或纤若钢丝，或悍若老松（颇有潘天寿“一味霸悍”之意），直中有曲，曲中见直，动中寓静，真正做到了孙虔礼《书谱》“同自然之妙有”之论。

更为可贵的是，他有意在浑朴的笔画之上多了露尖出锋的俏笔。何谓俏？是事物中让人过目难忘乃至心跳加速的成分——如“美目盼兮”也。不仅是字，诗文之中乃至性情之中皆少它不得。

最近欣赏欧阳先生的大字之书，起收之端常有尖尖之锋，如古木之巅临风摇曳的新枝，似深潭之上音符般的涟漪鱼影……百般惹人喜爱，恰似看不见的小手儿挠得你心里痒；同时又不娇不弱，焕发出顽强的生命力和春天般的勃勃生机。如此一来，千年古木就有了鲜活的生命蕊芽。这不仅仅是一种现象，而是一种新的艺术观念和审美。

传统文化，是以含蓄内敛为主要特征的。所谓以柔克刚；所谓木秀于林风必摧之；所谓含而不露是也。这样一来给不少人带来一个错觉：认为“显”与“露”是浅表层面的东西。只有内在才容易受到保护，才不会有太大的风险。（在这一点上也契合了中国盛行的中庸之道，所谓不偏不倚为中，是事物的根本所在。）这话也没错。但是，对于任何物质，内与外，表与里，都是相辅相成的。内质是基础，外华是神采，二者要达成美妙的平衡，不可或缺。而灵犀一闪的神采，之所以是最让人心动的，因为它是冒险的、探索的、直露的、稚嫩的、让人心动的也是让人揪心的……

好了，我终于明白了些许欧阳中石先生的尖锋：具有底蕴和内质的载体上的鲜活生命才会长久。因为下面踏实的根底，雪莲、灵芝之下是冰清玉洁的高峰，对其摄人魂魄的艺术华采可以免除很多不必要的担心。

对于艺术，特别是对于中国传统艺术，内敛并不是绝对的，锋芒才是它探索前行的利器。而思想的掘进与观念的拓展更新多么需要它。

文字的性格与面目

我觉得文字不仅仅是人表达和交流的工具，它本身就是思想和文化的一种载体和意象符号。每个字同每个人，有身架有血肉也有灵魂和性格。

练字的过程是人和字，本质意义上的人和字不断抵近的过程。万物的本质形同虚无，而彼此的抵近过程如老子所言的“一尺之杵，日取其半，万世不竭”一样，是永无止歇的。形成独特面目的书家只是在与自身性格学养相对应的那条道路上走到了远处。像一棵树，树干是本初的字，是最基本的出发点，而一枝一叶的方向、角度、形态都不一样，各有神采，它们的共同属性是都与树干相连，树干下面的根连着大地。从极端意义上说，每根枝干，每片树叶中都有整片大地的营养，在微小茎管的秘密隧道里，养分叶绿素们昼夜奔忙。每种艺术都与整个世界相关，如每片叶子都与大地和自然相关。

字，变化发展的汉字因其独特的空间结构特征和抽象的线条特征而成为痴迷者心中一门至上的独特艺术。在这里，每个字都会在不同的笔下变幻出不同的形态，让人不得不去想字不同表象后面那个“本”字，那定然是一个变化之中的虚无存在，字的灵魂。

书写者都是客观的“活体”，字是本质意义上的“活体”，这样一来，我们就有理由对字给予一种持久而全新的尊重，把每一个字当成朋友，而不是看作是人操纵的、纯粹为人服务的工具。练字的人都有这样的体会，心情好环境好的时候字就好，反之则亦然。假如字是机械的“死物”，那么它是不会因为人的心态和氛围而大相径庭的。古人讲究作书之前斋戒、沐浴、静心，想来不尽是小题大做，他们表现出来的最起码是对字的一种敬重。

换个角度看，如果字是我，我是字的话，一切都会变得简单了：你愿意和品学不高心不在焉的人做深层次的精神交流吗？为什么学养高深的大书家能够举重若轻，信手拈来，原因很简单：他们爱字，字也爱他们。

为黑处写？为白处写？

以笔蘸墨，在载体上形成墨迹，笔画、线条、结构、书写者的注意力当然是在黑处。其实，字的妙处不仅仅在于黑处。

在临习颜真卿《大麻姑仙坛记》和《爨宝子碑》中都出现过这样的困惑：墨迹的笔画差不多，结构和形态差不多，但纸上的字看上去还是没有帖中的字那种精神。后来发现，原因是对字中之白注意不够。注意字的形态、结构，注意了字中之黑（即笔画），再注意了字中之白（从黑的精细处到白的精细处），那么，才能说从一个立体的三维角度对所习之字有了一个准确定位。这样，最起码可以从外在的方面将字把握住，不至于离了谱。

先前写过一篇小文名曰《悟“计白当黑”》，主要是说黑白相生，互为表里的相互关系。但那篇小文，是将黑与白放在同一个层面上说的。于此，我想打破它们的平面关系，说说黑与白。

字到底为黑而写还是为白而写？这是一个根本性的大问题。习字之人大抵分三个层面，第一个层面的人一辈子研究“黑”没有想到过“白”；第二个层面的人注意到了笔下之黑，纸上之白；第三个层面的人以笔下之黑，纸上之白为梯，登上高处，望见大“白”妙境。

前几年，临《礼器碑》，深爱之，勤习之，但未得其内层精神。后来得见报刊中登刊林散之先生手临《礼器碑》和隶书《毛泽东诗词》，真是妙不可言。我从朋友处借来，放大，细细分析，想找出那藏匿于“黑”与“白”之间的汉字的灵感与灵魂。后来我失望了，在一笔一画一字一行之间，我没有觅见要找的东西，一笔是一笔，一字是一字，黑的图形，白的图形，都仔细分析过，没有发现神奇的东西。但整幅一观，那种动人的精神风貌又回到了眼前——林散之就是林散之，那字，有一种说不出来的遒劲、高雅、气度！这时，我才想到黑白之外还有“白”，那是一种精神和气韵，那才是通过平面的黑与白要抵达的妙境啊！

我们常说的黑白相生只是一个层面上的辩证，它应该有向立体空间弥散的欲望。清代书法理论家笪重光《书筏》中云：“匡廓之白，手布均齐；散乱之白，眼布匀称。”“黑之量度为分，白之虚净为布。”意思是说字内整齐之白，随手就能布置整齐，而字外散乱之白，需要从整体上着眼才能摆布匀称。更可贵之处在于他在黑白分布提出了一个重要的词语——虚净。艺术的妙处在于虚实之间，实与虚之间的相互作用产生了弹性张力和精神象征，这些看不见摸不着的东西成了艺术的灵魂。艺术的同归殊途都是一个由实而抵虚的过程，即由可视物质为梯，到达一种理想状态的精神审美愉悦。

只可惜，从古至今的书理，写实多而论虚少。我们缺少萨特和弗洛伊德那种观念和视角。构成世界的物质属性就是实与虚，从俗常的视角看去，大地、植物、山峦、砂石……这些是实的（相当于字中黑）。空气、精神、光、电波……这些是虚的（相当于字中之白）。当然，还有一些介于黑白之间的物质，如水、火、云、雾等等，它们可以在虚实之间徜徉（相当于字中多出之笔或省略之笔）。所以汉字是伟大的抽象艺术，它的本质之一是以抽象概括具象，之二是以抽象使具象升华。

扯远了，我们回到字上来。我觉得实与虚并不是仅指纸面上的黑与白。纸面上的黑与白，都属于“实”的范畴，它们相互作用，结合得美妙，是为了抵达一种抽象之虚——宗教般诱人的精神境界。然而，更奇怪之处还在于不少字，从几何图形上讲，“黑”和“白”都很讲究了，但仍然出不来那种精神，那种内涵。这就是人们常说的看不见、摸不着的字外功夫了。所以孙伯翔先生讲：要有吸引力，要气韵生动。“气”也要，“韵”也要；既要有山野气，也要有庙堂气。

现在年轻人学什么都很快，很容易写像，但是经不经看是关键。写像不是目的，我们的目的是把它写“化”，“化”中见美，这应该是一生的追求。写像了只是一半，形态易得，质感难求……不写“化”不罢休。我们得知道“语不惊人死不休”的分量。由孙老的最后一句话我想到了写诗，由纸上的词句而求得有新意和有深意的弦外之音、言外之意。

以上赘言，概为一句：字由黑而入，为白而写。此白非黑间之白，而是书者胸襟之中鼓荡的文化气息。

线条质量随感

线条质量可能是近几年书法评论界使用率最高的词汇之一，笔者最先看见较系统地阐释其然是在陈振濂先生的《书法美学》一书中，后来在书法类书刊中的理论文章中该词多有涉及，仁者见仁，智者见智。其中奥妙引人入胜，更引人深思。

初习书法时有一个片面认识在脑海里逗留了很长时间。那就是认为字的关窍在于结构，横、竖、撇、捺、钩、挑、折的种类和形状大抵如是，关键看怎么穿插和搭配。后来随着实践的深入与理性的思考，渐渐觉得这个观点有些局限了，越来越觉得线条本身的质量才是书法的根本和真谛。从某种意义上讲，常规的结构是属于初级的常识（不包括创造性的结构发现和创造），处在从属地位。结构和线条质量，如同一个人的身材、容貌与内在品格和学养的关系。

诚然，强调线条质量并不意味着结构的次要，也并不意味着在结构王国里没有可供创造的疆土。结构的基本原则与美学指向是一个习书者必需的门径，这扇门不进，别的将无从谈起。但是一般意义上的结构终究是属于“工”和“巧”的范畴，看得见，摸得着，靠苦功夫是容易掌握的。而线条质量则更多地包含了抽象的艺术本质，虽然它蕴含在可视的“字”中，但它更多的是只能意会，不便言传的抽象成分。它的难度系数远比掌握结构的规律特点难得多。当然，学习和探索字的形体结构规律也需要举一反三，触类旁通的悟性和多年的功夫，这个过程与熔炼具有力量感、立体感、节奏感的高质量的线条相辅相成，并不矛盾，二者之间自然存在着水乳交融的默契关系。然而我的感觉是，懂得了用笔、练就高质量线条的书家已深谙结构之理，甚至有了熟稔之后的创造发挥；而精熟地掌握了字型结构的写手，却未必都能挥运出高质量的线条。结构与线条质量，前者如定型的规矩（尽管这个规矩也是变化的），后者是挥动的感觉（即会使了说不清的那么一股劲，写出了那么一种对味的感觉与意思）。前者靠功夫，后者多凭悟性，这是二者的第二层辩证关系。

接下来我对自己提出了第二个疑问：书法作品中有点有线有墨团，为什么只讲线条的质量呢？“点”和“面”乃至字的建筑形体是论家的疏忽吗？这个问题倒是没经过多长时间就不攻自破：噢，原来是自己认知角度与范围太狭隘了，所谓线条质量的“线”是大“线”而不是小“线”；是形而上的“线”，而不仅仅是视觉概念上的“线”。何不如此呢？无论是轻如蝉翼的游丝，抑或重若崩云的重墨，还是大珠小珠般的“点”，岂不都是“线”的一种变化与别称？打个比方，从运笔轨迹上看，“点”既可以看成是“线”的一段，又可以看成是线环绕的一个“圈”或缠绕的一个“团”，更可以看成是线柱立在纸上的截面。按孙过庭所言“同自然之妙有”解释，自然界中有多少物体形态，那么书法的线条就可以有多少种形状。

那么什么样的线条才算是有质量的呢？简言之，线条不像印刷体，线条里面似乎有内容，这些内容是似有似无和不易觉察的，并不是故意啰嗦卖弄和故弄玄虚的内容，而是一种“意思”，一种耐人寻味的、能够引起审美共鸣的、高于一般观赏者认识的新的“意思”。其实这些“意思”就来源于书写时一种本乎于心的动作，其中有大动作，但更多的是一些高级的“小动作”。关于线条质量，我们尽可以从名家名帖名碑中去慢慢欣赏和体悟。朴素地说，线条的质量就是书者学养的质量，如好的小说家，也不需通篇看故事，只看看语言的质地就能判断其高下。这些，非机巧所能至，亦非蛮力所能为之。好的线条就是好的书法语汇，其质量是可视可感的。

上善若水

古人云："上善若水。"水，不仅是润泽万物以及人用来解渴的东西，还是一种感觉和状态。写字，尤其是。为什么？墨是液体，实际上毛笔挥洒的是略显黏稠的"水"。

水与阳光，是自然界所有生命都离不开的东西。一阴一阳，乃是孕育生命的根本。阳光雨露，阳光里有水，水里也有阳光。

孩子大人都爱玩水，为什么？好玩。玩，是一个很重要的字，拆开来，是王和元——元为初始之意，刚刚称王，谁能不美？有玩心，才有趣味。从艺术上理解"玩"，设若整个艺术世界，自己是极度自由的主宰（王者）。虞世南在《笔髓论·辩应》中也说"心为君，妙用无穷，故为君也。"甭说游泳，涮足洗脸都是很自在舒服的。也别说在西湖、漓江，就在家里的脸盆里肌肤与水相亲的感觉也是相当不错的。可惜，这种习以为常的好感觉很容易被人忽略不计。

而在写字时，应该特别留意和体味这种感觉。

笔法的轨迹都是用生硬的线条和箭头描绘出来的，在这里我们就看出了文字的局限——很多东西只能体会，一旦落到文字和语言上就僵了。孙过庭云："导之则泉注，顿之则山安。"窃以为妙在一个"导"字（又岂止一个"导"字，《书谱》中的每个动词都极有味道），导者，领导、疏导、向导之意，绝不是生硬的命令和管制（时下常人理解的"领导"这个词真有点背离了原意），为什么？你要"导"的是液体，必须深谙液体的本质和习性。"抽刀断水水更流"，和液体打交道硬来肯定不成，要不然书法为什么最忌火气呢。导，可能是大禹治水时的发明，简单说是按人的意愿哄着水走。写字岂不是一样？有的人非要照着石头上凿子刻出来的字用笔墨仿出原形来，有不少还真弄得挺像，但总觉得有点舍本求末。诚然，对于书法线条，刻划感和节奏感同样重要，但“划”不是“画”（是锥划沙的“划”不是照猫画虎的“画”），划字，一半是桨一半是刀，又是辩证统一了。水，本来就是自然界的书法线条，潭湖中流，水波不兴，楷也；百涓归海，静波细浪，行也；大川出峡，黄河九曲，草也。更不消说纤纹若无的细线、溪水绕石的转折、峡谷瀑布的飞白了……

这里说的“水”的概念并不是浅层面的和机械的，它是一种内在的理念和状态，多与行笔有关。古人云：“笔妙喻水，方圆喻字。”运笔之妙可以拿水做比喻，字体的结构变化可以拿方圆做比喻。汉字最大的特点之一是建筑感和立体感，在结构上则不能像水一样柔弱无骨。单就行笔也不是都如水流那么润滑，但万岁枯藤筋脉里也有甘露，石纹石脉里也有云纹，不然它们就是死物，就没有了生命力。说宽泛一点，世界上什么人、什么事都要有水性，也要有骨气，一刚一柔，缺了哪方面都不行。

想起一个叫月光的人

我想，《曹全碑》一定是在月光下写成的，而且是在月光下刻到石头上的。它不张扬，不热烈，由里到外淡淡散发着阴柔之美。近来喜临这些不知道作者的汉隶和魏碑，一是隐隐觉察出它们的高妙，二是不知道出自何人手笔，恰于海阔天空，胡思乱想。

写这字的人不管是和尚还是隐士，我姑且称他“月光”吧，他可能板桥般粗衣旧衫形销骨立，也可能东坡样大腹便便羽扇纶巾，他可能腹有池墨又英俊潇洒，口若悬河，他还可能胸藏锦绣而相貌平平，敦木讷言，反正他已死去很多年了，的的确确，但今晚我们会心地见了一面。

人之一生到底何为？短暂的存在能否构成终极的意义？这个普通的追问，今天晚上又突然意识到——人，宇宙间大可忽略不计的一个闪念，说雅了就是肉体消失之后，想让精神存活；说俗了就是想让后人记住一段时间——尽可能地长一些。当我把许多历史书上的知名人士渐渐淡忘的时候，忽然想到了月光。他可能是个再普通不过的人了，连名字也是千年之后我给他起的，但他绝没有想到这么长时间后还会有人一笔一画地描摹他的字迹。亦步亦趋，像个跟在巨人身后蹒跚学步的孩子，千年的时光隧道就这样在河流般的墨线中沟通了。

千百年来，古人的字里面是什么东西让我们如此这般孜孜以求，乐而忘归？为什么多年的努力后冷静的回望还多是些东施效颦，遗神取貌？我想最重要的是今日之我们再难具备古人当时的纯净的意识和心态。随着人类欲望的增多，我们思维中的贪念和杂质实在太多了！今天，在这个释然的晚上，感觉特别好。有一瞬，我真的就忘了现在，和月光形影相叠幻化成一人——可能是几秒也可能是千年，不管怎么说，不论是腕指的挥运，还是嘴角眉梢得意的笑容，都有跟月光相同的默契……虽然短得可怜，但一个普通而又神秘的古人竟从我的肉体上得以再现，获得短暂的永恒瞬间。这些线条鱼儿一样在白湖中游弋起来。呵，这些深渊中黑色的血，什么还能玷污它的颜色……

月光，一个不想青史留名的人，却让后世的柔软之笔刻进记忆的石头。月光，你的脸庞正在子夜逐渐丰满，沁人心脾的是比乳汁的营养还要丰厚千倍万倍的气息呵……夜已阑珊。推窗，月如柚瓣，一把透明的刻刀，在心头划过旷古的幽寒。

作画亦如熬羊汤

女儿上高三，艺考前习画争分夺秒。春节放三日短假，老师曰：“谁大年三十晚上还在画画，就会考上清华、央美云云……”孩子思上进，更有压力。我说：“平时画稿三千，头悬梁锥刺股的，好不容易休息两天，吃好睡好，艺术感觉就来啦!”妻子附和着诺诺：“既要省时间又要吃得好，早晨先熬羊汤喝吧。”

桌前，女儿发呆，羊汤无味。我抓住机会，下厨将羊汤来个二次加工，汤未上桌，孩子连说好香啊好香啊，遂嘶哈嘶哈一连喝了两碗，直到额头汗津津仍意犹未尽。吾只低头喝汤，不语。妻子见很少下厨的我抢她的头彩，讪讪道：“就见他加撮盐、点几滴香油、撒点香菜和酱豆腐汁，看把你这馋猫香得……”明显的“醋”味十足。

“星星还是那颗星星，月亮还是那个月亮——汤也还是那锅汤。加盐半勺，中火熬之，香油几滴，腐乳少许，香菜一撮——味道就是那个不一样啊——不一样……”“看把你爸爸神的，有啥呀，是吧?”看来了机会，火候到了，于是话锋一转，“桌前一课”就开始了。

“加盐半勺——羊汤味需重，如此才压得住膻。画亦需有正味；香油几滴——可钩出羊汤之鲜香，并葆其纯正。画需有点睛之笔，否则平淡无奇；香菜一撮——添香增色。画要与整体艺术氛围中有醒目之俏色，方能跳出平庸，令人目光一亮；腐乳少许——架起汤香盐味之津梁。画中老旧之物，功用胜新，沧桑，厚重，质朴，或兼而有之。一幅画很薄，要增加时间的厚度，更不要放过化腐朽为神奇；中火熬之——请味如汤。把画画好，用心用力，更要用功夫熬，急不得，慢慢来……”

“好喝，好喝，我还想喝呢！”

“这下好，惹事了吧？汤仅剩锅底儿了，看你还有啥招儿……”她妈妈显然是要看热闹。

我端起汤锅，转身入厨房。她们以为是去刷锅刷碗了，互相取笑，传来默契的讪笑。两分钟后，我又端淡汤上桌。

“羊汤口重，喝完定想喝水，意犹未尽正是由此产生。而喝毕羊汤便饮白水，必定索然无味也。”

“是需要过渡吧……”女儿似有所悟。

“对！此刻，须加少许热水，二次熬制的‘锅底汤’衔接过渡之啊……为文作画，其收笔处，虽可意犹未尽戛然而止，但意念中更要勿忘周全、归于平淡。”我像一个卖弄的学究，有些陶陶然了。

见娘儿俩均颔首出神，见好就收，刷碗收桌，不紧不慢奔阳台书桌而去。此时，朝阳斜洒入窗，极若画中一抹霞晖。

小女不知何时已然搬着画夹凑到了近旁。

橘香书味

字要有橘味。那日晚上在办公室临帖，加班的小姑娘们买来一兜橘子，抓出几个滚在了宣纸上。橘味书香，迅速融为一体，散发出沁人心脾的气息……

“字要有橘味”，我一边吃橘子，一边得意这个小发现。

假若以果蔬比喻毛笔字，橘子是比较贴切的。苹果的芬芳显然与传统关系不大；梨子的脆甜有些许清澈（若中秋之月），但略失清浅；柿子有点靠谱，但内里一团糨糊，虽有古典之甜，但涩且混沌；至于香蕉与芒果，气质近油画水彩，几乎与书法绝缘……

只有橘子。惟有橘子。我想到屈原的《橘颂》，与文墨有着会心的默契。稍加留意，自在与自得的书法，大不过红橘，小不过金橘。我个人以为，无论擘窠大字还是蝇头小楷，都会有勉强与刻意之嫌。

橘子的结构精致绝伦。既有浑然的结构——饱满、浑圆、瓷实，又有清晰的内在结构——每一瓣若一笔（自足且有形体、有厚度），相互间又有丝丝缕缕的筋脉，让橘子（一个字）成为一个整体。每瓣之间，贴靠得是那样紧密，但又有着清晰的界限。橘子，像一个温暖的小小城堡，月牙般的橘瓣之砖砌筑在一起，分明在拱卫着一种意义，固守着一枚微型的夕阳。它的种子围绕在虚无的中心，形成了另一个内部的拱圈。其实，在中国，橘子并不用担心灭绝的命运。每一瓣月牙都在照耀着什么（一盏小橘灯也分明在照耀着什么）。我想到了作家冰心，也想到了一片冰心，沁人心脾，直入骨髓。而宣纸上散落的橘瓣，多像书海中的暖色扁舟。我想到了清代书法理论家笪重光的著作《书筏》，载着我们的想象往茫茫书海的深处去。

橘子的味道就是中国文化纯正的味道。三七开的酸甜之比令人着迷。恰到好处的酸（略含文人之酸?）像一个组织中渗入每个细胞的反对党，监督、控制、调节，有效避免了甜的放纵与张狂。于是，橘子的甜中有了自律与内敛，暗合了传统文化的品质。进一步说，橘子的酸与甜，在相互的和解中产生了一种化学反应：甜不见甜腻，酸不见酸腐。爽口悦心的清新之气，并肩携手，进入我们的情怀。包括那些橙色悬崖上的白藤，也在我们的身心中架设起无数条沟通古今的精神栈道。

令人陶醉的，还有橘子的团结和纯粹性。橘子没有骨架，但有骨气。这全要仰仗团结的力量。在相互的拱卫与烘托的城堡中，橘瓣们都得以站立起来（如汉字的建筑之美）。似古桥之石拱，让团结凝成牢不可破的力量——除了彻底掰开，即使剥掉了皮，你也很难毫发无损地抽出其中的一瓣。汉字之笔画亦如是。一笔是一笔，自起自结，完美自足，但每一笔又不仅仅属于自己，——像一个齐心协力的集体中的个体。橘子的纯粹性让它抵近了艺术与宗教。肉可食，籽入土，皮入药，甚至没有蒂，浑身上下没有一点废弃物。橘皮是粗糙的，粗粝，沧桑。那些粗大的毛孔挥发的是一种类似薄荷的清凉气息，让人清醒。这种带有刺激性的清凉里暗含清醒与洒脱。这个巨大的胃囊告诉我们，艺术营养的吸取与消化能力几乎是包罗万象的。而这件外罩里面，除了肺叶再无其他，胸怀气量可见一斑。

不一定书屋炉火如橘，不一定有桔衣素袖添香之手。心中有橘，足矣。

夤夜，关灯回家。回望，机关大楼变成一个凝重的方块字。中天浩宇，月如橘瓣。

李铎先生教我四个关键词

2011年2月3日，是龙年的大年初一。晚上，长安街华灯初上的时候，中国书法家协会理事、中国铁路书法家协会主席王勇平带我们去拜望著名书法家李铎先生。走进军事博物馆李铎先生的书房，他和夫人李长华阿姨热情地招呼着我们。书房并不很宽敞，但很雅，客厅东面墙壁上有四个几尺见方的大字“厚德流光”，笔意和结构是唐楷，线条却是汉碑味道，我仔细地端详，舍不得移开目光。西面墙壁则是一幅山水画，没有设色，但更可以看得出线条的功力，构图和意境很有古意，也很见功夫和情怀，看落款才知道这幅画竟是李铎先生亲笔所画，让我在心里暗暗吃了一惊，没听说过李铎先生善画山水，但画作却是如此精到，令人叹服。靠进门一侧的影壁是一幅行书横披，巴掌大的字，内容是截取《圣教序》。如此整个书房的气场就非常高妙了。我几乎是一个字一个字地用目光“抚摸”着这些作品，用心感受着大美境界……

晚间便餐，我趁机请教书法问题。李铎先生微笑着，目光灼灼地向我们打开了话匣子，他说，写书法要记住四个关键词。

第一是兴趣。兴趣是最好的老师，有了兴趣就会坚持下去，有了兴趣就会乐此不疲。孔子云：“知之者不如好之者，好之者不好乐之者。”喜好就是兴趣，有了兴趣就能找到快乐。譬如小孩子喜欢玩耍，无论大人怎样约束，他们还是要想方设法跑出去，这就是兴趣。而对艺术来说，追求的过程很枯燥很单调，不像小孩子玩耍那么随意和尽兴，培养起兴趣来是很不容易的。但兴趣一旦培养起来，就会获得一种持续的快乐的力量。而且，这种力量可以贯穿一生。

第二是勤奋。所谓勤奋，就是耐得住寂寞。艺术创作从本质上讲，就是有效时间的累积过程，必须把功夫下到，就像庄稼和果实的成熟必须经过时间和季节，必须经过耕作、除草、施肥、浇灌。一个人的勤奋，是通向成功的主要阶梯。可能会有人问，有了兴趣还需要说勤奋吗？一般来说，兴趣是阶段性的，还会有起伏和间断，有时候是一阵子。这时，勤奋就显得更重要了。把勤奋拆开来看，“勤”就是加密和保持频率和时间。“奋”就是要有激情，带着一股向前的劲头去学习和创作。而不是为坚持而坚持，当一天和尚撞一天钟。

第三是悟性。悟性很重要，主要是看你有没有先天的这方面的天赋，天赋像一个沉睡在你身心中的矿藏，要用勤奋开凿通向它的巷道。对于书法来讲，悟性主要是要和古人交流和对话，面对一本字帖，你要能够想象得到古人书写它的姿态乃至心境。学习古人就是要通过悟性和古人心神相接，也正如古人所言：“思接千载，心游万仞”。进一步讲，悟性还要有解剖汉字的能力，主要在读帖的阶段体现，要把古人写的字看懂，理解透，知道它怎样写和为什么这样写，就是知其然还要知其所以然。一个书法家面对一个个活生生的汉字，面对一个一个结构严谨如同身体的汉字，要具备庖丁解牛的能力和外科大夫的眼光，就是既能把字整体来把握和分析，又能把字拆开来和自由地组装。写每部古人的字帖，你必须要找到最有代表性的几个字和几个笔画特点，就像给一个人画像，抓住最主要和最明显的特征。要看透一个字，弄懂一个字，写熟一个字，记住一个字，而不是大概和机械地重复一遍一遍地去抄字帖。所谓有悟性，就是明白了如何达到事半功倍。

第四是路径。所谓路径就是要把路走对，不走瞎道和斜路，更不要耍小聪明去抄近路。书法是大道，要走正途，那就是老老实实、服服帖帖先向古人学习，这是大方向。为什么要先向古人学习，因为这些名帖名碑是经过千百年的历史检验的，是真正的好东西。即使你现在有多好的想法和自己认为多好的作品，但这些都还没有经过时间的检验，不一定靠得住。探索和创新是必须和必要的，但要在传统的基座上站稳，然后才会有所建树。无论哪个时代，真正留下来的好东西总是凤毛麟角，且不以个人意志为转移。说到底，谁也不可能一厢情愿地超越古人和超越经典。这种想法，无异于一种违背客观规律的痴人说梦。所以，先必须老老实实学习古人的道理就在这里。这是大方向。进一步说，学习古人要找到和你的兴趣审美相契和的那些，像性情相投的对话者，理解起来会快一些。只有在认真透彻地学习领会古人的基础上，才可能谈到创新。所以，一个时代中真正具备创新资格的人是不多的。像在奥运会上冲击纪录的人，筛选和淘汰的过程是严酷的，关乎勤奋，关乎天分和悟性，更关乎境界。自然，创新之路也是路径。这条路不要刻意去走，就像爬山，当你站在一定高度的时候，你自然会看清自己向上的方向，你也会很清醒地找到属于自己的一条路。

李铎先生此番教诲，有的内容也可能在书上只言片语地见过，但当这些道理让一位书法大家面对面告诉我们的时候，而且融合了他自己多年宝贵的体会和经验，怀着一颗师心，毫不保留地倾心相授的时候，令我们特别感动，让我真切地领会到了很多书本上看不到的好东西，深觉受益匪浅，特别幸福。

今有几人尚识君

20 世纪 60 年代后期，正是“文革”“方兴未艾”之际，北中国的唐山，仿佛空气中都弥漫着一股“斗争”的味道。在如今唐山西山口附近，坐落着这个城市最早的现代建筑群落——西山别墅，那是早年英国人盖的欧式建筑，供开滦煤矿高级职员居住，是比较惹眼的地方。其中一个常有人聚散的院落引起了那个年代嗅觉特别灵敏的公安部门的注意。它的主人叫李浴星，职务是开滦干校病休在家的教师。他早年就读于天津法商学院，当过国民政府的律师和推事（法官），而络绎不绝的来访者除了市里的党政要员就是一些爱好书画的文人，他们每每不事张扬地在这里相聚究竟有何目的？当时给人的感觉是那样顺理成章：一定是在密谋着什么反党反革命的事情！由此，这个不定期的小型集会组织被地市两级公安局列为监视重点，定为“反革命组织”。在李浴星被抓放两次之后的 1970 年左右，一家人被造反派工人同志赶出西山别墅，搬到唐山西北井大坑附近的 61 楼（1961 年所建）。那是一幢抗震性能极差的简陋建筑，环环相扣的厄运让李浴星一家五口在 1976 年的唐山大地震中全部罹难。

李先生搬到 61 楼以后，这些人还是时常聚，尽管没有查出任何反党反社会的真凭实据，李先生还是像政治“玩具”一样又被抓、放了一次。当时的“革命”理由是类似现代版的“天方夜潭”：李先生的学生来了，买了个西瓜，师徒几人吃瓜高兴。李先生信口吟来：“七月先收丰硕果，红星满口正饴人。”传出去，公安局说你们这是吃共产党呵。胆大包天！一次李先生和友人到昌黎碣石山（曹操“东临碣石”的“碣石”山）写生，李先生触景生情：“碣石山前春燕来”，被以讹传讹说成是盼蒋重来（介石……来），真让人哭笑不得。后来李先生的高足，书法家张佗先生说：“真是哭笑不得呀……毛主席他老人家还‘东临碣石有遗篇’呢，咋说?”

1976 年，是中国多灾多难的一年，四害横行，邓小平同志再次被打倒。周恩来、朱德、毛泽东三位伟人先后辞世。东北下了陨石雨。唐山发生了大地震。阴错阳差，李先生没有躲过这一劫。

偶然与必然的命运，似乎在暗处操纵着人生。

北平刚解放那年，不知何去何从的李先生在街上偶遇同乡徐达本（后曾任接收开滦军代表，煤炭部副部长），徐问你现在干什么？李说没干啥。徐说跟我回家吧，李想了想说好吧……

李浴星先生的弟子，我尊敬的唐山籍书法家张佗先生曾提出过几个“如果”：如果李先生 40 年代不从北平回唐山而仍伯仲于吴镜汀、萧谦中、秦仲文、王雪涛等书画大家们之间；如果李先生在“文化大革命”中不是三陷囹圄，几次被抄家；如果李先生不被造反派逐出西山口别墅，住进豆腐渣工程 61 楼；如果李先生能在地震中幸免于难，赶上改革开放；如果……但是时间和历史不给任何人“如果”的机会，它给我们留下的只是一个让人扼腕追挽的大遗憾。

李浴星先生 1908 年生于直隶省丰润县稻地镇的一个书香门第，自幼酷爱丹青翰黑，10 岁始习书法。20 世纪 20 年代后期入京，考入中国大学法律系。后又在天津商学院师从名士张芍辉，进一步系统学习诗词文章。自幼年始，先生的书法艺术与绘画艺术、文学诗词及古琴艺术，几乎是同步精进的。他的楷书胎息于欧阳询《九成宫泉铭》，八载寒暑打下坚实的基础，后于小欧（欧阳通）《道因法师碑》、北魏《张猛龙碑》及褚遂良、李北海诸家，都下过很深的功夫，一部帖往往通临数百遍，力求形神兼备，得其精髓。绘画初学“四王”，后师法宋、元山水。弱冠之年，书画造诣已让同行刮目相看。二十世纪三四十年代，李先生书画已知名京师（笔单为 10 银元一方尺），成为当时“中国画会”的重要成员，与会长周肇祥及吴镜汀、萧谦中、秦仲文、胡佩衡等书画名家过从甚密。良好的艺术环境，开阔的文化视野使李先生如鱼得水，书画技艺日臻精湛，自成面目。此时，李浴星先生的书法艺术，主要表现在大幅行草和题画诗上，其行草是在宗法二王的基础上，广收智永、张旭、孙过庭、米芾、怀素、祝枝山诸家之长，形成了自己淳雅娟秀、逸趣盎然的劲媚书风。而在楷书上的造诣，行家称不在沈尹默先生之下。

李先生的古琴修养也是极其深厚的。李苦禅先生曾说过："中国文明最高尚者不在画，画上有书法，书法之上有诗词，诗词之上有音乐，音乐之上有中国先圣哲理……故欲画高，当有以上四重之修养……"由此可见，代表传统音乐的古琴，在传统文化中的地位可想而知。先生早在20世纪20年代末至30年代初，受业于当时京师首席古琴大家、九嶷派宗师杨时百（字宗稷）门下，与古琴大师管平湖相伯仲。管氏在新中国成立后整理遗失大曲《广陵散》时，曾多次来函与先生探讨商榷。"文革"前夕，李先生尚与当时的中国古琴研究会长查阜西以及古琴名家管平湖、吴景略等鱼雁往来，诗收酬答。"昔聆雅奏曾怀远，今识荆门但恨迟"，钟期际遇，高士情怀几人知？李先生数十年操琴不辍，将传统音乐中蕴寓的韵律、哲理融入书画艺术，互参互济，相得益彰。以隶书见长的书法家赵成福先生20世纪70年代初结识李先生，拜于门下学习书画。他每每深情回忆李先生兴来弄琴吟诗，大雅之音若阳春白雪，绕耳三匝挥之不去，令人神游天外，心幽洞开。

从20世纪50年代末病休在家至1976年地震罹难，先生的书画艺术已是炉火纯青，臻于化境。其作品曾在欧洲等地展出。其画以小北宗青绿山水见长，在四王及宋元各家的基础上广收博采，画作醒目、和谐，引人入胜，三者浑然一体。晚年终以深湛的功力和对中国山水画的独到颖悟自立门户。在尊重传统的基础上，达到笔墨新颖，意境深远的高境界。这些，从其力作《昌黎五峰山》《风雪夜归人》诸画中可见一斑。

先生其书，无论真草隶篆，亦无论大字小字，技法、韵趣无不神韵独具，既功力深厚又取法高远，既规矩严整又意度飘逸，而"学问文章之气郁郁芊芊发于笔墨之间”的内蕴，则更是庸常书家所不能企及的。张佗先生和赵成福先生皆慨叹曰：“观先生作书作画，当是一种超然享受，先生草书运笔如飞，抻纸者往往目不暇接，行云流水之中，当行当止，似偶然又非偶然。先生晚年作画，多是恣意挥洒，无意为之，真是胸藏丘壑，腕底烟云，造化神奇顷刻生焉。”20世纪60年代初，著名书画家、辽宁书法家协会主席周铁衡见李先生书，慨然道：“李先生书乃正统京朝派，若以京师10人善书者，李先生必在其中。”而我国知名诗人、散文家、书法家陈大远则更誉李浴星先生为北方少有的书法家。

然而，一位如此出类拔萃的艺术大师，仅仅是与学生与同好的谈书论艺，竟被地市两级公安机关“密切监视”，成立专案组审查，使先生在“文革”中三遭缧绁，几度抄家。成箱盈柜的书画珍品多被焚之毁之。加上社会和大自然的地震，现今散落在门人及友人之手的，只有为数不多的手书毛主席诗词、给学生临摹的一些古帖墨迹和小幅山水画作了。

这是历史的一个玩笑，也是历史的悲哀。然而，在一个污泥浊水裹挟一切的时代，李浴星先生没有半点趋炎附势的妥协，面对政治小丑们的卑劣表演，面对殃及家口的频频厄运，他总是轻轻一笑。这是多么高贵的一笑！他总是和言缓语地对学生说：“书画不过是雕虫小技，学此要先学做人。做人之道，首先要正直、坦率、养刚正不阿之气……”

更令人深思的是，当年被公安局屡次定性为反革命组织首要人物的李浴星先生，不仅没有一星半点“反革命”言行，而且襟怀宽阔，对党和祖国充满希望，满怀热忱。在他的画作、书作、诗作中总能看到时代前进的景象。1964年，我国第一颗原子弹试爆成功，先生欣欣然赋诗一首：“中华核弹爆成功，燕雀狸牲感震惊。……鹰腾鹘翔云表上，岂知天外有飞鹏。”现今所有的画上题诗，也多是赞美新中国及缅怀英烈的诗名。如《开滦晚景》中题曰：“春到煤都雪乍融，陡河夜雨觉潮生，东寄赞语乌金井，要与朝阳试比红。”《五峰山》画中题道：“五峰高矗势崚嶒，鸟道崎岖西复东。怪石嵯峨疑卧虎，老松蟠蜿欲成龙。梨花满地浑无语，涧水盈科自有声。烈士（指李大钊，曾避难于五峰山）英风今尚在，相将明月照长空。”

李浴星先生生前漠漠，身后寂寂。因时运，因机缘，绝技难展，未续海内大家之名，真憾事耳！1976 年的唐山大地震，除成家在外的长子长女幸免于难外，住在 61 楼的李先生夫妇及二子一女全家罹难！1983 年夏，李先生的学生门人为悼念恩师，集资举办了一次“浴星诗遗作书画展”，赵成福先生赋诗一首以示感念之情：

罹难丙辰殒大星
斜阳洒泪仰高风
痴心尽付琴书画
万缕哀思悼李翁

墨韵天然恰如诗

就我的感觉，谢云的艺术观念是属于“海派”的。海派，顾名思义是洋派的，更开放，更包容，也更能敏感地吸纳异域的不同艺术营养。但同时又是深深钟情于传统的，他六岁时，父亲就课以颜、柳，而后何绍基、金农、张猛龙、二爨、汉碑，而他尤喜《石门铭》《石门颂》《褒斜道石刻》，而又及《张迁碑》《华山碑》《好太王碑》等。篆文喜秦小篆、金文、玺印文、籀文，直溯鸟虫篆和甲骨文。70多年来不停地于传统中汲取营养，包括对古文字学的研究，热爱的草篆书体，包括旧体诗词创作等等。

谢云认为，纯粹的艺术不应有狭窄的“海派”“京派”之分，人类对艺术的需求、探索，是相通的。6岁时他父亲开始教他练柳公权《玄秘塔》拓本，讲究“心正则笔正”。虽不懂其中深意，他记住了这句话，几十年写字都正襟危坐，或汉字一样方方正正地站着，全神贯注，坚持下来，可谓终身受益。后来参加革命打游击，解放初期那几年也忙，没有练字时间和条件。1957年打成“右派”后，为消忧，又偷闲练字。书法一定要从楷书开始。练楷书也是气功，在他看来比那些野狐禅的气功强。写楷书、隶书，必须心平气和，方能运笔，得绝对平稳才行。关于临习古人碑帖，他是各家各体都学，以后习碑学为多，从秦诏版到汉碑，尤其是《褒斜道石刻》《石门颂》《好大王碑》等。帖也学，可惜他的功力很浅。学书法，他提倡先文而后墨。按他个人的理解，书法是中华民族精神和气质在文化艺术上的一种极为鲜明的体现，是世界上最为独特、最美好的一种艺术。书法博大精深，处处充满创新的可能性，但又易受传统文化积淀所笼盖，只有那些对民族文化、民族精神有了深刻的感受、体悟、理解，有了深厚的感情的人，才有可能悟到书法的真谛，从而有所作为。中华民族庞大的书艺空间，包罗万象，缺少了哪部分营养都不行，都会失足成为艺术的畸形儿。韩愈在《讲学解》里关于中国文人以熔经铸史为贵的论述，是对中国文人注重学识修养最好的概括。熔经铸史既是储知，也是蓄理。储知愈丰富，蓄理愈精深，审辨人情世事也就愈精当；熟读成诵，神游万里，胸襟也愈开阔。这些对诗人、对书法家亦然。很难想象，一个不读书、不读诗的书法家，会是一个好的书法家。他长期坚持新诗、旧体诗创作，并尽可能安排时间从事古典文学、古代史、汉语学、文字学、美学等研究，味万卷幽微玄渺之趣，养成真性情，不随俗浮沉，不与时俯仰。他认为，书法扬弃了汉字的某些规范及其实用的社会功能，使自己成为纯审美观赏的对象。因此对于书法艺术家来说，既要研究汉字的源流、书体的变革，加强书写基本功的修养，使自己在篆隶楷书草诸方面都有所造诣，而又要能别出心裁，运用基本功进行美的创造——自写性情。

很多人知道他是一位诗人，但大家看到和读到的多是谢云的旧体诗。的确，他的诗词讲求功力，意境高远，广受读者喜爱。但很多人知道他也对中国新诗有深厚的研究，而且在青年时代就开始了新诗创作。

谢云坦言，人类的最高境界是理想和诗的境界。古来哲人和大书家都一再强调“技近乎道”。他觉得这是我国源远流长的文化艺术的哲理精髓，是必须记取的。他自己对于书法创作，可以说以全部人生、全部情感投入。同时，他喜欢将诗与书法结合起来。人们都知道，诗是心灵最深处的情感的表达。黑格尔说：“抒情诗只涉及内心生活。”那么，书法是什么呢？是线条的诗，无声的诗。诗的欣赏形式主要有两种：一是通过朗诵、吟唱诉诸听觉；二是通过书法作用于视觉。在他看来，作用于视觉的形式更长久，更有文化内涵，也更耐发掘寻味。在这个意义上，应该说，书法艺术也是诗的最佳载体。他在书法创作中常常在追求诗的境界，追求诗的激情与线条激情的融合，他不由自主地为这种诗的魔力所导引。一直以来，他都在追求、造就书法的诗思美。他写诗，他才会很深地觉得，诗情对书法的丰富，诗意对书法的提升，诗韵对书法的牵引，诗境对书法的最后完成，都是他的艺术人生理想不可或缺的，存在着无与伦比的意义。他曾自撰一诗："书道真髓在空灵，空灵来自悟道深，书艺功夫在书外，付托幽微笔墨情。"其中"书艺功夫在书外"，更是在表达新诗、旧体诗的造诣对书法艺术的影响。何况，汉字源远流长，由哲理气息、诗歌意象构成丰厚的人文内涵。书法艺术的线条美、韵致美，离不开书家内心的诗韵与气象，所谓书法艺术的诗思意象，尽得风流，此言不虚也！墨韵每在有象处浮动，无象处奔流，书法家在笔下生韵之前胸需有诗，不以诗人之眼观世观艺术品，韵便会消失。真书家每将个性和自身在天壤间独有的感受同时付之毫端，脱形形在，重义不限训诂，一沙见恒河，点墨入诗国，诗书同体，激发欣赏者种种遐思妙悟，陶然会心一笔，其乐何如！

观赏谢云的书法，一种最强烈的感觉就是，每个字看着熟悉但又有新鲜感。每个笔画都像一个生命体，像发芽的枝条，像春天钻出地皮的新笋，像天上飘渺翔舞的云片，像走出古诗古画的跳跃奔跑着的秀发垂髫的童孩……如果说每个汉字都是一个生命体，那么说中国的书法家和作家诗人的责任，是不是应该让沉睡在石碑和纸帛上的汉字醒来，让这些可爱的精灵们灵动起来，舞蹈起来，让古老的文字之根焕发出新的生命？

谢云做出了艺术的回答。书家与诗人的心灵，都应该蕴藏着跳动着，有这个"让沉睡在石碑和纸帛上的汉字醒来"的气息。书法的本体审美值为线、造型、墨韵、章法的形式美，而其核心审美值，则为文化内涵。书家与诗人的创作，必须首先完成对汉字的思考。自甲骨文出现，中国的文字大体上 500 年一大变，到了汉代，各体齐全，时至今日，并无新的字体出现。华人无论安居何处，见到汉字，便自然而然会联想到神州大地，联想到汉民族浩如烟海的典籍及生生不息的繁衍。对汉字的思考，在某种程度上，是对汉民族本源的思考，更是对汉民族文化积淀的掂量。

他的字稳妥安泰，又充满了不竭的动感和稚气的诗意，真有“参差荇菜，左右采之”的意趣。可以想象到他在书写中的快乐。谢云认为，写诗最大的好处，是更容易拥有忘我之乐。自己的写诗过程，实际上是在一点一点连续不断地忘记世俗之我、肉质之我、思维之我的过程。忘记得越是干净，诗意、诗情、诗境就越是抵达本真，所享有的快乐，就越是神奇。

我们还知道他同刘海粟先生的交往，以及海翁对其的莫大影响。而且刘海粟要谢云多画画，我看到他在中国作家网谢云栏里也发表了画作，似也体现了刘海粟先生的艺术观念，兼容中西，深厚开阔。

谢云表示，刘海粟先生生前的教导令自己深为感激。先生为人、为艺，都十分洒脱、包容。1987 年在北京远望楼、1988 年在钓鱼台国宾馆，与先生的两次长篇学术谈话，受益尤多。刘海粟先生赠谢云一首五言绝句：“出古方师古，俊难丑更难。黄山添妙境，碧月映寒潭。”并对他说：“老弟已达到奇而不奇的水准，再苦想苦练，进入丑而不丑的层次，我寄以厚望。”的确，海粟先生与谢云在艺术观念和艺术主张方面，有许多相融共通之处，都追求兼容并蓄、熟中有生、熟后之生，以深厚开阔的内涵，抵达“碧月映寒潭”的境界。谢云坦言，从事诗歌、书法创作，要有山川奇气、民族正气的滋养，美与厚才能浑然一体，要学习一点禅宗的精髓，碧月影在寒潭，潭月无关又有关，温度相去甚远，可照而不可即，有无之间妙境陡生。后来他画起画来，确实和刘海粟先生有关系，1988 年在钓鱼台的谈话中，刘海粟先生就要谢云多画画，连说了三句：“你要画，你要画画，你要画画。”很恳切的叮嘱。到了 2007 年，他画起画来，是不是也是一种与书法、诗之间的潭月无关又有关的“妙境”，他还在细细体会中。

我记得好像是在 2007 年夏天，《科学》杂志发表了伊朗考古学家约瑟夫·姆吉扎德的考古新发现，他在两河流域的源头地区的一座新发现的古城中发现了一块不大的石碑，他认为石碑上刻着的符号是一种未被释读的古文字。有趣的是，图片上的这些古文字和我国的甲骨文很相像，只是略显简单而已。包括甲骨文和楚简中的文字，也有很多相像和类似者。由此，我想到了两河文化和黄河文化、长江文化共有着形而上的精神源头。文化，作为人类精神的产物，从本质上是共通的。中国的旧体诗词和受外来影响而产生的中国新诗，透过外在的形式，在核心的属于情感的那部分，也是共通的。对此，我曾求教谢云先生的看法。

先生说，艺术只有真假之分、深浅之分、精粗之分，其核心部分是一致的，不会有地域、种族与艺术门类之别。譬如书法用书法的语言抒写性情，诗也以诗的语言抒写性情，形异而质同。的确，他敏感并热衷于现代和探索，但是以深厚的传统根基相伴相随的。设若传统和现代是一棵文化之树的根和枝叶，根愈深固，枝叶果实才会越繁茂丰饶。

谢云先生还从诗书画相互渗透的角度，谈到汉语新诗写作，应该在继承外来形式的基础上自觉融入中华民族的文化积淀。他喜欢阅读有中国气派和神采的抒情诗，喜欢从事具有中国人文韵味的抒情诗写作。当然区别在他的世界观中，东方文明与西方文明是客观的存在，中国的文化注重感性，注重神韵，就连我们的文字，也如此。但是艺术创作需要强调传统与现代的交融，强调传承与创新。到现在，先生还喜欢在新诗创作中，保持一种高蹈的抒情姿态，通过旋律，完成对诗意的挽留和拯救。

笔者由此想到了著名书法家、天津大学教授王学仲先生。他与谢云是同时被年轻人邀请参加第一届现代书法展的两位长辈。从二位长者身上，我们得出一个体会：对古典和传统之妙境探究得越深，对现代性的探索就越喜爱。说到底传统和现代是一个巨大的整体和一条首尾相连的长河，我觉得他和王先生是两头都知道怎么回事的人。

谢云说，王学仲先生是大学问家，在中国书法界享有美誉。他们都热衷于对书法现代性的探索。他自己更喜欢在书法创作中引入新诗的因素，在新诗创作中凸现书法的机质。随着现代东西方文化的交流交汇，随着现代美学思想和艺术创作观念的变化，书法——这种既抽象又充满着意象的艺术，其中也出现了一种被称为“现代派”的书法现象。虽然是少数书画家的“标新立异”，但应该说是一种属于现代的文化现象。就现有状况看，其特征似乎在于其审美取向的多元化，而比较偏重于书法与西方现代抽象派绘画、雕塑相结合，强调书法的形式变化、形式美；更抽象、更夸张地书写汉字，从创新意义而言，这种探索是无可厚非的。但谢云先生更注重以深厚的传统，作为现代性追求的前提，使“现代”有根可寻、有源可追。

我曾向谢云先生讨教对汉字的认识问题。譬如说，到目前为止在甲骨上发现的5000多个单字，虽经考古学家和古文字学家一个多世纪的努力，仅能确认千余字，而且大部分是类似“日”“月”这样的简单象形字。由此让人想到，作家、诗人和书法家，是不是都应该保持一种警醒，即使是对于我们认为已经熟知的汉字和汉语言，其实还存在着很大的未知空间，它们之中和它们的关系之中，还有很多未被破译的部分……谢云先生饶有兴趣地说：“汉字和汉语存在很大的未知空间，这正是汉文化的魅力所在。我不是古文字学家，也不是汉语言学家，我只是站在书法和诗歌的平台上对古文字和汉语言学有兴趣。在长期的书法和诗歌创作过程中，我对古文字和汉语言，充满了敬畏。的确，中华民族的文化，太博大精深了。同时，在敬畏之中，进入其中，寻微探妙，自悟其得，自得其乐，确实会感到特殊的幸福和满足。”

1989年，中国美术馆举办谢云先生的个人书法展，他曾自作前言数语，诗意盎然又深刻富有哲理。书卷中写道：“要更深更深的思想，更静更静地搜寻。从传统的宝座里走下，来到广阔的大野，在时代的新鲜之风里旋舞。去寻找孩儿的稚真灿烂的笑容，拨动委婉曲折的真切的歌弦，去呼唤矫健的生命力的跃起……”给人启发和力量，使人清醒又振奋。感觉他的思想和身心蕴藏着一座属于艺术的富矿，饱含着稀有金属和不竭能源……谢云先生认识到，中国书法作为一种独特的艺术，它之所以能流美数千年而不衰，从事书法的人对此都很有体会。郭沫若先生题泰山经石峪金刚经石刻：“千年风韵在”；李骆公先生说：“我刻的一颗图章，就是我的一个精神世界”；沈鹏先生说：“书法，是可以值得我们一生为之追求从事的事业。”这些话都是从不同角度对书法的悟道之言，由此也可见书法艺术是大道，而非小道。不过，书艺大道，从原理上说，也可以说很简单：平正——横平竖直——平衡；用笔、结构，相互生发，整体与局部也相互作用。但必须讲究“形质”“情性”及其相互关系。“形质”，即凡是纸面上看得见的东西，都是形质，包括点画运笔的刚柔，轻重，粗细，缓急，结体，章法的安排与墨色等。这是书法艺术的外部形貌。真正书法艺术的精神所在是“情性”的发挥。“情性”就是书法家的个性、品行、修养、学问素养、才情才气以及书写时的思想激情、心理状态和灵感，并通过形质表现出来。情性寓于形质。在一幅书法作品中，当“形质”与“情性”高度地交融在一起的时候，确能把欣赏者引到一个美妙的意境，奇趣横生，百读怡心。书法艺术寓“情性”于“形质”，离开“形质”，也就无所谓“情性”，故书法就特别注重形式美。对于书法艺术，“形式即内容”的命题是完全成立的。书法艺术家只有也只能通过线条的组合来表现其全部生命内涵，横平、垂直、倾斜、曲和折的线条，相互配合，在纵横交错之中“和”而不“同”，“违”而不“犯”，不平正而平正，平正中寓变化。形式美的章法要求，章法无定法，只在自然，只要美，大方，有趣，完全可以随机应变，别出心裁地自由发挥。而书法总是以人传的。历代流传下来的书家，很少是书法一门好，苏东坡说：“古人论书者，兼论其平生，苟非其人，虽工不贵也。”这是提出了一个评价书法和书家的标准问题，也是书品与人品的关系问题。这是很值得思考的。一个简单的说明是：书法这门艺术，如果纯粹从写字到写字，总属不高，书法最重要的表现“情性”就具有非常深度的文化内涵和精神内涵。对于一个书家来说，其文化素养和精神境界构成其文化人格，精神境界与艺术上的成熟是相辅相成的。对于一个在艺术上成熟的书家，锐意创新，表现其艺术上的真性情，是要有自觉的审美理想的。这种审美理想既来源于人生阅历，对祖国民族、社会人生的关怀，对大自然的爱，也来源于广博的文化素养，对书艺传统的深切体悟，对前辈和同辈书家艺术成就的尊重和学习，这样的审美理想与创作激情相结合，才可能在创作实践中有锐意创新的追求，一种寓于艺术家个性的特色的，非凡的新意境，新风貌的追求；而把这种理想和追求看作人生生命的升华和超越。自上古到近代，随着汉字书体的演变和时代风尚的不同，书法艺术家的审美趣味，审美意识，审美追求也就有所不同，并形成某些比较明显的时代特点。“晋人尚韵，唐人尚法，宋人尚意，明人尚态”之说，是很有道理的。“韵”是指书法所表现的某种人生风韵，风度，韵味；“法”是指书法的法度；宋人“尚意”的“意”是指一种理趣意境。明人“尚态”的“态”，可以理解为文人才子的某些仪态、心态在书法中的表现。清代以来，由于古代碑刻的大量发现，也由于以乾嘉学派为代表的注重考据，实证的学风的张扬，书法艺术风貌也随之出现新的特色，大致上可以概括为“尚古而求新”，这在篆刻艺术上表现更突出，成就很大。书法艺术的时代性是不以书家个人的意志而转移的。不同时代必有不同的书法艺术风貌，每个高峰都有其后世不可企及之处，使我们叹为观止。在我们这时代，书法艺术的时代风貌又是如何呢？从已经出现的发展趋势看，现代书法仍然离不开流美数千年的传统书艺的哺育和滋养，特别是笔法，结构，章法的一些基本功，仍然是书家所必须掌握的。但同时，现代整个经济、政治、文化背景也必然地影响书法不仅仅是中国和日本及东方国家所特有的艺术，它已日益走出东方，走向世界；它既影响西方现代艺术（主要是绘画）的发展，也接受西方现代艺术的影响，使自己更能适应现代人的高层次的审美需求，艺术家在摸索过程中优胜劣汰，这样的趋势，可以称之为古典美与现代美的结合。这将成为现代书法艺术家愈来愈自觉的审美理想与追求。

欣赏与品味谢云的艺术园地，需要渐次深入，愈往深处景愈佳。孟伟哉先生曾在文章中说：“欣赏谢云先生的书艺，不能急，需慢慢品，尤其需时时想到汉字悠久演变的历史。”谢云先生也曾坦言60岁时的书法追求是：在着意的习古、化古感悟里积累会神，寻找气韵激情，线的质感，墨的苍润，气息淳厚，结体造型、章法构成注重形式美，创造个性，肆力求真。而我所理解的谢云的追求正是如李苦禅先生所说的“以最大的勇气打进去，再以最大的勇气打出来”，在深度理解中突破前人划定的艺术边界，这也正如他所说的“走向书法的历史界桩”。

记得前几年，他将自己创作的68幅书法作品捐赠给国家博物馆。我们注意到其中有20余幅是用墨彩与油彩结合，在油布和油画纸上挥写汉字，在传统中国美学哲思下，将笔情移入油布油彩。把现代图案绘画及音乐成分注入篆隶书体。这正体现出他不为成法所囿的探索精神。谢云认为，其实艺术不应该有任何边界。所谓边界，其实只是在特定的时空之中为便于艺术追寻，而作的一种假设。汉字书法艺术是用一支柔软的笔在特定的用纸上创造的。可刚健，可柔美，交错杂陈，尽可发挥作者自己的联想和情趣，形成不同的风格，但不论是刚是柔，都能呈现出“力”的美，使“力”在线的屈伸圆转中深挚地流露出来。古文字的美，积健为雄，浑然大象的魅力，以“力”的强度为情感挥洒之凭借，这是祖先在汉字艺术创造里留下的“传统”，勒碑刻石于山川，抒发奇情壮彩，此中奥妙，用之不竭。求“力”的强度，是书画形体的精神所寄，为此甚至可以在形式上突破对称均衡与和谐，“天风卷水，林木为摧……壮士抚琴，浩然弥哀”，惊心动魄，巍巍逸然，这才是书法艺术的精魂所在。

他认为，我们祖先创造的书艺能不能收融外来艺术，并与现代外界审美意趣相结合，拓宽其审美意境，这是现代中国书画家凝思的一个问题。艺术随时代发展而变化，书法也不能例外。让书法在现代人心灵里找到支撑点，走出国界洲界，超越地活在人类的精神世界里。因此，他试着用墨彩与油彩结合造中国书法之“形”，这是一种实验，但这个构思几近十年了，在传统的中国美学哲思的驱使下，将激情之流移入油彩，“意在笔先”，经心的构想造型线条的整体美感，按书法的二维空间运笔，讲求气韵生动，将蕴藏于线里律动的韵味、审美要求与油彩的特有的效果融合起来。他甚至觉得，以我们的骨法用笔，连绵挥洒，一气呵成，造油与墨的缤纷光彩，也将是辉丽的。如果说书法艺术果真有什么界桩的话，那界桩便是弥足珍贵的真、善、美。

诗书人生声自远

著名诗歌评论家张同吾先生已经离开我们快三个月了，作为诗坛晚辈和他的忘年之交，我的脑海时常浮现他的音容笑貌。他视野宽，见识高，透彻而达观，特别是对年轻人乐此不疲的扶掖，令人感念。两年前，同吾先生曾送我他的一套文集和一幅书法，读其书，品其字，如见其人。

很早就知道同吾先生是我国当代著名诗评家和诗歌活动家。因为喜欢书法的缘故，我也早就知道他的字写得好。记得 20 多年前，在一本诗集的扉页上初次见到先生的字，写的是出自己手的一段诗意之语，骨气洞达，清朗俊秀。新世纪初，《诗刊》在全国各地开展的“春天送你一首诗”活动引起反响，多位诗界名人寄语题字，我们遂“利用资源”，把这些名人手迹拍照、扫描，作为题图与诗歌一起发表。想不到这种诗书相宜的形式得到了广大读者的青睐，很多朋友来信来电，盛赞此举。还有不少同好者为诗界名流的字“打分”，我记得刘征和张同吾二位先生的墨宝最受青睐。我当时特别想收藏同吾先生那幅字，因这些珍贵资料都要存档，故踌躇再三未敢提出“非分之想”。

2006 年，我的诗集《铿锵青藏》被中国作家协会选为重点扶持作品，导师恰恰是张同吾先生！我心中暗喜，终于有了和先生“套近乎”求教的机缘！于是我得以时常上门叨扰，与先生讨教为诗为文之道。他作为著名诗歌评论家，勤于笔耕，事务繁忙，但每次晤面，他都谈兴很浓，对晚辈饱含鼓励与期待。他甚至常常自曝缺点，自我审视，丝毫没有名家大腕的架子和自我感觉良好，这种毫无遮拦的坦诚与信任，令我特别感佩。诗书同源。我们在交流中自然而然就谈到了先生的字。在宽松随和的气氛中，我把多年来对先生其人其字的感觉“竹筒倒豆子”般一股脑说出来，也更多地了解了先生的诗书人生。同吾先生坦言，自己从小喜欢写字，是一种天性使然，后来当教师，写得一手好板书得到学生欢迎，自己也非常惬意。在“文革”后期，在北京通州师范学院，他有幸和下放劳动的欧阳中石先生一起工作，成为患难之交。于是，二人惺惺相惜，在那个特殊的年代结下了珍贵的友谊。同时，同吾先生也有了更多的机会从欧阳先生身上学习和感悟中国书法的魅力。后来他们二位彼此仍然常常挂念，但同吾先生从不贸然登门打扰欧阳先生，从不去叨扰求字。我感觉，这正是中国文人之间的一种更高意义上的理解和尊重。

后来，随着自身对“诗”与“书”的“深度迷恋”，对同吾先生的书法认知也从感性逐渐上升到了理性。同吾先生也鼓励我，应该以更加挑剔和专业的眼光去审视他的字，多给他提意见。古人云：“书为心画。”顺着书法线条的“小径”进入一位文学大家的内心世界，在这个堪称艺术享受的过程中，我感觉有三个方面对自己的启发最大。

一是骨架立得住。为文写字，首先要讲结构。结构对于书法来说，主要指的是结字的能力。譬如你要修起一座建筑，材料都有了，怎么设计架构的问题——这也是书法的核心问题。著名书法家张荣庆先生曾深有感触地说：“学书要具备很强的结字能力，这是一个大关口，过不去，登堂入室便无从谈起。”行书从楷书演化发展而来，而楷书最讲究结构，所以，不懂结构是怎么也写不好行书的，这是根源性的问题和不容商量的问题。张同吾先生的行书，首先给人的感觉是很舒服。而看着很舒服，主要是来源于结构的。就如我们看一个人，首先是看整体，看身材是否匀称、动作是否协调，然后才会注意模样和眉眼。中国汉字的最大特点是具有建筑性，每个字都要能“立起来”。在此基础上，还要能“动”起来而不失重心，追求结构之

"活"。这两点，张同吾先生都做到了。有童子功的底子，我想可能更多的是文化学养的"字外功"。他的字，结体是帖学的根底，《圣教序》的特征最明显，字的结体偏瘦长，这样，字就有了"修长"的身材，潇洒的风度就自然流露出来。这也与他的诗学气质在无意之间达成了默契。另外，张同吾先生的行书之所以不失法度又很活泼生动，主要是得"势"使然。字有了势，自然就获得了动感，而"势"从何来？主要是找到字的纵向中线与重心的关系（当然也会辐射到字与字、行与行之间乃至全篇章法）。细赏，我们会注意到他的字重心每每偏离中线——但字的重心又是相对平稳的。特别是上下结构的字，我们会看到上下结构的中线是错位的（暗合了古人结字中的"参差"之法），下部一般向右偏移，却又能以重笔回锋来照应而不失重心。窃以为，此乃张先生之书的亮点和特点之一。

二是用笔讲究。建筑结构设计得好是一方面，优质的建筑材料才是优良建筑的根本保证。不少人钢笔字写得好，但就是拿不起毛笔，由此可见，会用笔是写好毛笔字最关键的技术。同吾先生的字结构有法度有特点，用笔也是比较讲究的。启功先生曾言，写字关键把握两点，一是注重结字，二是用笔干净利索。我感觉，由于没有想当书法家的负累，张先生的用笔是自然、轻松、率意的，无意之间，恰恰了达到了"干净利索"（如他的文风）。写一幅字如同办一件事，做到干净利索谈何容易？看似简单的"干净利索"背后暗含着多少艰辛。换一个角度说，字的结构里可以更多地看出观念和想法，而字的用笔和线条质量中则要包含着更多的信息与内容。孙过庭所言"同自然之妙有，非力运之能成"即是此意。字的每一个笔画，都应当是一个文化元素、文化载体和文化符号，假如把一幅书法作品看作是一阕心灵与文明相互碰撞的交响，那么每一个点画都是灵动的音符，要使这些音符之间没有机械地重复，让这些音符之内避免空虚和苍白。书道之艰难和书法之魅力，恰在于此。我们欣赏同吾先生的字，每一笔都洋溢着活泼与自信，挥发着书卷气，每一笔都不是乏味的和肤浅的，每一笔之内都能似有似无地感觉到与我们的审美欲望相吻合的部分。具体地说，同吾先生写行书多以藏锋起笔，在流畅中增强了凝重感和厚重感；撇捺尽量回避了露锋的横向张扬，内敛谦和中又有利于纵向的笔势下贯，在章法之中体现出古人手札、尺牍的意趣。还有，他的笔画轻重张力很大，但又让观者感觉不出痕迹，从而保持了整体的协调与冲融。另外，他很少刻意使用枯笔，更不去弄怪造险——就是我写我心的自然流露。这些，恰恰是一位文学家审美和性情的率性表达。

三是注重字外功。同吾先生坦言，自己并没有刻意于某一帖一体上下过多少苦功，也从没有想当书法家的奢望。对字，只是喜欢、爱写、爱看、爱琢磨而已。窃以为，正是先生这种无心插柳的放松心态，成就了他的书法。他的字，与其说是书法作品，莫如说是其学养和品格的一扇窗口。展卷在手，一种在中华文化中穿越时空的浓浓的书卷气扑面而来，一字一词，一点一画，都是那么自然，那么从容，那么潇洒——如他笔下的文字和语言。他的字，让人想到行云无意，流水含情，让人想到去留无意，宠辱不惊。让人想到陆放翁的那句“汝果欲学诗，功夫在诗外”。他的书作，多为自作诗句，信手拈来，无意乃佳，与时下靠手抄唐诗宋词起家而不会自作一文，靠揣摩评委心理和流行书风参加展赛而不去溯本求源，靠傍名人傍大款出书办展而不去静心为学治艺的“书法家”，构成了多大的反差！试想，自古至今，有哪一位真正的书法家是只会写字不懂文化的人呢？不懂哲学，哪里会知道变化？不懂辩证，哪里会知道知白守黑？不懂得矛盾，哪里会懂得造险与破险……说到底，任何艺术，当你具备了基本的技能之后，比的主要是文化。借助于文化的力量，先生的字具有了一种翩翩风度。很容易让人想到他纵横捭阖、才情横溢的文章，很容易让人想到他从容自如、令人难忘的演讲……

当他离开我们的时候，欣赏张同吾先生其文、其书，别有一番滋味上心头。此时，让人真实地感受到优秀传统文化在中国文化学者身心中的潜移默化，会让我们对承载着人文精神和文化品格的前辈和师长，生发出源自心底的由衷敬意。一个人的生命是有限的，但张同吾先生留下了闪烁灵感之光的文字，留下了人们对他的怀念，留下了文坛上的足迹。

张海，探索创新未停歇

晚课之后，翻出人民美术出版社出版的《岁月如歌——张海先生书法展作品选》，扉页上一张他伏案的照片，形象地将张海先生儒雅谦逊的性格和务实笃行的作风表现出来，根根银发，乐谱般在额际勾勒出不断探索和创造的灵感轨迹。记得前几年，他在上海、杭州、南京等地的巡展名为“创造力的实现”，这个点睛之题更是他多年探索创造之路的浓缩写照。我以为，温文尔雅、从善如流、诚正谦朴的张海，身心中还有一个天纵不羁的灵魂。多年来，他一直没有停止探索与创新的脚步。从早年风流高迈的草隶到融合碑帖的小行草书，从略带草意的篆书对淡墨渴笔的深度探求到行楷大字中对劈毫飞白的创造，都彰显着他作为当代书法大家，打通诸体，穷探渊底的勇气和襟抱。

垒砌之功与挥洒之韵

中国的汉字书写之所以成为书法艺术，最主要的原因是由汉字的建筑性决定的，如果没有建筑属性和立体的空间感，字体则流于平面化的铺陈，不能形成立体的艺术世界。甚至可以说，凡艺术，皆应有立体感。建筑物最重要的前提和根本是稳固，如古人所言，九层之台，起于垒土。一层不夯实到位都是不行的。对书法而言，最关键的是要掌握住那个看不见的重心，倚侧俯仰、摇曳多姿皆可，但不能失重，建筑物失重就要倒塌，美也就无从谈起了。张海先生的各种书体有一个共同点，重心把握极其到位，他对字体的建筑结构达到了庖丁解牛的程度。隶书和篆书字体偏扁，重心偏低，相对容易掌握。而行草书则不然。张海先生的行书字体俊朗修长，但由于重心较低，显得很稳，无摇晃轻浮之感。他的行书之笔，方圆并用，把碑之厚重沉稳与帖之轻灵婉转自如地融合到一起。就像他这个人，稳重严谨又不失灵动天真。一座建筑，离不开一砖一瓦的垒砌之功，而这些基础建筑材料，必须是货真价实的一砖一瓦，来不得半点豆腐渣。只有这样，建筑垒砌起来后，上面的才会经得住风雨，下面的才会禁得住重压而不变形。从另一个方面讲，书法是指挥液体的艺术，必须具备行云流水的韵味，否则就会失之呆板与枯燥。从张海先生的书法中，每种书体都能让人感到强烈的节奏感，字里行间你能体会到，线条良好的秩序是由恰如其分的节奏达成的，一幅书作正如一部凝固在纸上的乐曲，一气呵成，疾徐有致。

一字一体，他朴实的垒砌，每一道石缝都能洞悉匠心；一笔一画，他潇洒轻灵的挥运中都暗含着沉实的内容。

变形之探与破锋之得

书法的探索与发展无外乎两个主要途径：字体的变形探索与笔画的个性张扬。变形与破锋，是他多年以来从结构和用笔两个方面对书法艺术探索和创新的两个坚定的方向。二者相互交叉，相得益彰，形成了他独特的书法艺术坐标，纵观他的学术探索，都可以在这个坐标中找到对应点，都可以列出艺术的方程，求证出他绚丽多姿的艺术轨迹。

变形，是张海一直追求的目标。他早年的隶书，字体平压，重心降低，削弱蚕头雁尾的定式特征，贴近简书的率意与潇洒。他的楷书，将魏碑（特别是张猛龙碑）的清朗劲峭与唐楷的温雅宽和结合起来，参以行意，也形成了自己的风格。特别值得一提的是，有一段时间，他的楷、隶二体在口字结构中有意在外型上呈梯形（有人称之为梯形楷书），尽管特点鲜明，但视觉审美上很难行得通，他明智地收敛了这种夸张的尝试与探索。他的小行草，是早年隶书之后的第二个成果，很快获得了专家和公众的认可。在行草书中，他的变形探索同样是明显的，他的行草书，多取纵势，字型偏长，若雅士高人，翩翩君子，风神独立。我注意到，他的行草书，每字气韵完足又收放有度，字字珠玑又通篇气势贯连，浑然一体。他的篆书字型介乎于方扁之间，增其宽博与包容之胸襟，同样可以看出其艺术探索的思考。在结构和笔画的夸张与变形中，他始终注意字体气息的独立性乃至气息的回护，特别是他篆隶中由右向左的那道出锋的长钩，像一只长长的手臂搂紧了所有的笔画。

从用笔上看，张海先生早年的草隶，就具备了行意和草韵，但他隶书中的草韵和李骆公、谢云先生草篆中的草韵是明显不同的，李、谢二位先生主要是从字形变化中强调线条的稚趣，张海先生则主要是通过节奏的把控与韵致的表现来张扬个性，他更注重书写的速率要求，在从容的书写中体现一种潇洒的古风雅韵。由于有了速度，也必然获得了由速度带来的效果——或许当时张海先生并没有意识到，这些称之为飞白的线条竟然会为自己以后数十年的探索提供一个如此巨大的宝藏。他紧紧抓住了这根灵感之弦。我们注意到，张海先生在楷、隶、行、草、篆各书体的探求中，都把飞白书当成了一柄无坚不摧的利器且无往而不胜。他遨游沉醉于飞白的海洋中尽情徜徉，哪里还管那些不谙个中三昧但饱含善意的人们的担心与惊诧。至于飞白在书法中应该占有多大的比重，古人没有规定过，我们更不需画地为牢，只要是有意义的探索，如张海先生所言：“当代书法的艺术实践，不应该是对古人的简单重复和模仿照搬，今人应该体现当今的时代特色，力争在古人的基础上有所超越，有所突破，哪怕只有一点点异于前人之处且能获得历史的认可，也是对书法史了不起的贡献……”细品他的渴笔破锋，个中明显和细微的变化的确令人如醉如痴——这是怎样的一个飞白世界：粗砺处，若崩石拆岸，惊心动魄，劈木折竹，戛然有声；绵细处，则如风霰飞瀑，鳞云横天，蚕丝裹蛹，月色穿纱，恍惚洞若有仙迹可寻也。因为在飞白中，有那么多的不可知，有那么多的可能性，正如他所说的，在火候到了的时候，有那么多非人工的“窑变”会给你意想不到的惊喜。自然这也如他看似戏墨的“一笔书”，正是在有意义的探求中，深厚功力的自然流露。由此，你不能不吃惊地认识到，飞白的世界原来是如此的深厚博大。只要我们细赏就会发现，张海先生的飞白书的丰富性是超越古人的，飞白书在作品中占有的比例也是超过古人的，这种超越又是符合审美要求的和具有艺术性的。原来我们在“知白守黑”中注意到的“白”是字与字之间的“白”和笔画之间的“白”，通过欣赏张海先生探索笔墨变化的飞白，我开始注意到笔画之中的“白”竟然也是那样丰富，特别是劈毫之间的那些白线，像一道犀利的刀锋和闪电，仿佛骤然打开了我们的灵感之门……这是张海先生当之无愧的独创，我以为，可以称得上是他对中国书法的历史性贡献。

上善之水低处流

楷书，在晋唐已臻成熟。千年以降，古今多少书家苦心孤诣，孜孜以求，然能突破唐楷藩篱，成个人面目者却寥若晨星。原因何在？在规矩中创造，如戴着镣铐跳舞，难也！窃以为，衡量有创造力的楷书大家，不外乎几个简单的标准。一是要有个人面目，他人无法取代和混同；二是要有渊源，有深厚的传承和根基；三是要超越技巧而回到平易，达成一种朴素而崭新的审美。李刚田先生的楷书就抵近了这样的艺术横杆。

李刚田先生的书法是“水往低处流”的艺术。这是他楷书平正中，且中心右下移的特点给我的最深印象。书法是液态的艺术，最大的特点是水性。平常我们所说的“人往高处走，水往低处流”，更多的时候是仅仅理解了一半。上善若水，水为什么都要往低处流呢？这可能是一心想着往高处走的人所不能理解和忽视的问题。笔者曾在一首小诗中写道“高处可以看得更远/低处可以看得更高”。高处有高处的风景，低处有低处的境界。其实，楷书是最忌讳平正的。刚田先生的楷书，也平也正，却充满了动感，没有一点呆板和做作（以碑为基者更难做到），浅见其因大致有二。一是楷具行意，在不逾规矩的前提下做到了自由洒脱，同时又恢复了碑字的原始书写时态。二是平而不平，正而不正。以微妙变化拓展自由空间。刚田先生是河南人，什么事情行了好了齐了，他们常常说“中”，此“中”实乃中庸之道也。不偏不倚，谓之中，说到底就是把握一个恰当的度。知中者，必先知平正，刚田先生楷书最大的特点就是平正。平正了，自然显得稳重大度，了无丝毫俗媚之嫌，有了刚正不阿之气。楷字，无论书写习惯还是审美习惯，总的原则大都是左低右高，这已似乎成为千年承袭的不二法门。楷书敢于平正已属不易，颜鲁公乃开先河者。为什么说颜真卿是王羲之之后最伟大的书法家，主要是他第一个比较完备地以逆向思维开拓出书法审美的新境界。这种境界又被晚清钱南园等往前推进了一步。虽然李刚田先生的楷书是碑学为基，帖学为意，但他在结体上又把楷书的“平正”往前大大推展了一截：注重横画低走，有意让字的重心右下垂。稳重之中蕴含着不易察觉的动感。我以为这是他对楷书了不起的贡献。随着时间的推移，这种贡献将会显现出它的审美价值。

除了结体，他的笔画（或称线条）之中，亦有大道存焉。笔画是汉字建筑的砖石，属于基本材料，它们结实不结实，有没有质量和强度、柔性和韧性，直接决定着建筑物的成败。中国书法是线条艺术，线的质量是基础，无此，再精美的结构设计也无异于海市蜃楼和空中楼阁。刚田先生的线条给人的感觉首先是朴素亲切，如同面对你的亲人和朋友，没有看似礼貌讲究的寒暄客套。他的线条少有粗细的悬殊对比，更超越了浓淡干湿大小粗细倚正等等的技巧层面（非不能也，是不为也），而抵达了一种境界。那就是用普通的笔，平常的墨，以平常心写平常的字。在这个时候，书家的思想和注意力，也便自然地一步步靠近了汉字的本质和核心。欣赏李刚田先生的楷书，每一笔都是浑圆而耐玩味的（纸，只是载体或者横穿其间的媒介物而已），充满力量和质感，像一截古木，如一柱巨石……结实又灵动，变与不变之间的微妙变化，能让观者在自然万象中找到似曾相识的对应（应孙氏所云，同了自然之妙有），不论前世今生，你似乎在哪里见过它们，又似乎和他们存在某种关系。他的笔画具有相同的属性，那就是朴实、厚道和内敛，不含一丝炫耀、卖弄、油滑和欺诈的成分。然而它们又是智慧的，具有含而未露的品质和引而不发的美德，因此，他笔下的线条在谦卑中又饱含着自信与张力。他的字，如一群高士的雅聚，放松随意中自然体现出秩序和礼让，各得其所又相得益彰，然而，它们又是有着丰富的内在变化的。内在的微小细致的变化比表面的以夺人眼目为目的的粗线条的变化不知道要高出几重天地，个中幽微妙谛，可意会不便言传耳。

清代书法理论家笪重光曾在《书筏》中云：“书，逆数也。”如果说艺术的探索是以叛逆为前提，那么说艺术探索最后的成功，还必须符合公众认可的规矩，否则你的探索就不会被大多数人认可而失去成功的基础。这就又回到了前边说的“中”和“度”上来了。再往进一步探究，刚田先生楷书的结体和线条都是有着深厚传统渊源的。既然书法是“水”性的艺术，万川归海（恰所言水往低处流）又有何不可？况且他在平正的结体中，已经大胆地将汉简和隶书的特点纳入楷书；立体浑劲的笔画，他也早把篆籀的意味熔筑其中了。更甚至墓志和摩崖、龙门的神韵中，又悄然汇入帖学的营养……若此，再观赏其字其妙，就大抵可以窥见门径了。

人往高处走，追求的是境界；水往低处流，体现的是品质。老子所言“洼则盈，敝则新，少则得”可以为李刚田先生的不懈追求作跨越时空的注解。刚田先生书印双佳，篆、隶等体深有造诣。亦是学者，其人其字，皆在仁、义、礼、智、信和温、良、恭、俭、让中滋养出敦厚学养和超拔气质，作为他多年的“粉丝”，最后以一首小诗止笔，聊表敬意：

水静渊深潜乌龙，
大道原存朴素中。
笔椽为桨逍遥乐，
宛若中流自在行。

水乳交融冰雪图

玉洁冰清，一派银装素裹。在现实和精神的时空里，那种大气、凛冽的冰雪世界常常出现在眼前和天空海阔的想象之中。那是一种饱含着终极精神向度的理想境界，那是一种拥有透明身心品质的纯洁天地。自然而然，不少富有创造欲望的中国画家，在这个万物萧疏的冰雪版图精心培育着他们的精神植物。诗人画家宗鄂先生独创的奶墨画，就是铺天盖地的冰雪画苑中一束美丽的雪莲。它在中国传统的水墨色彩衬托中，为我们展现出一派生机勃勃的白色世界。

从被动之白到主动之白

黑与白，是中国书画的两极，二者之间，拉开了一个浩渺的神奇的艺术世界。亦可以说，黑与白是中国画的根本底色和终极指归。黑白之间的互映互衬，互参互融，相克相生，纤入毫理、气吞八荒的宏微之变，千百年来，令多少中国书画家梦绕魂牵。纵观历代中国水墨画，“黑”多为主动者，趋“动态”；“白”多为被动者，趋静态。是中国书画以笔墨线条为第一要素的性质决定了这个事实：墨在笔端，由人使转挥洒，它当然是主动的；“白”在纸上，以静制动，虚空之白须由墨色间留出（古称“留白”），它自然有些被动。然而，“白”只能留出来，而不能画出来么？能蘸得几笔“白”来入画么？

于是，为了由原先的被动之“白”争取笔墨性状的主动之“白”，不少画家把目光投向了这个亟亟待耕的广袤领域。于是，加入新材料，探索新技法成为不少画家的选择。在中国画中加入明矾、盐、白粉和化学试剂等新材料，拓展了国画材料领域，也收到了被广泛认可的艺术效果。但从另外的角度，也给人们带来两个方面的担心：一是化学材料的非天然性无疑会破坏中国画从材料到内容的传统纯洁本质。二是有些材料不能与中国画的主要材料——水墨很自然地融合，显得不够自然协调。水墨的性情与操守是带有明显的中国文人气质的，它似乎无时不在本能而执拗地坚守和拒绝着什么。于是，仿佛是因了“水乳交融”这个成语的隐隐暗示，奶墨画——宗鄂先生欣然接受了上苍对他的灵感馈赠。

白，这个生动的世界

那一日，北京正落着 2004 年冬天的第一场雪，家住劲松东口的他在画间小憩，望着窗外的漫天飞羽，望着披上银妆的松柏，他心想，怎么把这些可爱的美丽的“白”主动地画在纸上？低头思忖时看见手中的半杯牛奶，他灵感忽至：能不能在水墨之中加入些牛奶试试？宣纸上的效果无疑是令他惊喜的，如同诗中通向另一个神秘世界的门突然间打开了，他兴奋地自言自语起来……

如果说当初的发现只是开启了一扇通向艺术之园的窄门，接下来孜孜不倦的反复尝试、探索与实践，显得更加重要和不可或缺。有位哲人说过：不少人触摸到了灵感，只是没有力量牢牢抓住它。宗鄂怎么也没有想到，水、墨、色、乳之间的交融是如此的默契，它们之间的艺术关系是那样的和谐微妙：牛奶之于水墨，在融合的拒绝之中显出“君子和而不同”的高雅品质，松针雪花的天然情态，冰雪在植物枝叶上的自然状态，落雪与山石、土地那种融而不合的关系都被惟妙惟肖地表现出来。与常见冰雪画中那种团块效果的白形成了鲜明的区别。奶墨画，使冰雪山水画产生了令人惊喜的变化和发展，如果说团块效果的白主要表现是极地的大冰雪世界，那么，宗鄂这种自然物状的白表现的则是很多地方冬天常见的朴素之白，细微消融之白，动态之白。

白，终于蘸到了笔上

奶墨画，不仅使冰雪山水画的疆域有了大幅度的拓展，更为重要的是：白，让水墨接纳和认可的白，终于蘸到了笔上。一切事物都是辩证的，艺术亦当如是。如果说，昼夜、黑白、阴阳这些词语都能让我们触摸到事物的正反两面，接下来的推论是，无论什么，没有与自身相称的对应物，都会倾斜、失重。那么，多年以来，画中之墨，在我们无法看见的地方，没有停止对另一个对应世界的找寻。设想，只以铺展在那里的纸上之“白”与变化万端的墨韵相对应，显然是局促、被动而牵强的——说到底，笔墨是中国画的灵魂和骨架，而用笔，又是中国书画的不二法门，无论墨色衬托出的“白”如何生动，我们都要说，不能蘸到笔上的白，不能以笔法作为本体主动表现出来的“白”，总是存在着不少的局促和遗憾。而宗鄂先生以牛奶入画，把“白”部分纳入了笔下的线条，此举，亦是从本质上对中国画宗旨的回归。

牛奶为自然纯净之物，没有刻意为之的化学成分，乳与墨，一白一黑，皆畅融于水，可浓可淡，生命的乳汁与精神的乳汁在黑白之间达成了艺术的共识。

把“白”蘸到笔端是一件了不起的事情，更了不起的是这种洁净的饱含象征意蕴的“白”，是中国画的水墨欢迎和接纳的。

效果，是检验艺术探索的最终标准

中国画的探索，无论尝试新技法还是使用新材料，最终的评判标准应该是效果，是不是出现了前所未有的视觉感受？而且，这种效果是否符合中国画的特有性格、审美标准和审美范畴？这些，决定了其探索之路是一个戴着镣铐跳舞的过程。简而言之，那种大量使用其他画种材料和化学试剂，把中国画画得像水粉画、水彩画、油画的尝试，虽然拓展了中国画的视觉效果，但由于其使用的新材料不受传统墨与色的欢迎，由其带来的新效果就会大打折扣。而牛奶之于水墨，有一种天然的亲和力，在宗鄂先生的奶墨画中可以看出，无论奶与墨之间的浓淡比例和画面比例如何，画面效果是冲融和谐的，而且，即使是“白”占主要画面的作品，由于这种白能够蘸到笔上，能够不糊不粘地与水墨相融，所以，它依然能够凸显中国画以笔墨为骨的性格特征。在这一点上，牛奶是明矾、白粉和其他化学试剂不能比拟的。

诗人，富于联想，更富于创造。在宗鄂先生兼容诗情与画意的笔下，牛乳上纸，似有似无，如素龙隐迹云海，若老子之道，恍然间有象，恍惚间无形。在冰雪抚慰下的山川万物，阴阳氤氲之气生焉，太极造化之象生焉。一幅幅散发着淡淡墨香乳香的奶墨画中，无论松林山野，极地冰川，无论长白人家的温馨小屋，还是塞上雄关的披雪长城，无论北国冬天白桦林深处的小鹿，还是江南水乡的雪落乌啼……都弥漫着浓浓的诗意与博大的爱心。是的，那列队走下冰川的企鹅，那翘首迎迓雪山日出的小鹿，那惊叹“好大雪”的逗号般的麻雀，都仿佛在叙说着生命和爱的主题。

诚然，宗鄂先生的奶墨画探索刚刚起步，展现在画家面前的是一个充满生机与诱惑的神秘天地，让我们衷心祝愿奶墨画的美好未来。

诗意悲悯入画图

诗书画乃一家，这是中国独有的文化景观。钱穆先生在《现代中国学术论衡》中谈到，中国文化注重综合，西方文化注重分科的精细。所以，中国画能大能小，其本质还是以小见大，尺山寸树豆人，盈尺之幅能折射宇宙大千。宗鄂是著名诗人，《诗刊》编委。诗人作画，其实是以诗意化的线条、色彩、笔墨这些“另外的语言”在写诗，在不大的尺幅，表达深沉的思想，意象之间，气韵流动，这种画外功夫是一种“看不见的厉害”。

文人画或乃称作家、诗人作画，长处在于思维和想象的自有，短处在于缺乏基本功乃至不屑于基础训练，依赖于所谓思维、才情与趣味的信手涂鸦。于此，多有一叶障目不见泰山者，乐此不疲，以为凭灵性和学养就可以找到了艺术的“钥匙”。于是我们看到了这样的场景，在诗人、作家不管三七二十一纷纷动笔“创作”的时候，那些具备扎实绘画、书法功底，同时又葆有诗思与灵性的艺术家，笔下的风景更能令人目光一亮。

笔者认为，中国文化的核心是面对自然与人的虔诚与收敛，是静中悟道，是放开胆子后的规矩。真正的高手，是能够像杂技演员走钢丝一样，保持一种微妙的平衡，偏右，偏左，一点点，都会摔下来。好的艺术创作，既能表达独特的认知与见解，又能悄然拨动雅俗大众心中共有的那根艺术之弦。艺术活动的高层次追求，无非是以具体表现虚无，用具象表现抽象。

像幽谷传声的画外音，欣赏宗鄂的画作，无论山水、人物、树林、田野，乃至湿地上翔集的仙鹤、南极憨态可掬的企鹅……总觉得比常见的画作多了一种艺术语言。说实话，透过当下艺术品泛滥的泡沫，真正让人赏心悦目的佳作并不多。的确，信息量的海量增加让人们的欣赏选择更为苛刻。艺术品的身前背后，必须有“意思”存在，说到底，艺术创作的背后必须以思想做底，当后盾，而想法乃至思想应当是有趣味的和有深度的，而趣味和深度又应该是原创的、个性化的。进而论之，有深度的趣味应当具有深沉的品质，不是轻飘飘的和洋洋得意的，是含有悲悯、敬畏与反思意识的。作为饱含忧患意识的诗人，宗鄂的内心饱含大爱，有对世界之爱，对自然之爱，更有对人类被欲望驱使对环境的破坏，以及这种受伤的环境对世道人心的二次污染。所以，我们能从他的画中感受到一种悲剧色彩的诗意，如泣如诉的诗意。

如他的一幅描绘西北高原的画作中，蛮荒的大地上到处是冰凌和残雪，苍茫之中，唯见几丛黝黑的灌木在寒风中不屈地颤抖。画面中没有一个人，没有一座山、一棵树、一只鸟、一朵云……只有寒凉冰冷的大地。面对这样一幅画作，你会感到一种直入骨髓的寒冷，这种彻骨的寒冷让你喜悦不起来，轻盈不起来。它让观者像画面中的大地一样严肃、深沉、悲凉。这时，我不由想起了高尔泰和杨显惠笔下的夹边沟，甚至想起遥远的西伯利亚，想起帕斯捷尔纳克的诗和索尔仁尼琴的古拉格群岛……于是我慢慢读懂了画家的心思：他就是想让寒凉的大地成为主角，他要让我们理解大地的心思。

我们想一想，大地什么没见过？春夏秋冬，宇宙洪荒，鸿蒙初开，山奔海里……但大地又是沉静而内敛的，如江河徜徉、清风徐来，大地一切的表达像它本身一样质朴和坦然。换句话说，大地更多的时候是有秩序地呈现，从不急于表达。它亘古如斯就在这里，等着生灵们去理解与洞察。是的，寒凉的大地向着天空微微倾斜，没有巍峨的山峰，甚至看不到委婉起伏的丘陵，但平凡的大地为什么占去了画面的绝大部分？没有起伏跌宕冲突的大地为什么让人感到一种凛然与高迈？原来，画家是以匍匐在土地上的赤子视角，含着泪水深沉地凝视大地母亲的。虔诚地俯身大地，我们仿佛看到，画家的脉搏接通了大地的心音，画家滚烫的血液与大地深处炽烈的岩浆一起奔涌。此刻，画家已经把自己变成一蓬枯草和一块砺石。而画面上方似有似无的一抹曙昕，多像大地沧桑面颊上的微笑，它是驱散漫漫寒夜的火苗，正在阴沉的天空中酝酿一场暴动。

在宗鄂先生的画作中，诗意的元素都是由丰富灵动的线条构成的。这些丰富又协调的线条与色块，象征、暗示着画家的思考、遐想与希冀。由于对诗的感性与理性的理解与把握，宗鄂先生笔下的画面，在丰富与变化中，总能达成一种整体乃至抽象的协调与秩序。这种“艺术化的秩序”中，是冲突与矛盾、忧虑与忧患“合作”而生发的协调与秩序，是一种超越之后的超然表现。如同贝多芬的“命运交响曲”，幽婉低回又苍茫悲怆，撞击着观者的耳膜与心灵。如同心灵的五线谱，我惊异于这些线条的变化，直线、曲线、弧线、宽线、细线，枯笔、润笔、聚锋、散锋……在笔锋的指挥下，大地、天空、过去、未来一起涌动起来。深沉中的透彻，浅润中的思想，都会让我们屏住呼吸，让意念蹑手蹑脚地进入画境之中。而且，我们的目光和心思都会不由自主地压得很低很低，没有了浮躁与张狂，参与到画面元素的对话与交流之中。

有人说，音乐是有声的色彩，绘画是无声的旋律。在宗鄂的画作中，鼓胀而充盈的诗意贯穿着优美的旋律，让耳朵“看”见，让眼睛“听”见，让沉默的心灵淌出歌声，让思想的“视力”透视万物之内美。灵视之眼，万有之念，多维视角，让石头中的筋脉搏动起来，让山脉缓缓地靠近肩膀。是丛林深处还是荒蛮大野？是山巅极地还是海底世界？徜徉于盈尺之间的墨彩世界，需要想象力的介入。画家坦言，其艺术的源泉是诗，一切都是缪斯的垂青与馈赠。诗意，从如梦如幻的轻灵曼妙到饱含忧患的含蓄深沉，我们仿佛窥见了诗意的藤蔓多向度蜿蜒的轨迹。诗是第一根火柴，也是燃烧后的木炭，诗是隐身于火后面的火。诗是激起涟漪的石子，也是看不见的圆心。

白衣卿相自怡然

我在家乡唐山学习书法的过程中，得到几位老书法家的培养与扶掖，其中关系最为密切的是河北名家张佗先生。

早在20世纪80年代中期，我就听很多师长和朋友谈到张佗的大名，也时常在《唐山劳动日报》副刊上看到他的文章和书法作品，那时候，他被称之为唐山文坛的“中年杂家”，以书法、散文随笔、诗词、楹联等方面的造诣为人所称道。那时候，我还是一个不到20岁的小青年，工作在铁路沿线一个偏远的养路工区，偶然有机会到唐山段上出差办事，总是喜欢到街上欣赏商店牌匾上的书法，其中对西山口京东餐厅南侧张佗先生手书的“新华浴池”印象深刻，几个字浑然一体，潇洒而具古意。那个时候，张佗先生是我脑海里的传奇人物。

大约在10年前，经唐山诗友梁敬艳介绍，有缘拜识张佗先生，得以有机会求教诗词书法。我记得那几年，我们十几位师兄弟时常到老师家里上课。在他四壁书柜，不太宽敞的书房里，常常挤下我们师徒十几位，在夏天，先生常常挥汗赤膊为我们讲解和演示笔法。温文尔雅的师母则像照顾孩子一样为我们沏茶倒水、洗水果、买冰块，那情景，特别像孔子杏坛授徒和私塾里的情景，给人恍若隔世的美好享受。

张佗先生不讲究吃穿，为人豁达随和，自号“白衣卿相”，淡泊潇洒，不慕名利。当年，他在唐山焦化厂当工人，有几次提干上调的机会都被他主动放弃了，原因是他烧锅炉上夜班，有更多的时间读书写字。他是冀东名宿李浴星先生的入室弟子，跟随李先生研习书法多年，寒来暑往，深得真传。李浴星先生早在20世纪30年代既已知名京城，成为“中国画会”的重要成员，与周肇祥、吴静汀、萧谦中、秦仲文、胡佩衡等著名书画家过从甚密。李先生在宗法二王的基础上，广受智永、孙虔礼、米元章及怀素、祝枝山等诸家之长，形成了自己淳雅娟秀、意趣盎然的劲媚书风。学书有年之后，我渐渐理解和认同张佗先生所见：以李浴星先生对二王嫡派帖学的理解、领悟与实践，无论其技法功力、气韵风神，堪与沈尹默、白蕉、邓散木、吴玉如等帖学派大师相伯仲。只可惜，由于所谓的出身问题，一直在“文革”中受到冷落的李先生又不幸在唐山大地震中罹难，让当代书坛痛失大贤。谈及此，张佗先生总是不胜唏嘘，感慨系之，尊师之情，溢于言表。

张佗先生的书法是典型的帖学一脉，他以二王为体，米芾为用，祝枝山为宾，王铎为友。在半个多世纪的学书生涯中，每日临池不辍，加之性情豁达和诗书滋养，其用笔、结体与章法，达到信手拈来，出神入化的程度。每次求教，他总是拿出自己临创的书作，和古人名帖相对照，找出自身的不足，再反复练习。有一次他和我说自己对临习王铎草书中的“酒”是不满意，因为写好这个字要兼顾结体、用笔，瞬间完成9个动作。古稀之年，其精益求精的学书态度令我惭愧与反思。

除了学习书法诗词，我特别喜欢读先生的散文。他对诗词古文等有广泛的涉猎和很深的研究，多年喜读外国文学名著，是唐山图书馆多年的常客。他对不少名著名篇烂熟于胸，很多佳词妙句能够随口道出，令人敬佩。几十年来，他的书法作品不仅多次参赛获奖，见诸于《人民日报》《书法报》《诗刊》等报刊，还创作发表了散文、杂文、诗词、书法论文及评论、文化随笔等数百篇，广受读者喜爱。我将其散文集《闲窗听雨》放置枕边，常常翻读那些百看不厌的妙文，得到不少精神的滋养与慰藉。先生的文章，古意盎然又朗朗上口，遣词造句有着宋词般的抑扬顿挫和行板节奏，在《只留清气满乾坤》一文中，他如此品评王冕的《梅花诗》：“正是从画面右侧奔突而出的一枝红梅，干曲如龙，强劲似铁，屈伸盘礴，纵横自如。凛凛然屹立于霄壤之间，伏霜傲雪，曼舞长歌……而那斑斑驳驳的萼蕊，密密累累的繁花，疏疏落落地交杂起伏于树角枝稍，离披烂漫、含笑迎春。那意韵，那情怀，又是何等的自然清新，生机盎然。而这一切，不正好是作者倔强、大度、孤高、坚贞、洁身自好、不苟流俗的高尚品格的最好写照么?”

在近10年来的学习求教中，我渐渐体会到，张佗先生的本领不仅在于技法高超，学养深厚，更在于多年的百姓简朴生活和静以为学的环境，让他深谙书道幽微，又能删繁就简，提纲挈领地道出技法真谛。他和我们讲，用笔无外乎三点关键，一是能把笔立起来（把笔抵锋，中锋入纸），二是懂提按（起伏、节奏），三是会拐弯（勾環盘纡）。简洁实用，高度概括，让我们十分受用。在他的不少文章中，都能看到独辟蹊径和发前人所未道的内容。在和我们讲解“屋漏痕”的时候，他谈及康德在《判断力的批判》一书中说过：“威力是一种越过巨大障碍的能力。如果它也能越过本身具有威力的东西的抵抗，它就叫支配力。”在《书法家应亟待提高文学修养和严谨治学》一文中，他毫不客气地列举出不少书法名家写出的错别字，真有振臂一呼，振聋发聩之效。而在对“永”字八法中“趯”字的解读中，他说“趯”是一个用力一蹬，略向外翻的动作，像蚂蚱的动作。并从《诗经》“喓喓草虫，趯趯阜螽，未见君子，忧心忡忡”中找到“趯”文化意义上的本源。所谓“名第一义，具正法眼”，先生庶几近乎。

先生的文章和书法，还有一个显著特点，那便是禅意十足。他的书作中仿佛弥漫着月辉霞影，养眼润心。先生曾戏作绝句六首，其一曰：“头童齿豁欲何之，开谢应知花有时，淡却名利寻释道，闲窗听雨读禅诗。”可谓是超脱心态的自然流露。我和先生一样，对一些意境深邃的禅句很是心仪，如“佛教幽玄，宛如云挂山头，行近山头云更远；禅宗奥妙，恰似月浮水面，拨开水面月还深”让人进入冥幽之境。如“朱莹扫阶尘不动，月轮穿沼水无痕”令人想到泰戈尔的诗："天空没有留下翅膀的痕迹，但我已经飞过。"想到《菜根谭》中"风来疏竹，风过而竹不留声；雁渡寒潭，雁去而潭不留影"的佳句来。每与先生品茗小坐，谈禅论诗，片刻之间，脑海心胸之间了无尘俗，仿佛真的进入"此中有真意，欲辨已忘言"的美好时空。

先生性情豪爽，爱憎分明，情投意合者随时欢迎，阿谀权贵，为人不淑者鄙而远之。每次相见，先生常常送字给我们这些学生晚辈，目光之中，饱含喜爱与嘉许。我们也为有这样的恩师而倍感自豪。张佗先生常说，写字如做人，一点一画，一撇一捺，来不得半点虚伪与苟且。余当谨记笃行之。

清水芙蓉总怡人

我知道唐山著名仕女画画家张惠敏女士的名字，是在 1984 年的夏天。那时候，我刚刚参加铁路工作，被抽调到段工会参与筹办职工书画展，书法家赵成福先生曾和我讲到，唐山有一位仕女画丹青高手名叫张惠敏。我还看到了她的一幅工笔仕女画，记得画面色调以浅绿为主，画中女子轻施粉黛，诗书在手，朱唇欲启，令人过目难忘。记得在 30 多年前的新华书店，我还见过她的年画，好像是“金陵十二钗”一类的题材，美少女们顾盼有姿，呼之欲出。

后来了解到她少年好学，痴迷绘画，曾在市群艺馆学习素描和水彩。参加工作后，在街道陶瓷厂画过彩蛋，在市工艺雕刻厂设计过家具镶嵌绘图，在市制镜厂设计过玻璃画……早在“文革”前，她创作的现代人物画《向母校汇报》就被天津美术出版社选中，制作成年画全国发行，那时她刚刚 20 出头。她后来主攻仕女画，技法远师唐代周昉、顾闳中，近学王叔晖、刘继卣等名家，不倦探索，形成了自己秀而不媚、艳而不俗的艺术风格，取得了丰富的艺术创作成果。

从造型上看，她的画面构图和人物设计，在立足传统，充分汲取前贤艺术养分的基础上，大胆借鉴古典壁画、现代人物装饰画的艺术养分，在准确把握身体结构的同时，敢于适度夸张和变形，使画面在浑然一体中体现出节奏与旋律。而这种旋律和节奏，让人自然地想到宋词与元曲，想到那些古代的才女和她们空谷幽兰一般的内心世界。在《文姬抚琴图》中，我们似乎可以体会到“云山万重”“疾风千里”的苍凉肃穆；在《碧波四仙》中，我们好像看见洛神出水，衣袂如波的风姿；在《红楼花咏》中，我们分明参与了红叶题诗，置身阆苑，醉卧花间……在她的画面中，通过建筑、树木、花鸟等画面衬托，做到了单人不孤，让配角自由说话。而在群组仕女表现中，人物朝向、相互关系、人景关系等，都能看出精心的安排，又丝毫不见刻意经营，体现出了一种“精致的随意”。

张惠敏追求“气韵生动”和“骨法用笔”，力求以形写神，形神兼备。她秉承南朝谢赫“六法”，线条力度中见柔性，更注重轻重疾徐、浓淡干湿之变化。我特别注意到她细线和长线的运用，沉静而潇洒，准确又暗含夸张，有仙女欲飞之态。在渲染敷色方面，做到淡雅见韵，追求至美，准确生动地表现出人物的气质修养与内心世界。我发现，在她的画作中，不仅人物和植物动静相宜，连空气也不是静止的——似乎有飞鸿翩然，熏风鼓荡。人物在俯仰顾盼之间，衣袂飘飘，韵致自现，肢体语言会参与于无声处的艺术陈述。为锤炼线条质地，她坚持多年练习书法，取法赵孟頫和王献之等，小楷、行书入古得味，落落大方。她勤于读书，努力追求诗书画三者的和谐统一。她画中表现的人物故事，多从文学名著、神话故事与民间传说中信手拈来，体现出“功夫在画外”的艺术追求。她还努力学习古典诗词，常常能以自作诗题画。“北风惊破三时梦，一树寒梅映雪开。”《梅花仙子》图上的这些诗句让人过目难忘。她说：“做到诗书画的完美结合，是传统中国画的最高境界。我一直在朝着这个方向努力。”近年来，张惠敏的小写意仕女画，别开生面，引起人们的关注。于此，她追求化繁为简、轻盈温婉，结构突出主题，笔法简洁、灵动。分明是在艺术大观园中走进了另一个院落。

几十年间，她在艺术的长途上一路走来，对绘画梦绕魂牵，不舍昼夜。有一次她与友人谈及一幅《芙蓉仙子图》，就是来源于自己的梦境。一位身着白衣的美丽女子凌波而来，与之凝眸含笑，执手而行，款款而谈。或许，那个梦中的芙蓉仙子就是她的艺术之神，或许，那个美丽的化身，就是她身心中另一个不老的自己。

他一直在描绘精神的风景

林莽是我国新时期诗歌富有开创性意义的诗人之一，哪怕是对于一般的文学爱好者而言，谈到朦胧诗，就自然会想到北岛、舒婷、杨炼、芒克、林莽、多多等人的名字。我喜欢林莽先生的诗，也喜欢他的画。我曾经跟他一起工作近八年，那的确是一段诗情画意般美好的时光。

林莽先生是“白洋淀诗歌群落”的重要成员。最初，我见到他几幅画于20世纪70年代，描绘白洋淀乡村风景的小幅油画，手掌大小，却用笔洒脱，饱含着那个年代特有的气息与情感。落日余晖里白洋淀上的撑船人，桥栏边撑伞的红衣少女，都给我留下了很深的印象。在他的诗文集《穿透岁月的光芒》中，有十几幅自绘钢笔画插图，饶有味道。泊在河边的小舟，水湄摇曳的芦苇，都能在他的心湖中荡起涟漪，吹来清风。简单的笔触，透出功力与学养，还散发着一种诗意的艺术气息。先生的诗、文、画是融为一体的，都反映和折射出他澄澈的心灵世界。在《诗刊》工作的那几年，林莽先生除了编稿、组织活动、辅导学生，每期的刊物封面和版式乃至插图都亲自上手。他总是带着我们几个学生饱含着兴趣做这些“份外”的事情，总是不觉夜已深沉，每每乐此不疲。那几年，我们还经常跟他一起去观摩展览，品书论画，现在想来真是难得的精神享受。

记得是2006年到2007年，中国文联大楼装修，诗刊社临时租房，搬到北京团结湖公园南边的一栋写字楼里。我们在宽敞起来的办公室摆上一张乒乓球台，球没打几次，倒是铺上画毡，写写画画起来。林莽先生画画，大多是工作乏累之时，适当调节身心的即兴挥洒。他基本上不看画册，兴之所至，逸笔草草，都是熟稔于胸的风景。后来知道，他从学生时代就喜欢美术，插队时还当过小学的美术老师呢。后来，看多了林莽先生的画，才慢慢知道他不是简单的消遣和即兴挥洒，他是用画笔和色彩在写诗，他的很多艺术感觉和见解都不露声色地融进了画作之中。隐隐感觉，他的心里有一个宽阔的艺术世界，那里有万千景象，无限江山。无论国画还是油画（也包括水彩和丙烯等材料的作品），他都喜欢画水边风景，喜欢画植物，水边的树，水中的芦苇和小船，以及在水中荡漾倏忽破碎又倏忽完整的落日……上善若水，他的心境恰如蓬勃的绿色植物，澄澈的湖水和大淀，涓涓细流，一枝一叶，点点滴滴地给人以精神的浸润与滋养。树林高且浓密，云朵雍容而安详，水鸟有些许的变形与夸张，海岬的岩壁仿佛在思考并借助浪涛倾诉……他的画作，有着不易觉察的精神指归，我知道，他在平和与低调中有意识地强调和强化着什么，可能就是一种至纯至美的诗意之境吧。他把那个原本只属于文字的精神世界物象化、色彩化。他以诗性的线条构图与色彩告诉人们诗的模样。

他的国画多施淡墨，水汽淋漓，了无燥气和火气。他的油画用色鲜亮，画中天地没有一丝灰尘。他的画作，总能给人带来一种身心的沁凉，在喧嚣浮躁又令人茫然的时代，这种带有精神关怀温度的冷静，无疑是一剂难得的良药。我感觉，他的画的确是有疗效的：当我安静地面对那些微波不兴的宁静湖水，面对那些缓缓漂移的雍容纯净的云团，面对那些干干净净挺挺拔拔挤靠在一起取暖的树木，面对那些谦卑地朝着命运的方向执著打探的芦苇，面对窗台上的一束粉色杜鹃……我不能做到无动于衷，必须悄然开始内心鲜为人知的反省。我常常想，先生林莽，作为一个纯粹的诗人，一个大写的人，一位我们人生中钦敬的师长，他的言行，都是在写诗。他的诗，他的画，他的言谈，他关爱与培养青年诗人的心，他冷静又温暖地注视着你的眼神……都是具有诗性的，都具备精神提升的功效。这些，都在很多的诗友交往中找到了感同身受的默契与感恩。这些，不能拿出来换取什么，但在我们心中无比重要。林莽先生也是很多铁路文学爱好者的好朋友、好师长，他经常为铁路报刊撰写诗文稿件，他曾热心担任铁路诗歌比赛的评委，他曾经乘坐我国第一趟高速列车并留下诗篇。

观林莽老师的画，我总是想到汪曾祺先生的文品画品。知音无语，会心无声，那是一种文化修养的厚积薄发和自然流露，那是用画笔和色彩写就的诗篇。我以为，还不能将林莽先生的画作，简单地归入中国文人画的范畴之内。因为他是一位真正的诗人，是一位当代具有国际视野和中西文化学术背景的诗人。中国古典文化的韵致与情调，西方的古典主义、现实主义、印象派乃至超现实主义等等，都在他的画作中有着不漏声色的内在体现。可贵的是，他以自己的理解与感悟消化了这些营养，转化成了自己的笔触和色彩语言。在他一幅描绘海边山崖的钢笔画中，海岬的风，总能打开我“另外的毛孔”，让一种新异的艺术气息进驻身心。我还曾在北京朝阳文化馆的一次中法诗人活动中，见到主办方将他的一幅《樱桃图》印在了活动招贴画上，原本很古典很传统的小幅国画，配上了变形的英文和简洁的彩色条块，一下子挥发出了满屋子的现代气质——这时候的樱桃不再仅仅是中国古诗文的樱桃，让人想到法国的红酒，想到戛纳电影节上的红地毯，想到《魂断蓝桥》中费雯丽的芳唇，更想到艾吕雅和勒内·夏尔的诗……细观慢品，林莽先生的画作中，无论墨线、彩线还是钢笔线条，每一根线条都是灵动而诗性的，都是带着感情的音符，它们同样以诗性和艺术的形式，构成了沉静内敛又充满不竭创造激情的生命交响。

诗情画意，几乎是所有人羡慕与追求的理想生活。我特别爱看他近几年在德国、英国、美国画的那些画作，在这些作品中，他的艺术感觉、艺术观念以及构图和笔触，更多地找到了内容与形式上的通融与默契。的确，他的诗和他的画跟随着他的思想一直在往远处走，一如他鬓角的银发隐隐闪烁着高原雪峰般的精神之光。

抱素含章笔自华

对中国书法家协会理事、中国铁路书法家协会主席王勇平的行草书，很多朋友都是熟悉的。书为心画，他饱含激情与艺术感染力的书作也正是他学养和人格的真实写照。

他是一个善于开采自身艺术矿藏的勤奋者。爱迪生说过，天才是1%的灵感加99%的汗水。而对艺术创作而言，很多人却认为天分应当占第一位。这也正如开挖矿藏，首先得有原始的丰富储量，不然再怎么艰苦掘进，或者无论采用什么先进的开采技术，亦是徒劳。然而，找到（或意识到）自身丰富的“矿藏”，怎样合理地开发，让艺术灵感的能源不断涌现，同样是一个绕不过去的重要问题。对书法家而言，勤学苦练是基本功，但首先要确认“矿藏”的有无和“矿藏”的方位，进而是对这个“矿藏”的勘探与认知，以及对开掘“矿藏”有一个清晰的思路和科学的方法。一个人对文化综合的认识能力与理解能力，会在自己的精神世界中形成某种“气候”，只有在这种适宜的气候下，艺术的植物才会有健康生长的环境。这一点，可以从王勇平的书法之路上得到充分的印证。他从少年时期就开始研习书法，并从柳公权、颜真卿等唐楷入手，直追魏晋行草书，尤对“二王”浸袭最深，近年来又得黄庭坚、王铎、傅山等宋、明、清大家作品的启迪，手摹心追，日课不辍，得到当代著名书法家李铎等名师指点，行草书面目一新，专家论其作品达到了“腹有诗书气自华”的境界。有多幅作品在中国美术馆、炎黄艺术馆及各省市展出，并被多家报刊刊发、专题采访。笔者注意到，他秉持的习书之法，并不是一味采取铁砚磨穿的“正面强攻”之法，而是在勤学苦练的基础上，多思善悟，对笔墨达成心手相应的默契与理解，径直进入了堂奥之门。古人说“功夫在诗外”，其实对书法而言又何尝不是呢？艺术的抵达是抽象的抵达，需要找到“另外”的道路。通过他的书法实践，会让人真切体会到一个人的综合文化素质在艺术追求中发挥的关键作用。作为一位资深的铁路宣传工作领导干部，他同时又是一位作家和诗人，作为中国作家协会会员，多年来他出版诗文集十余部，在中央人民广播电台、《诗刊》等媒体和刊物发表多篇作品。于他而言，诚朴的人品、贞敏的才思、文学的造诣、工作的历练等等，统统成为他墨海寻珠的有力武器。

他以心手相应的感悟力径直登入书法堂奥。行草书是行云流水的艺术，贵在从连贯、起伏中体现出旋律与节奏。在保持一定速度的前提下让笔墨实现自然而丰富的变化。所以，在书法诸体的创作中，行草书对用笔的要求也是最高的。中国书法是线条的艺术，用笔则直接关乎线条的质地与生命。所以，“书家贵在用笔”成为千百年来书家心领神会的审美共识。“用笔”二字也自然成为检验书家质地最直观和最本质的标尺。古人云：“用笔千古不易。”用笔之于书法而言也自然是最神秘、最抽象和最根本的东西。王勇平行草书的用笔，极符合古人书论所讲的六个字：“战而雄”“婉而通”。对前人说的“笔贵战而雄”，笔者理解，战者，就是笔毫要带着激情战斗着行进，只有这样，线条才会在克服阻力中体现出精神和力量，进而，饱含情感与力量的笔触才会感动人心。每个人的感情世界既相通又相异，融合了个体情感的艺术创造，既包容共性又体现个性，欣赏者会在共性中找到审美的共鸣，也会在个性中有所发现，受到启迪。王勇平的行草书，无论看篇章、看字还是看笔画，都是劲力十足，虎虎有生气，不见轻滑、漂浮与做作。正如姜夔在《续书谱》中所说：“余尝历观古之名书，无不点画振动，如见其挥运之时。”特别是对行草书而言，线条艺术之美，主要是由曲线达成的。婉者，曲也。他的行草书，多用曲线短笔，如一尾一尾游动嬉戏的灵感之鱼，既表达出笔画自起自结、独善其身的品性，又体现出笔画之间的丰富关系，藕断丝连，妙趣横生。是的，他的书作，如他的为人一般平和，行距清晰，不激不厉，尺牍和手札的书卷气在大幅书作中自然体现出来，看不到刻意的倚侧穿插与摆布经营，也很少长撇长捺的任性挥洒。但细细赏之，丰富细微的变化却是潜在其中的，轻与重、曲与直、润与枯、大与小，等等，既保持了整体的协调性，又让你隐约有所觉察与体悟。他的行草书，在结体上以外拓为主，厚重朴茂又不失清雅，在对张旭、王铎、傅山、徐渭等大家的取法之中，却又能每每能窥见二王的根脉。行笔方面，他在快速运笔的微妙体会中较准确地“逮”住了行草书的本质——使转的形质。行草书，速度是前提，也是根本，他能在保持速率中又不失规矩，追求精到，以中锋为主，辅之以侧锋和偏锋，折钗股、屋漏痕、锥画沙时现时隐。其结字重心偏低，笔画内敛（便于笔势下贯），稳重平和之余充满张力。通篇墨气氤氲，字字珠玑，生机勃勃。我还特别注意到了他的断笔之法——即在点画之间有意留出的间隙，不仅强调和完善了笔画的“自起自结”，而且在计白当黑的气氛营造中，避免了笔画厚重容易引起的臃肿与拥堵，通篇空灵清朗，若清风过堂，令人神清气爽。

他是一位厚积薄发的艺术“建筑师”。王勇平的书法，给人最鲜明的印象就是有个性、有想法，不失规矩和法度，但具有强烈的个性符号。可以说，在茫茫书海中，他事半功倍地找到了“自己”。然而，这个自己不是手写体的“自己”和信手涂鸦的“自己”，而是符合书法审美取向和审美情趣的“自己”。如果说书法是一种艺术能力的体现的话，那么他除了能够把碑帖意味和书写技法领会与表达之外，进而能够把工作学习和为人处世的真情、热情、才情、激情、豪情统统熔铸到笔端，在率意挥洒中自然体现和真情流露。后者，或许正是一位书家能否找到“自己”的关键。由王勇平的行草书，我联想到很多写了几十年甚至写了一辈子字的书者，结构弄通了，线条也流畅自如，但是，就是不谙用笔幽微之妙，写出的字或工稳或潇洒如书上印的一般，让人看到的只是熟练和潇洒的毛笔字，而不能称其为书法。汉字是世界上唯一具备建筑之美的文字，学书之路也特别像盖房子。我们不妨打这样的比喻：有人早就在架梁上瓦的时候，他还在埋头挖地基，有人盖起两三层楼的时候，他还在备料和打基础，但是很多的房子由于基础的承载只能盖到两三层就封顶，他却因为有了各方面扎实的基础，不紧不慢一层一层地盖起了十几层的高楼。而且，他的书法建筑，还有着很高的上升空间。但凡造诣深厚的书家，观其书，当是一种快意的享受。王勇平能够临众从容挥毫，每每兴起，写上一两个小时，不但不见力衰与败笔，而且是心手双畅，愈写愈佳，令人赞赏。这时，假如我们暂时忽略作为创作主体的书写者，把目光聚焦到那支灵动的毛笔上，在宣纸铺就的雪白舞台上，那驾轻就熟的毛笔简直宛如一个施加了法术的精灵，或歌或哭，如舞如奔，如痴如醉。观其用笔，流畅而不轻滑，迟涩而不做作，正所谓行云有意，流水含情，春风过处，杏花带雨。他的字从不猎奇作怪，更不是要体现冷酷与惊艳，而是在平和中蕴藏力量，在流畅中体现节奏，让人能够静静地感觉到一种内在的力量与激情，感觉到一种久违的亲切与温暖——如同灵魂故乡里传来的几声乡音。行笔至此，我忽然想到有论者谈到著名作家铁凝，说她的小说总是能给读者以温暖。而王勇平的书法又何尝不是呢？字如其人，他的行草书，何尝不是一个高尚而不羁的灵魂扎实有力的奔跑。

他是一位有着真性情的书家。有书法朋友说，一个人的字就是他（或她）呈现在纸上的自己，流露着他（她）的禀赋与对生活理解的痕迹。王勇平 20 多年从事铁路宣传文化的领导工作，节奏之快，时间之紧，压力之大，是常人难以想象的。书法创作对他来说可能不仅是陶冶性情的文化修为，更是一种抒发感情、排遣压力的渠道和手段，每每度过繁忙紧张的一天，能于夜阑人静时放松身心，挥毫泼墨，一浇心中之块垒，何其快哉！张弛之间，工作与艺术不仅没有掣肘之苦，而是达成了默契的互补与慰藉。他以持久的激情和旺盛的精力从事着热爱的事业，总是把困难和压力当成磨砺意志与挑战智力的机会。同时，对文化保持着学者般的探究精神和深入思考，他不仅没有因工作的紧张繁忙而冷落心爱的书法，而是把事业追求中对人生的历练，转化成为艺术的营养，同时，通过艺术的熏陶，更多地懂得了怎样去艺术性地开展工作，真正做到了工作让艺术拥有灵感，艺术使工作平添魅力。面对越来越多的求字者，无论同事、朋友还是素不相识的普通职工，他总是欣然奉送，乐此不疲。有一年元旦，他率领“千里走京沪”中央新闻媒体采访团深入热火朝天的京沪高速铁路建设现场，他几个晚上为筑路将士们写书法数十幅，鼓舞铁路建设者的士气和干劲。记得那年春天，中国铁路书法家协会与《诗刊》等单位在京联合举办首届“书法写新诗”展览，他的作品受邀参展，书写的是著名诗人艾青的名作《我爱这土地》：“为什么我的眼里常含泪水/因为我对这土地爱得深沉……”这也正是他以钟爱的笔墨，对事业之爱、艺术之爱的生动诠释。

学养如醇韵味深

中国书法家协会理事、中国铁路书法家协会常务副主席兼秘书长潘传贤先生，50余载不懈追求书法艺术，特别是其狂草艺术在书法王国中构成了独特的审美景观，散发出别样的艺术魅力。

假如说，艺术的重要作用就是开启人的想象之门而进入精神的审美世界，当我们第一次面对潘传贤先生的狂草作品，会觉得这些灵动而神奇的线条，如同一条条曲折蜿蜒的小路，带我们进入一个奇异瑰丽的抽象王国。这些轻盈飞舞的线条，是高原雪峰之上缥缈的云丝，让人想到了飞天仙女的舞姿，想到了伯牙琴弦上弥散开去的《高山流水》和贝多芬乐房里余音绕梁的《月光曲》；这些厚重的点画，又仿佛是经历过火山喷发后经过亿万斯年冷静下来的岩石，会让人想起冥思的亚里士多德和面壁的达摩佛祖，并不由联想到哲学的本质和时空的终极意义。它们雅俗共赏又未可端倪，令人在轻微的晕眩中痴迷又难以去具体地把握与体察。它们离人间烟火气似乎很远，却又与我们的灵魂与精神是那么地藕断丝连，不可分割。如果说世界的本质是运动和变化，那么正是这神奇的草书艺术，让我们恍惚窥见了天地造化万物的影踪。

记得一位文学朋友说过，设若以米为文学的原料，则小说是米饭，散文是蛋炒饭，而诗则是酒。诗书同理，假如说癫张醉素将书酒精神和狂草艺术发挥到极致的话，我想说，草书名家潘传贤的书学修养也如一坛好酒。与之交往，令人如饮甘醇，如沐春风。时下论及书家学养修为，有的像一盘菜，色香味不差，只是单摆浮搁在台面上，每每一箸下去就见了底；而有的则如一坛酒，肚大，口小，内藏佳酿而瓮口常缄。潘传贤先生当属后者。的确，潘传贤先生 7 岁学书，书龄已 50 余年，其书学修养是货真价实的 50 年“陈酿”，哲思和辩证意味值得好好品赏。

让我们顺着这些墨迹的小路进入他艺术天地的深处，做一番惬意的遨游。

专与博。潘传贤先生走的是博而后专，专中有博的路子。他祖籍河南荥阳，名门望族。生于徐州，与共和国同龄。幼受庭训，并得乡贤哑道人郑斯立、史学教授蒋庭曜二位先生的传授，始入门径。学生时代自唐楷入手，旁及汉隶、魏碑、章草、王羲之正草千字文，后取法怀素、张旭及明清徐渭、傅山、王铎诸家，专攻狂草。特别是在十年动乱期间，插队落户于刘邦故里沛县农村接受再教育，他在劳作之余，朝夕临池不辍。为增加临帖照明亮度，他在牛棚改建的土坯房之壁挖了三个灯台，天长日久，几盏油灯在满是“屋漏痕”的土墙上熏出三道长长的墨迹般的长竖。后来回城到铁路部门工作，任徐州铁路分局文联驻会秘书长，有了以书会友的良好平台，书艺更上一层楼。由于天资聪颖又肯下苦功，他青年时代即步入书坛。1986 年，由著名书法家、时任中国书协副主席的王学仲先生题写展名的“潘传贤桂林山水书法展”在桂林举办，得到李骆公、谢云等书界名流的赞赏，好评如潮。几年之后，人民美术出版社出版了由沈鹏先生题签、佟韦先生作序的《潘传贤书法作品集》，本书得到书界高度关注。古人云：“楷书如立，行书如走，草书如奔。”其实并不尽然，观潘先生的草书当为“草书如舞”更准确一些。的确，草书是精神的舞蹈，一个不懂得感受舞蹈之美的人，无论你立得多么稳当，走得多么潇洒，其人生定然会有莫大的遗憾。但是，一个立不稳、走不快的人，舞一定也是跳不好的。潘传贤先生走过的书法艺术道路，印证了这个结论。佟韦先生如此评价：“传贤可驾驭各种书体，且其艺不俗。像实用性较强的真书，他竟能写得飞动有趣，尤其其中的魏碑书作，刚劲挺拔，意态活泼，确属不易。篆隶各体，端庄工稳，古朴沉雄，也是难得。其行草书，特别是草书，给我的印象最深……”此后20多年，虽然多次获得众多国内外奖项，但他更多的是乐于临池，甘于寂寞，不治他技，专攻狂草一艺，逐步形成了自己独特的艺术面目。2009年，天津美术出版社出版的《潘传贤草书〈蜀道难〉墨迹·碑拓全集》，可以说是他草书艺术集大成的硕果，得到广泛赞誉和名家称许。该碑刻石厚0.2米，高1.6米，全长30.75米，由41块重达千斤的青石刻就，现置于他的家乡徐州潘塘风景区，成为他书法艺术道路上里程碑式的作品。

守与变。运动和变化是世界的本质。书法家对其有着独到的艺术表达与体现。而“变”的目的主要是通过他人的“镜子”而找到自己的面目，开掘自身禀赋和意识里的艺术矿藏。正如杨乃瑞先生所言：“潘传贤草书的得笔处在怀素的大草《千字文》，于此精勤数十年而不辍……潘传贤巧取其跌宕、跳跃、排叠章法融为己用；借旭《古诗四帖》之运笔，微参隶意，圆头逆入，笔笔中锋的古意；得素《自叙帖》之章法上时密时疏，时疾时缓……满篇狼藉，云烟氤氲，酣畅淋漓，气韵贯通，郁郁勃发，浩浩汤汤不知其所至；继而又觉诡形怪状，险象环生，如双蛇争胜，一触即发；再观之，则觉沿江河之寻奇境，时行时停，贪观奇景，为景所牵，愈前行，愈美不胜收，愈不肯罢，流连忘返，不知所归。”他从结字、用笔、用墨、布白几个方面都注重求变，结字大小欹正生姿，有意降低中心，笔势下贯；用笔如锥画沙，以速取胜；用墨轻重相宜，节奏跌宕；布白八面生姿，浑然一体。潘传贤先生常说，创新和求变是好事，是潮流，变则通，变则活。世界上没有两片完全相同的树叶，但谁都会认识它们是树叶而不是别的东西，世界上很难找到一片像树干和像树枝的树叶，如同很难找到一个像鬼的人。书法的基础和前提是写字，而不是别的什么。也就是常说的万变不离其宗，“随心所欲不逾矩”。

美与丑。刘熙载《艺概》云：“怪石以丑为美，丑到极处，便是美到极处。”潘传贤先生说：“字要破俗，只能往‘拙’和‘丑’里走（潘传贤字拙如，可见对拙情有独钟），但要以‘朴’为指归，把握好‘度’，千万不能为丑而丑和为拙而拙。丑与拙，只是精神向度和意味感的外在体现，是表象特征而不是内在目的。字丑了一点，拙了一点，就会离媚俗和甜腻远一点，自然多了朴素和清朗之气。以丑为美，乃为大美……”他还说，书法的至高境界是澄明高迈，超凡脱俗。反过来说是，一位书家，有了一定高度之后更不能把自己架起来，反而要能把姿态降下来。雅到极致便是有了更多的入俗的能力，大俗即大雅，能自由地出入雅俗之间，既能“温”又能“火”，才有可能真正做到不温不火。这才是真正意义上的脱俗。不温不火，雅俗共赏，不偏不倚，也就是中庸之道的内涵。他的字，揽雄掬秀，雄而无霸悍之气，秀而无巧媚之姿，如活灵活现的兵马俑，刀戈相击，奔走相呼，浩浩荡荡，气势磅礴，勇不可当。而且，这些“兵马俑”，有血脉，有思想，有灵魂，有声有色，饱含金石的骨气和苍茫的生气。静观潘传贤先生的书作，你还会想到故乡庭前的老树、乡间的野花、田垄中的庄稼；你还会想到老子的《道德经》、庄子的《逍遥游》、屈原的《离骚》和但丁的《神曲》以及雪莱的《西风颂》……它们会让你感到阳光的温暖和岁月的沧桑。它们会在你的胸襟之间吹过和风细雨，更会于你无边的心海挽起巨浪狂飙，陡然耸立起巍峨而凛冽的精神雪峰。

快与慢。快是草书的本质特征。在草书中，速度是达到目的的基本手段。（如航天飞船，只有以极快的速度，才能摆脱地球的引力而自由翱翔于太空。）快，还要精到，还要好，还要出奇，这就是功夫。孙晓云先生曾说：“古人云：‘欲速则不达’，不速欲速谓不达，能速不速，善速不速则愈不达……”潘先生作狂草，运笔如飞，气势连绵，萦绕盘桓，细赏之，却能清楚地分清每一笔的起始泾渭。自起自结，一笔是一笔，笔笔自抒情性又笔笔不离规矩。更为难得的是，在他的草书线条中，真、行、隶、篆，甚至甲骨、籀文的笔画无不信手拈来，运用自如又妥帖得当，达到了化百炼钢为绕指柔的境界。笔者还注意到，他笔走龙蛇的书作却让我们看见了一种“慢”，字里行间蕴含着造物的永恒和岁月的沧桑。他坦言，狂草书中的轻重缓急，都是为“快”服务的，是为了让“快”更丰富，更具内涵。慢，不是真正意义上的慢，是在“快”的区域内的不易觉察的

“慢”，这也是草书中最重要的富有辩证关系的快与慢之间的速率转化流变过程。草书，只有快起来，快到极致，才能体味出其无穷魅力。我由此想到，美术大师林风眠先生曾有言：“线条是画的灵魂，我已画了几十年线条了，终于熟练了，也只有在这种速度下，技巧才能表现思想。”书法线条的锤炼，何尝不是一种“铁杵磨成针”的精神呢？说到快与慢，进而自然会引申到笔纸的关系。潘传贤先生对此亦有独到体悟：“不轻不重，不即不离。换个角度也就是当轻则轻，当重则重，当即则即，当离则离，一挥而就。真正写好草书，是要做到心中无数，这里的‘无数’不等于零，而是无限。胸有成竹之人，可以成为一个优秀的工匠，但绝不是一个真正的书法家。因为书法是艺术创造，不是重复的批量生产，而是要每每表现出不同以往的东西和给人意外惊喜乃至震动的东西。”所以，他常言，不懂规矩的人字写不好，但只知道死守规矩的人字写不妙。守规矩是为了懂规矩，懂规矩是为了破规矩，破规矩是为了丰富规矩，这是一个旋转上升的螺旋。纸和笔的关系就像人与人的关系，太疏远不好，耳鬓厮磨也不好。应该当亲则亲，当疏则疏，当近则近，当远则远，所谓“随心所欲不逾矩”。他还强调，写字要懂哲学，懂辩证法，笔和纸的关系，要在吸引中排斥，排斥中吸引，如磁石的相斥与相吸。要像剑客一样学会在提收中发力，在冲刺时收敛。正所谓太极与八卦的圆融一体，不粘不着，是一种微妙和充满快感的生命体验。

按与提。“提不起来”，是人们常说的一句话，就是不行、不好的意思。潘传贤先生认为提按转换的本质从属于哲学与逻辑。提按的关键在于提，能提起来，说明心中和手下具备了按下去的能力，能够从心所欲地运用之，笔画本身和笔画之间才有厚度，才有质感。潘传贤作书往往高执长毫，于挥运间借力发力，或露锋切入，破空杀纸，或中锋逆起，入木三分。通过自由的笔管在掌心间的旋捻、俯仰、提按、跳跃、使转等体现出笔毫的丰富舞蹈。正如有论者云：“大有‘满座失声看不及’的感觉，犹于攻城略地的将士，兵临城下，当机立断，势如破竹‘志在新奇无定则’，不断调整笔法使其化险为夷，柳暗花明。”笔能按下去，才可避免轻浮，如人的下蹲，为起跳做好准备；笔提起来，才有充分的挥运空间，才能孕势发力。把笔提起来，就如练轻功把气提起来一样，唯此方能平心静气，专注凝神。的确，经过半个多世纪的刻苦磨炼，潘传贤达到了不择纸笔，随机应变，左右逢源，庖丁解牛，技近乎道的境界。王羲之云："夫纸者阵也；笔者刀槊也；墨者鍪甲也；水砚者城池也；心意者将军也。"潘先生的草书，最迷人之处便是其心意的"将军"。

厚与薄。笔者认为，书法笔画应当有立体感，但笔画不应该都是"圆"的。如果书法的笔画都是所谓浑圆有力，具有平均的厚度，必将陷入另一种单调。笔画的"厚"要不失灵动，笔画的"薄"并不等同于浅薄与单薄——关键是有质感和质地。龙泉宝剑并非厚重，但具有非凡质地，可以削铜断铁；千岁枯藤并不单薄，但葆有旺盛的生命力，禁得住雨雪风霜。潘传贤先生的书法线条，其厚度并不均匀，是非常丰富的，但有着共同的属性——都具有质感和质量。它们像一座建筑中的材料，无论长短、粗细、大小、厚薄，都妥帖（也每每让人意外）地安排在自己的位置上。从他的线条中得到的启迪是，原来很多同道提及线条质量时，笼统的"厚重浑圆"之说未免失之简单了，原来，厚度并不等同于质量。进而，我们展开想象就会看到，很多有成就的书家，其线条质地都非常丰富，线条截面呈圆形、椭圆形、菱形、方形、三角形（多见于侧锋），而它们之间无以计数的巧妙组合会构成一个多么丰富绚丽的线条世界。

实与虚。潘传贤先生的草书，是妙入虚灵之境的。正如法国哲学家萨特在《存在与虚无》中所阐释的，世界的本质就存在于虚实之间。艺术的本质又何尝不是呢？书法作为高度抽象的东方艺术，则对虚实之间的微妙把握要求更高。有的书家，无一笔不精到而无一字精致；有的书家，无一字刻意而无一篇不精彩。潘传贤先生应数后者。纵观其书，优游心手，无意乃佳的虚灵之境，恰若古人所云："学书者由不工求工，继由工求不工。不工者，工之极也。"潘传贤先生的草书空中见虚，虚中孕实，实处乃佳，虚处更妙。最具个性的当数他变化丰富的枯笔。他之所以敢于在草书尺幅之内展现大面积的飞白，就是因为这些飞速运动的笔触并不是一味干燥的渴笔，细细观赏，我们会在飞白中看到变化丰富的浓淡干湿和轻重缓急。他的飞白具有不同的线条质感和语言，特别是那些似断似连处，恍惚有象，细睹无迹，几臻化境。正所谓，弦外余音犹绕耳，不著一字尽风流，构成了一个自足而葳蕤的飞白世界。他在狂草艺术中对虚笔和飞白卓有成效的探索，值得认真梳理和推介。

线与形。书法是线条的艺术，线条可以最直观地看出功夫。他的书法线条像出土的冷兵器，褪尽了火气，却保持着足以穿越时空的所向披靡的内敛锋芒。进而，我们会认识到，这些冷兵器的威力不是它们本身的硬度和锋刃，而是它们的蕴含与精神——是通过它们而想象到的那些看不见的东西。也就是说，真正的笔画都是应该具有磁力和辐射力的，都是应该具有生命力和思想的，它们彼此的力量缤纷交织，形成一张硕大无朋的艺术之网，笼罩和感化我们的身心。而潘氏狂草最独特的审美特征是通过大胆变形让汉字书写更多地体现出了符号化属性——他在书法艺术的大海中遨游，发现了自己的岛屿。众所周知，线条艺术的最高境界就是抵达概括万象的抽象境界，也就是具有能够进入潜意识和精神层面的符号属性。潘传贤先生的草书，外行人粗粗看来，不一定会马上认出是哪些字，但肯定会在意识层面和审美层面中会晤到一种原始的默契感和接通电流的快感。他的书作，会让你觉得里面有一种说不清的东西——既新奇又熟悉，有一种磁力吸引你的感官并源源不断地触发联想。而对于行家里手，除了上述之外，还会看到法度，看似汪洋恣肆，海阔天空，无拘无束。而细细审之赏之，却又一笔是一笔，笔笔有法，笔笔有度，笔笔精彩，又笔笔自写性情，自出机杼，笔笔出新。若株株奇花异卉，每根枝条都连着古老的根和厚实的大地。说到底，他的字看似信手拈来、潇洒不羁，却是每笔每画都禁得住推敲玩味。每个字都是规矩的字，但同时又特别像一个个大小不一、形态各异的抽象符号，剔除了文字含义之后依然是美的化身和载体。他说："对书法艺术而言，无论怎样丰富和拓展，都必须是以写字为前提的，否则，就不是书法而是别的什么了。戴着镣铐跳舞，书法的两难境地也正是其魅力的不竭磁源。"换言之，一个真正意义上的书法家应该是以艺术的创造力不断拓展汉字边界的人。假如本质意义上的汉字是一个核，那么说对环绕它的外在物质，离得越远，可能产生的辐射和张力也就会越大。恰如江河，流得越远，证明它的源头活水就越旺盛。也如同恒星与行星的关系，距离渺远，但彼此的关系却是内在而紧密的。

艺与业。德艺双馨，是潘传贤先生一贯追求的人生目标。他在苦心追求书艺的同时，把更多的时间和精力投入在铁路书法事业中。20世纪80年代初，潘传贤就出任徐州铁路分局文联驻会秘书长。90年代初，他就被调到北京中国铁路文联工作，任中国铁路书法家协会副主席兼秘书长。20多年来，他以自己的艺术专长和一腔赤诚，为铁路文化工作做出了特殊贡献。他的书法作品多次被铁道部领导作为礼品赠送国内外友人。1985年为共和国首任铁道部部长滕代远手书碑文重立书写的碑文记，现置于天津宁园。作为铁路书坛的领头雁，他既是艺术上的行家里手，又长于组织管理工作，敬业乐群，组织和策划了诸如“‘和谐铁路　吉祥草原’全国铁路与内蒙古自治区书法联展”“动车组书法采风创作”“渤海轮渡杯全国百位书法名家精品展”，为庆贺党的生日和北京奥运会召开而举办的全国铁路“广铁杯”“长风杯”和“哈铁杯”书画大赛以及全国铁路书法家10人联展等数十项立意新颖、影响深远的活动。寒来暑往之间，他已经记不清多少次率队送书画下基层和创作采风，也记不清多少劳动模范、普通职工甚至从火车站过往的农民工，家里都珍藏有他的墨宝。一花独放不是春，百花争艳春满园。更为难能可贵的，是他立足铁路，带动和培养出一批书法骨干，大家尊他、敬他，他经常组织铁路书法骨干在一起取长补短、切磋书艺，多次在国家级展、赛中问鼎折桂，在中国书坛形成了具有广泛知名度的“火车头兵团”。可以说，他既是一位儒雅谦和的学者型书家，又是一位具有超强组织能力的书法工作者，因而多次受到表彰，被中国文联授予“优秀文艺工作者”和“优秀组织工作者”的光荣称号。

概括起来，潘传贤先生的书法艺术有以下几方面特点：取法高。旨在直追古人，志在留传后世。这样就不会沉湎迷惘于滚滚红尘之中，保持一种超然物外的清醒与豁达。眼界宽。有海纳百川的胸怀，从真草隶篆、书内书外不同的艺术源头汲取营养，筑牢艺术大厦的坚实底座。意境深。工夫在字外，工夫在笔外，笔笔看似随意，又笔笔有深意，似如来拈花微笑，知者神会而忘语。面目新。入古深，涵泳深，把握住了来龙去脉，艺术上的脱胎换骨就越彻底，创造的新意就立得住，时代气息就越浓厚。钟繇笔法曰：“笔迹者，界也。流美者，人也。”我臆想的解释是：每道笔触都能如镜子一样反映出书家的人格和境界。风流美妙的书作，就是挥毫的那个人啊！我想，一位书家的成熟和庄稼与果蔬的成熟一样，是需要经过岁月中的寒暑和节气的，如此，字里行间才会获得那种成熟的苍茫和大气。六旬即至的潘传贤先生，正进入书法艺术的成熟期，我们期待着他，以岁久弥香的艺术之醇，为我们带来更多的陶醉与欣喜。

潘传贤的“狂草关键词”

2015年6月5日至12日（由于观众反响强烈，延长到14日），以草书著称的中国书法家协会理事、中国铁路书协常务副主席兼秘书长潘传贤先生的书法展，在位于北京奥运森林公园的中央数字电视书画频道美术馆举行。中央数字电视书画频道自2015年6月到8月之间持续播出书展和讨论盛况，好评如潮。

众所周知，常人很难看懂草书（特别是狂草），但潘传贤先生的书展反响竟然如此强烈，个中缘由，值得我们去探究与深思。

常人不易辨识，是草书和甲骨文、篆书的共同属性，也就是大家常说的“不认识”或者“看不懂”。潘先生的大草变形夸张的程度很大，或者可以说在现当代鲜见出其右者，那么这么不好认的草书为什么会得到如此雅俗共赏的广泛认可呢？针对本次展览，仁者见仁、智者见智，媒体报道和网上的讨论也很热烈。关于对潘传贤先生书作的评价，张旭光、胡抗美、张坤山、张继、刘洪彪等书法名家在“树荫座谈”的观点与见解，都令笔者深以为是。遂以张旭光先生等名家的观点为骨架，结合自身理解和潘传贤先生的访谈，对本次书展的关键词进行一次梳理。

挚　爱

写狂草的人心里必有大爱，当年怀素写狂草就是这种境界，爱得放不下，没有纸就在芭蕉叶上挥洒，激情难抑。有一种激情，爱得放不下，就成了“痴”，让书法成了生命中不可放下的东西。潘先生把内心世界那种激情，那种大爱，那种对人生、对自然的体悟和态度，通过大草，用性情来表现。狂草非常难，如果能把自己对人生、自然的态度通过狂草表达好，那是书法家的一种梦想，一种追求。潘传贤先生自幼习书，五体皆擅，近 30 年专攻狂草一艺，魂牵梦绕，痴心以求，可以说是当代狂草艺术中走在前面的人，是外移了狂草艺术界桩的探索者。他的人生是与草书艺术密切融为一体的。正是这种深入骨髓和心灵的大爱，给了他不倦前行的精神动力。

才　情

书法本来就是囊括万殊，裁成一相。就是一个特别抽象的东西，没有按部就班的形象，又需要一种形象的引导，让你看了以后能想象出很多不具象的但又是有生命的东西，是一种以具象表达抽象的过程，书法的难度恰在于此。因此，书法太难了，狂草就更难了！当然，从学术界来说，各种书体各有各的魅力，不存在谁比谁高，但从我们的体会上，我们依然感觉狂草更难，更难是什么呢？需要才情！写狂草更需要才情！而狂草更难在于，写狂草需要才情与激情。对性情淋漓的表达，很难。当然所谓的功夫就是熟练，比如“怀素书蕉”，功夫下得要深，但这个过程是个享受。书法讲究人书俱老，从小开始习书，一直坚持到老，这个过程都是在享受，如果没有这个享受，坚持不了这个漫长的过程。面对潘传贤的作品，大作品的气势对观者的震撼、征服，很成功。小的作品，墨色、节奏、旋律，都经得起推敲，非常到位，让人佩服。尤其是对性情淋漓、草情草意的表达，很难。潘传贤先生的才情是内敛的，在书写之外，几乎看不到他任何的张扬与流露，他是一个典型的乃至儒雅得有些木讷的谦谦君子。但是，一旦他拿起毛笔开始狂草创作，就完全变成了另一个人，他的痴狂，他的投入和尽兴，他忘我的拼搏状态，直追古贤。

投　入

写狂草要更投入、更专心。狂草需要速度为基础，感情不够充沛，速度不到，那种神采、状态出不来。我们生活中榨鲜果汁，比如把葡萄打碎，用每分钟多少转的速度打碎，喝起来是这种味道，再提高一倍的转速，味道有了明显的变化。科学证明速度对结果是有关系的。写狂草是需要入戏的，比如京剧演员，台下散散漫漫的，一旦穿上行头，拿起道具，马上进入一种状态，进入戏剧中的人物状态。写狂草亦然。历史上记载的包括张旭、怀素写狂草时都是一种入戏的状态。张先生说的“入戏”，可能就是我们常说的“进入情况”。“入戏”即为“来电了”。入戏即为进入了超越现实生活的另一种场景。所谓入戏，就是不像日常生活中的他了，变成了另一个他，这种变化越彻底，则说明入戏越深。就像一位优秀演员，入戏太深不能自拔，真把自己当成了戏中人了。潘传贤先生入戏之后，就一改平常斯文温雅的形象，聚精会神地挥运之际，便是“满座失声看不及”的场景了。

空　间

就是空间的划分，写草书已经不仅仅是在“写字”了，是用毛笔对空间进行划分。钟繇说过：“笔迹者，界也。”这一笔下去，阴阳就开了。在这个过程中，怎么把这个空白，用你对美的理解，把它划分得让人感动，这是草书家应当具备的一种素质。线的组合、节奏，包括墨色的节奏，对黑白切割的处理，潘先生具有独特的现代意识，没有这种意识，写狂草很难做到。笔者认为，在书法天地中，一笔下去就是一道地平线，是“阴阳割昏晓”的感觉。假如一张宣纸就是一派混沌世界，那么书法家就是上帝和造物主。潘传贤先生对空间的把控与划分能力，体现出的除了深厚的功力，更体现出了一种接通中外的现代审美意识与艺术感觉。他的线条和空间分割让人不由自主地想到米罗和蒙德里安，甚至会想到西方现代美术范畴中的多维空间和新立体主义。

速　度

总体来说，狂草的核心可以概括为速度和组合。速度的快与慢，包括快与慢的转化与衔接组织，直接决定了线条和通篇的节奏与旋律。而狂草线条的组合已经打破了写字的常态。比如徐渭的《草书杜甫怀西郭茅舍诗轴》（幕府秋风入夜情），我们一直认为，那不是在写字了，而是挥洒漫天大雪，模糊了所有字与字的关系，行与行的关系。这种由具象上升变化而来的抽象，更具备形而上的艺术品质，更具才情，更具生命力，更是不假思索的真诚的东西。笔者想到林风眠先生对“速度”的一段感言。他说他修炼了几十年线条，才达到了这种速度，而只有在这种速度，才能表达这种情感……更可贵的，光有速度还要有变化，在保持速度中求得须臾之间的变化。而且，这种迅疾连贯中的变化还要经得起静观细品。再譬如航天飞船，超过了那个速度的临界点，就可以摆脱地球的引力而飞向太空。看似那么一点微小的速度数值，结果却大相径庭。或者可以说，速度决定品质，速度决定结果。

沉　实

线条沉实，是个大概念，飘逸的线条也有沉实的属性。潘传贤先生草书的线条质量，可以概括为既飘逸又沉实。飘逸者，如云如烟，恍兮惚兮，轻盈游移，似有似无，悬飘于空。沉实者，像一条大河底部中间承载着巨大压强的水流摩擦河床的运动，驮载着整条河流前进，泥沙俱下，奔流不息，浩荡着蓬勃的生命力。在“缥缈云烟”与“河流的底部”之间，我们仿佛看见一条河流立起身段，龙卷风一般接通了天地。这时候，我们再体察其行笔速度的时候，就发现他不是一味地求速，无论是一泻千里的迅疾与波澜不惊的舒缓，他的每一笔，都在追求一种“有荷载的速度”，像流水经过河道，不会忽略每一寸河床。这种感觉，正如张旭“兴来洒素壁，落笔如流星”。正似怀素“吾师醉后倚绳床，须臾扫尽数千张。飘风骤雨惊飒飒，落花飞雪何茫茫”。

取　法

张旭光先生坦言，取法的问题很重要，这是一个更高层次的问题，需要作者积累相当长的时间以后，才能做出选择，一个人有一个人的取法，这是别人教不出来的。它一定是随着作者对书法、人生、自然、生命的理解过程中，自己自然而又有选择地走向哪一个方面。比如墨法，王铎的涨墨法，是一种自觉的行为，向前追，颜真卿的《祭侄稿》，那是涨墨法的发源地。再往前看，陆机的《平复帖》也有墨法变化，但我认为那时的墨法变化不是自觉的，到了王铎才是更自觉的。潘传贤先生在座谈中谈到了自己的取法，主要是取法乎上和为我所用。识见高、取法高是根本性的东西，而学古为我所用则更难。潘先生坦言，越是自由狂放的事情，越应该讲求法度。学古人，学什么？古人的什么可以为我所用？潘先生的草书追求的就是一种松弛中的精确、自由中的规矩、潇洒中的严谨、率性中的到位。他的狂草取法渊源是清晰而明确的，甲骨文、篆籀、隶书、章草、大草、小草，都能在其书作中窥见端倪。不难看出，潘传贤先生的狂草，主要是以怀素大草千字文、小草千字文和张旭古诗四帖为根基，他立足于历史上两座草书高峰，承上启下，营造出属于自己的艺术版图。潘先生坦言，所有的学习都是为了为我所用，而学古人不可能学到全部，一定要选取自己能理解和需要的部分来学习。他学晋人神韵，得其“质”；学唐人法度，求其“备”；学宋人意趣，求其“味”。特别是学明清诸家，得其个性。学王铎，学其笔墨精熟，以碑入行乃至其胀墨自主运用以及浓淡干湿之法；学徐渭，学其狂放恣肆，不落窠臼，得其“悲愤的力量”；学傅山，学其枯藤百绕，灵动多变，笔墨飘渺，仙气氤氲……总之，乃是慧眼观心，心领神会，会古通今。

辩　证

书家张坤山先生谈到了潘传贤书作中体现出的丰富的辩证关系，可谓一语中的。纵观潘传贤先生的狂草，充满了逻辑与辩证，章法中体现的疏与密、轻与重、虚与实，结字中体现出的大与小、倚与正、争与让，笔画中体现出的长与短、细与粗、速与迟，用墨中体现出的浓与淡、胀与渴、枯与润，等等。在这些对比性的关键词中，他在随心所欲不逾矩的潜意识中，总能体现出一种向极限挑战的探索精神，而且，不仅是单组对比词语的极限挑战，是一种杂糅性、复合性的极限挑战。由此，我们由浅入深，会不断发现对比后面的对比，辩证内里的辩证，简直就是一个辩证关系的迷宫，让人的目力心力不能穷尽，惹人遐思，流连忘返。除了这些常规范畴内的辩证关系，我们还会看到形式上的辩证以及他对这种辩证关系的极限追求。譬如他的长四米宽一米的巨幅草书单字联、双字联、三字联与“掌上观”的小幅“微草书”的对比，超出书写者视野观照的大字需要达到“书为心画”的境界，才能自如掌控与表达。而古今罕见的“蝇头小草”，又能表现出大草一泻千里的浩荡气息和章法线条的丰富变化，真正做到了“尽精微，致广大”。正可谓：“大字极大，尽气势魂魄之极；小字极小，尽细微精妙之极。”这种突破古人极限和书家体力精力极限的超负荷追求，乃是在宣纸的茫茫雪野中挑战难度的全身心冲锋。这种“理性高原的非理性驰骋”乃是其草书追求的大方向与大辩证。

话说回来，追求前无古人的境界也不是凭空而来，也是与古人跨越千年的艺术对话。由此想到陆游《草诀歌》中的“吴笺蜀素不快人，付与高堂三丈壁”和唐人任华在谈到怀素狂草时写道：“挥毫倏忽千万字，有时一字两字长丈二。”可见潘传贤先生的大字草书也是有源之水和有本之木。

在“树荫座谈”的尾声，张旭光先生将大家的观点归结为三点感悟。第一，草书是性情的、纯粹的表达。我们这个时代，生活节奏很快，我们需要情感的寄托，而草书可以是一个抒发胸中块垒的方式，也是一个从庸常琐事中升华出一种纯粹精神生活的方式。草书的书写过程和完成的线条构图，能够给人带来慰藉和书写的快乐。第二，草书是很规范的。不是你看不懂、不认识，就觉得是乱写，不认识就觉得不好，书法界应该去努力让大家了解和热爱草书，学习草书。尤其是一些有分量的重要人物，在看展览时不要露怯，一看不认识，不要武断地就说这作品不好。这种观念在书法界和社会上很普遍。其实这反映的是学养问题，专业人士不认识草书不应该，应该有一种羞愧感和紧迫感，我们要对草书有一种敬畏感。草书里面学问是很深的，艺术性很强，不是我们不认识就不好。第三，大草和人的生命更加的契合。它完全是字如其人，我写我心中性情，它完全是一种充满动感的“现在进行时”的时间的艺术。

除了这几个关键词，还有胡抗美先生讲到的“痴”，白煦先生讲到的“狂”，张继先生讲到的“融通”，张坤山先生讲到的“一泻千里”，高庆春先生讲到的“创新”等诸多问题，都引发出大家很多思考与共鸣。

最后，我们有必要说到潘传贤先生的“道法自然”和“狂中之雅”。“道法自然”正如潘先生所言：“世间万物，一经过眼，为我所用。”我们甚至可以做这样的观赏实验，将他的草书线条抽离开来，都能在自然中找到对应物：如云如水，如木如藤，如山如石，如花如草，如土如野……慢观细品，我们还会发现其狂草中的沉郁之美，甚至越是大胆放纵的造型变化，线条本身越是体现出矜敛与含蓄的特征。这绝不是有意识的人为控制，乃是书家修养、襟抱的自然流露。正所谓“菩萨低眉，正是全神内敛。金刚怒目，迥非盛气凌人”。总之，潘传贤先生66岁的书法展的确给人带来不小的艺术震撼，在他草书的荒原与高地上，很多“里面的风景”还有待我们静下心来，打开观念，慢慢回味。

万物晶莹隐笔锋

生于斯长于斯的家乡热土，有我许多艺术界的忘年之交，如已故的冀东书法名家宋秀峰先生、赵成福先生，我的恩师张佗先生，玻璃画画师刘树国先生等等。他们甘于清贫，耐得寂寞，将璞玉般的身心长期浸淫在营养丰厚的民间土壤，培育着痴爱一生的艺术之树。

春节回老家拜年，顺便拜望刘树国先生，与先生谈诗论画，勾起许多感慨。刘树国先生 1937 年生于丰南县刘唐保村，自幼喜欢绘画，对年画和古书中的山水插图和人物绣像爱不释手，朝夕临摹，达到废寝忘食的程度。小时候家里穷，买不起画纸画笔，他就从母亲做饭的灶坑里扒出未燃尽的炭棍，在土地、墙皮、毛草纸上作画，惟妙惟肖的图像总能引起邻里乡亲的称赞。20 世纪 50 年代初，作为没上过一天美术班的小学生，他就以一幅拖拉机速写入选河北省少年美展，初试锋芒，展示了他的艺术天赋。之后，在动荡的社会和坎坷的生活际遇中，无论是在村办小学教美术、在文化宣传队当电影放映员，还是务农、在砖瓦厂干搬运工，他都没有放下心爱的画笔。这期间，他结识唐山市著名连环画家刘汉宗和赵国一等老师，画技日进。多次抽调到省、市、县参加美术创作和学习，拓宽了视野，打下了坚实的艺术功底。70 年代中期，树国先生被选拔推荐到丰南制镜厂，任专职画工。此时的他，如鸟入林，如鱼得水，以全身心投入到玻璃画的创作实践中，画出一批高品位、高质量的玻璃画，其中《金陵十二钗》《松鹤图》《麻姑献寿》等数幅精品被省外贸局、天津市二轻局等选送国际友人和作为出口贸易品远销国外。谈及对玻璃画的多年探索，刘先生似乎有道不完的情结。他坦言，无论国画、油画、版画乃至陶瓷画、壁画，若从技法上讲，都不及玻璃画之难，无论往什么东西上画画，最忌载体上不吃墨色，不吸水分，此乃其一；其二是玻璃易碎，无法踏实地伏案，笔力劲力不易发挥，易造成笔画轻浮，神韵难现。特别是大幅玻璃画绘制起来更是难上加难，笔画力量的把握要求极高，必须平心静气，悬肘悬腕，必以参禅入定的忘我心境方可为之。先生常说，绘山水要晓地理，明节气；画人物要懂历史，知礼仪，通服饰器皿。如对常见的“八仙过海图”中作为八仙之一的曹国舅手中之笏，先生就有不同的见解：曹既已成仙，就该舍弃名利之物，持笏就不符合身处仙境的神人性格，手中之物就应是老人们常说的呼风唤雨的阴阳板了……我孩提时，每年学假，都在与树国先生同村的姑姑家长住。那时的农村房少人多，常需“串房檐”借宿，几乎每家每户都能看到刘树国先生的玻璃画，每帧从不重样，或寿星或观音，或仕女或鸳鸯，或松鹤或山水，在乡村土屋朦胧闪动的油灯下，那人物那景致，似动非动，活灵活现……

如今，已年过七旬的刘树国先生仍然手执画笔，继续描绘着心中晶莹剔透的秀美图景。更为可贵的是，他正在把当今已成为凤毛麟角的玻璃画艺术悉心传授给儿子和儿媳，并带领他们办起了自家的画坊。随着风靡一时的摄影美术镜风光不再，生活好起来、品位高起来的消费者再度显现出对传统民俗文化的青睐。几年来，一家人共同绘制的上百块玻璃画镜不仅被抢购一空，还引起不少收藏家的注目。因为在当下，刘树国先生以传统题材为主的手工玻璃画，不仅唐山地区一枝独秀，就连集北方美术工艺品大观的天津古文化街上也难寻其二。面对绝好的商机，刘树国先生依然故我，把主要精力放在玻璃画艺的探索之中，他一面告诫儿女一定要重义轻利，绝不粗制滥造，以次充好；一面潜心研磨画艺，力求在磨砂玻璃画托色、晕染、构图以及仿古风格和现代意味的探索等方面，不断地尝试、思考……

“艺苑奇葩腕底生，老骥伏枥慕葛洪。今古风情从容现，万物晶莹隐笔锋。”愿刘树国先生的玻璃画技艺后继有人，艺术常青。

清荷常生欢喜心

李瑞明先生的彩墨荷花，我非常喜欢。观之，墨香扑面，清气盈怀，欣欣然，顿生欢喜心。每每欣赏他构图饱满、元气淋漓的“李氏荷花”，我总是不由自主地想到弥勒佛的形象，在一种了然的充盈中又分明洋溢着松弛与透澈的快乐。

人活到了这个份儿上，画自然画到了这个份儿上。

他的画如他这个人，善意对人，笑口常开。他笔下的荷，也是在清风中开怀朗笑，没有凄风苦雨满目萧然，如他这个人一样爽朗，有一种“映日荷花别样红”的意思。荷欲静而风不止，他的笔下的确总是清爽如风。“书画同源”这个词告诉我们，当你面对一位中国画家，会自觉地从书法的角度去审视他（或她）的线条。如此这般，如果这些线条经得住考量，那么这些画作就可能是有本之木；如果这些线条经不住推敲，那么这些画作就可能是无源之水。

明眼人一看便知，李瑞明先生的国画线条是来源于草书的，流畅、率真、潇洒、具真性情……总之，多年痴迷的草书线条，他将其优点信手拈来“请”到了画作之中。再往下赏析，李瑞明先生笔下的草书线条更多地来源张旭与孙虔礼，是笔墨恣肆而不失内敛、自由而不失理性的圆舞曲。这是一种理性收敛中的放纵与癫狂。在他的构图中我们进而看到了一种饱满与自信，看到了线条的速度与力度，也自然看到了折钗股与屋漏痕……

往下细说，李瑞明先生在国画中擅使圆笔。古人云：“草尚婉而通。婉而通者，婉转变通是也。”而婉转变通的途径主要是用好圆笔。圆笔之中有怀抱，有空灵，也有太极、八卦的合抱之力。而荷叶是圆的，莲花、莲子、莲藕都是以“圆”为核心词的，包括莲茎中“亭亭茎直”的圆，莲藕中筷子般粗细的圆孔，这些内在、含蓄、透气的圆告诉我们，珍贵的圆，妙在肉眼看不见的空白……

而荷，给人的除了清新与雅致，还有圆满的象征。李瑞明先生笔下的荷叶，像一个个转动的车轮，承载着上善之水，运载着福气，运送着荷塘上的清风明月和微霜下水银般滚动的水滴……像一列火车，将湿润而略含凛冽的气息，运送进你的感官和毛孔与细胞的隧道。

他的画，不是小资的唯美与人工的剪裁，还洋溢着葳蕤苍茫之气。在荷塘水湄，唯美会闻到自然与生命混合的气息。他的画，源于自然，又有艺术的大胆变形与夸张，准确地说，其夸张的最终旨归还是追求一种高级生命状态中的“圆满”。这圆满，是一种企盼，是一种祝福，也是一种心态与境界的自然流露与表达。

清雅温婉悦目怡心

一个偶然的机会，有幸欣赏到了陈青英女士的工笔画，清雅不俗的画作，给人以清风徐来、神清气爽之感。得知她是退休之后才开始正式学习绘画，笃志用功，速见其成，更令人敬佩和赞叹。

陈青英，湖南耒阳人，江西省美术家协会会员，师从工笔画名家李用璜先生，潜心用功，画艺大进。笔者欣赏其画作，感悟有三。

首先，颖慧的天资禀赋与深厚的家学渊源奠定了她成功的基础。陈青英的画作散发着浓浓的书卷气，我猜想一定与家庭教养相关。在交流中了解到，她祖父陈月贤作为蔡锷的同学，与其共同求学于湖南时务学堂，受教于梁启超、谭嗣同诸先生。辛亥革命中，陈月贤随蔡锷在云南起事，随后参加了护国运动。后来终因不满军阀混战的时局，回到家乡教书行医，独善其身，以享余年。陈青英幼受庭训，被祖父视为掌上明珠，诗词书画，耳濡目染，在幼小的心灵中埋下了艺术的种子。后来世事变迁，家道中落，生活坎坷，直到年逾花甲终于得暇重握画笔，再写丹青。观赏她的仕女、花鸟画作，观其构图，别出心裁，相辅成理，相映成趣；观其用彩，随类敷色，渲染递进，光色艳发；观其用笔，悠游心手，精谨细腻，妙穷毫厘。正所谓“老树春深更著花”，令人欣喜和感动。

再者，她的画作能够以淡雅清新的风格表现审美旨趣。无论是大幅还是小品，展卷在手，氤氲清气扑面而来，她的作品了无浓艳甜俗的习气。若清茗入口，清风入怀，恬淡安然，沁人心脾。细细欣赏，我们还会发现，陈青英女士笔下的淡雅之“淡”并不是简单地以运墨和用色的“浅”来实现的，而是能够做到淡而不浅，淡而能雅。艺达于此，需要审美与思辨，也源于心性与悟性。那些看似浅浅的色彩，恰恰需要一遍一遍地覆盖和叠加，最后达到似淡非淡，雅气文气自然呈现与挥发。如《金玉满堂》中的两尾金鱼，通身赤红，却与水草和石头以及背景色融合得那样和谐；再如《水湄鹤影图》中的两只仙鹤与青青水草，都显得那样恬静，不见一笔画水，感觉水就在鹤足草茎间荡漾，仿佛让我们能够呼吸到古代微甜的空气……这些，都让笔者看出画家对于颜色、光线敏感而细微的理解与把握。

还有，她笔下描绘出的意象蕴含着内在的魅力与涵养。观其笔下的仕女人物，眉宇之间，身姿仪态，皆有大家闺秀端庄秀美、落落大方的气质，观其外，知其内，观者自然会感知到这些女子至纯至善的内心世界。的确，与我们常见的仕女画不同，她笔下的女性，既看不到弱不禁风的缱绻与哀怨之容，也看不见浓妆艳抹的脂粉轻佻之气，更多的是那份安然的气定神闲与从容大度，眉宇之间流露出一种“有力量的雅致”和“低调的灿烂”。这些人物形象告诉我们，诗书琴韵的传统文化修养已然融化在她们的身心之中，此时，我们会自然地想起“幼怀贞敏”“吐气若兰”“胸藏锦绣”“腹有诗书气自华”这些美好的词句来。这些人物，会让人向往钦慕于她们的气质与魅力，自然而然地进入到宋词的氛围和楚辞的意境。

另外，画面上的背景和配角能够巧妙而妥帖地烘托主题。陈青英老师笔下的人物和花鸟，都讲求宾主的烘托与映衬。一石一景，一草一木，总能与“主角”相映成趣，相得益彰，给人品味与遐想的空间。如《黛玉葬花》中的芭蕉和海棠，再如《西施浣纱》中的翠竹和仙鹤，都表达出了这样的旨趣。和不少半工半写、主工辅写的画作不同，她画作中的“配角”也非常讲究，也更让我们看到了画家的学养与积淀。如《山鸣谷应》中的山石都要皴染数遍，没有一笔苟且和信手而为，这种追求古人“十日画一山，五日画一水”的虔诚态度，让画作葆有了一种肃穆、矜敛的气质。所以，她的作品具有宋画的宁静气质，不尽是禅意，而是一种静观的高贵。

有人说，懂得了生活不一定懂得艺术，而懂得了艺术必定懂得生活。陈青英女士也许并没有奢望成名成家，只是把绘事当成了生活中美好的一部分，这种无意为佳乃佳的境界，在喧嚣浮躁的当下，对观者可能更具开示作用。我们有理由相信，她的艺术境界还会有很大的提升空间，晚熟的果子可以为整个秋天压轴。

规矩之内天地宽

当今书坛，楷书名家难觅已成不争事实，而精于小楷自成面目者更是寥若晨星。所以，当我看到著名书法家、吉林省书法家协会副主席廉世和先生的小楷作品，内心的确涌动一种久违的惊喜。后来知道他是第七届全国书法篆刻展中唯一以小楷获得金奖的书家，可谓天道酬勤，名副其实。

汉字唯一成为书写艺术的文字，区别于其他文字的主要属性是什么？是以线条表现出的立体性结构和平面字形的方圆规矩——这也是汉字与生俱来的本质属性。廉世和先生的书作清醒地表达着他对汉字最根本的艺术把握和审美理解。从终极意义上说，真正的书法家应该是对汉字结构和笔画有贡献的人。进入廉先生的书法世界，得出如下启示。

结构：方寸之内见境界

对楷书而言，最直观的审美是来源于结构的，擅楷者必须是结构的工程师。因为对汉字来说，合理而巧妙的空间结构是第一位的，是汉字的立体空间结构属性，决定着作为艺术材料的线条如何摆位、搭配、穿插、焊接。一座建筑，首先要有一个科学合理的结构，先要戳得住，要符合逻辑，受力平衡，不塌不倒。这是“建筑”最基本的东西。框架立起来，经得住推敲了，然后才是考虑如何美观怎样装饰。一个深入理解结构的书家，绝不是背下字典中通用汉字的结构原则就能万事大吉的，一定要有其对汉字性质、特点的本质理解。不仅要具备“进入”汉字的能力和见招拆招、举一反三、左右逢源、触类旁通的本事，具备庖丁解牛的功夫，更重要的是要对具体的汉字升华出一种抽象的精神实质的理解和把握。

廉世和的小楷给人的第一感觉是规矩。方正、饱满、协调、平和，正所谓“不以规矩不能成方圆”。每字方正，笔画的外缘连线大致守住了一个圆形，正所谓“随心所欲不逾矩”是也。外缘守住了方圆，笔画之间也没有明显的对比和夸张，那么里面呢？螺壳壳里面有道场。廉氏小楷的大原则是外紧内松，颇得颜鲁公之味。外紧，抱朴守中，无隙可入，无懈可击；内松，拓展小楷内在的大空间、大境界、大胸怀。我特别注意到其字中的布白是如此的匀称而宽绰，真如清风过堂，满室生香，无半丝陈腐保守之气，时代气息和书家胸襟被不露声色地表达出来。书法之难，不在怪异弄险，而是在恪守规矩中含蓄表达出高妙的气格和情怀。他的字，不是让你去惊喜、激动和亢奋，而是让人获得一种恬静、从容和安然，让你能够体察冲和的外表之下蕴含着不竭的内在力量。他懂得如何把个性融合在审美的共性之中，他知道谦逊地隐藏自己的智慧比尽情地表达自己的才情更能体现中国书法的精髓。而这些，总能让人想到事物的本质往往是简单的，真正的有心人，总是能在追求简单中体现出不易觉察的丰富。

笔画：秀而不媚见雄强

结构和内容是艺术品相互依存的属性，接着我们再欣赏书家的笔画和线条。细赏廉世和先生的小楷字会发现这样一个有趣的现象：无论起笔、收笔都是露锋、尖锋居多，却又没有一丝剑拔弩张的嚣张——同样是在不事张扬中表达见地。通篇更无一丝恃才傲物、弄巧取媚之态，其露锋是出土的冷兵器，褪去燥气和火气，悄然具备了滴水穿石的沉静，这“露”着的锋之外还裹挟着岁月的苍茫。由廉世和先生40余载如一日“咬定”小楷不放松，我想到了龙泉剑艰苦而漫长的冶炼、锻造、淬砺过程。书法要以固态体现出动态，必然与速度相关，笔法的丰富和微妙主要体现在速度上，由速度进而必然涉及节奏。一幅好的书法作品，它的美是绝不会仅仅表现在静态中的。简言之，一幅好字不仅仅挂在墙上是美的，它产生的过程也必定是美的，也必定会给观赏者带来愉悦和快感。即使拿来千百年前的墨宝作壁上观，我们依然可以想象出书家作书时的惬意和美感。可见，书法的固态美和动态美之间存在一条穿越时空的通道。观廉世和先生作书，印证了笔者这种感受，我知道了什么叫成竹在胸、游刃有余，什么是见微知著、周到细致……

和他匠心经营的结构一样，我们不妨在笔画上也尝试着条分缕析，层层剥笋：横画，露锋起笔（略细于竖画），平稳中正，行进中有不易察觉的抬升，微妙的分寸感契合了最宽泛的审美视阈。起收之处没有明显的顿挫，凸显出线条本身的自信和质感。竖画，斜切顿笔，露锋而起，与横画既有明显区别又保持内在联系，短促有力，骨气洞达。收笔处，藏锋则苍天一柱，露锋则定海神针。有横竖定其乾坤数轴，撇、捺、钩、挑、折无不尽展完美之函数曲线，各得其所，相得益彰。我注意到了他的长钩、尖撇和短捺，都是意在守方据圆，与结构达成由内而外的一致。笔画之间的关系像一家人，在互相依靠的团结中渗透着血缘关系，在相互尊敬的品德中体现出和谐氛围。他的字，笔画没有大幅度的粗细变化和伸缩，作为“建筑材料”的线条在他的眼中也少有主笔副笔的种族歧视，墨气氤氲中体现出一种民主、平等的文明气氛；他的字，告诉你一笔一画都有表达自己的权利，在这个方寸之间的舞台上任何一个角色都是不可忽视的。

他特别注意字体的宽博与开张，小字中蕴含大气象。力求让意欲伸张的捺、竖等笔画尽量内敛、短促，这样笔画的重心就可以尽量往外扩散，正如前所言，一来守住了外缘，二来扩大了内部空间，胸怀由此大焉。我特别注意到他的小楷线条也同样体现着内在和收敛的原则，字的笔画没有大幅度的粗细对比和反差，他似乎刻意把笔画的丰富内容都一一敛藏于朴素的线条之中，协调统一中表现细微之变。让人先是不经意，然后是渐进式的观而思之、思而得之、得之复观之……似与不似之处，有意而无意之间，这细微之变的空间是一个多么宽广的艺术世界！同时，这也恰恰体现出中国书法线条至上、万变归一的理念。

渊源：两条交汇的河流

廉世和先生的小楷取法文徵明，第一条河流自然是帖学一脉。综观千年书法史，几个历史时期都大致形成过一个主要书体的高峰。在唐代的大楷和宋代的行书之后，在明代形成了自两晋以来小楷书体的又一个高潮，文徵明、文彭、宋濂、祝允明、俞和、王宠、董其昌、傅山……精于小楷的书家才思天纵，灿若星辰。而文徵明则是其中的一位开先河者和集大成者。他继元赵雪松之后，别开生面，促使二王一脉书风有了新的长足发展。文徵明最大的贡献是让小楷在平和端正中走近了普通人的审美，使小楷书法在贵族气、士大夫气中平添了朴素感与亲和力。他在抒发情怀的同时更清醒地意识到了规矩和收敛，达到了宽容平易的境界（正如孙过庭所言：“既能险绝，复归平正”）。而廉世和先生在几十年的手摹心追中，深深领悟了文氏端正典雅之精髓。由文徵明而上溯钟、王，在严谨精微中体现内在的蕴涵和骨力。我们还可以在他的字里行间会晤到钟绍京的《灵飞经》、国诠的《见善律》、赵雪松的《汲黯传》以及无名氏的《敦煌写经》，甚至还可以恍惚瞥见柳公权和颜真卿的影子。

然而，从扁方的字形、露锋的运用以及短促有力、斩钉截铁的笔画中，我们又不难看出他深湛的碑学功夫。世人尽知小楷易媚，小字难得有骨气、有气象。而溯本求源，追求字的气格，就不能不把目光投向北碑墓志。这也似乎是书道已成定律的不二法门。无论略扁、重心靠下的字型，还是爽利如刀，饱蘸金石之气的笔画，都无声地告诉我们书家对碑学的理解与追求。帖更多的是给人灵性与智慧，碑更多的是给人厚重和气度。二者在廉先生的翰墨之中各居其所又情同手足。小楷字中难得看见锥划沙、折钗股、屋漏痕，难得看见针针入穴，兵不血刃，入木三分，难得闻到金文甲骨那久远而飘渺的气息……这些，都可以从廉世和先生的书作中觅见端倪，展开想象。

他的字，清秀之中见骨力，方寸之间具大气象；他的字，让你感到痛快、爽利和沉重，凛冽中又隐藏着柔情，劲健和雄强中又暗含着含而不露、引而不发的美德；他的字，是从养分充足的深厚土壤中生长出的植物，是初春葳蕤的枝柯，蓬勃、健康，充满了清新的活力。

审美：包容中展拓空间

著名作家莫言在谈到他目前的创作时说："我现在不是大踏步地前进，而是大踏步地后退，退回到民间，退回到民间市井中最朴素、最真实、最原始的情感之中去。"还有一位艺术家也曾说过，在全民提速的时代要让自己慢下来，在"慢"中静静地体会生命的味道。他们的这种想法亦可以看成是艺术家对艺术审美的清醒诉求。书法又何尝不是一个需要"往回走"和"慢下来"的事业？面对伟大的汉字，多么需要我们怀着一颗膜拜和恭敬的心，缓慢而细致地去做一生的努力啊！傅山说："此实笨事，有何妙招，专精下苦，久久自迈古人矣。"交谈中，廉世和先生也深有感触地认为，书法大道主要就是求功力，功力愈深，便愈能自写性情，亦愈能求变化，而性情愈丰富，境界愈高。他的书法品质也让我自然想到了艺术的审美空间。对艺术品来说，做到引商刻羽、阳春白雪是很难的，而要做到雅俗共赏，满足不同审美需求的受众，则难乎其难。就如同精品专卖店和超市的区别，前者是为少数人而准备，后者则是为大众服务的。一个好的超市必须有阔大的空间，哪个消费阶层的顾客走进去，都能买到自己需要的东西，谁也不会失望。廉世和先生的小楷，不正是这样的精神产品么？不论是谁，不管是爱好者还是评论家，他的字都可以让你的心里感到舒服，它们像音乐家灵性的手指，总能恰到好处地撩拨我们生命中共有的、隐秘的那根属于艺术的心灵之弦。

廉世和先生的小楷给我的启迪是：中国书法是一个历经几千年发展所形成的相对成熟的艺术门类，真正有作为的书家，不是舍本求末（或急功近利和投机取巧）地从外在形式上如何“创新”，到头来把汉字弄得不像汉字。而是应该和所有勤勉本分的前辈书法家一样，踏踏实实地下几十年如一日的苦功，先把前人传下来的手艺和功夫承接下来、传承下去，在心手相映地对我们古老而可爱的汉字产生由衷的热爱、深刻的理解和新颖的发现的时候，才有资格和能力去创新。

隔着一场元代的小雨

2014年年初，在一次铁路送文化下基层活动中见到前来助阵的山水画家侯凤岩，我开玩笑说："仁兄的形象气质越来越像徐悲鸿了……"一旁的画家朋友插话："还真让你说着了，几年前，他担任了电视连续剧《徐悲鸿》的美术制作指导，的确在电视剧中替大师'出手'了。"我微笑着凝视他，真的有几分陌生。20多年间，我与侯凤岩心有所契，晤面寥寥，他和他的画的确在我脑海中平添了几分朦胧之美。

雾里看花，水中望月，灯下观美人。古人告诉我们，艺术欣赏还是隔着一点什么朦胧一点的好。所以，欣赏侯凤岩的笔下山水，最好是隔着一场小雨，一场无污染的清新的元代小雨。

最先看到侯凤岩的画作，也是隔着20世纪90年代初的一场小雨。记得某个暑期去北戴河疗养休假，那几天老是下雨，出不了楼，下不得海，主要的任务就是在二楼的走廊上欣赏对面墙壁上的巨幅山水画。雨珠如帘，画面上两山三石五树格外精神抖擞。那潇洒的落款，让我认识了侯凤岩这个名字。后来听说他走出铁路，去中国艺术研究院进修，求名师访高友，曾经得到关山月等大家指点，作品多次入选国家级展赛，成为铁路书画家的骄傲。从那时起，在我的心目中，侯凤岩的确是一个传奇。20多年过去了，一场小雨后面的山水画已脱胎换骨，侯凤岩已然成为驰骋画坛的高手。

当代山水画家秦岭云先生曾说："中国山水画，始于唐，成于宋，变于元，滞于明清，而蜕新于今日。”“我觉得可于宋元之间，开动思路，寻找新径。”作为一名主攻山水的画家，侯凤岩的高明之处正是跳过明清，直追宋元。而在宋元的艺术版图中，他又有意识地更多吸纳了元人的成果。说来有趣，在历史上年代不长的元代，恰恰是山水画和文人画的高峰。我们可以想象这样的场景：彪悍的骑兵席卷山河，一路南下，南宋王朝“国家画院”的“创作员”们纷纷隐遁山林，得以面对真山真水，与朴素的大自然开始心灵与精神的寂静对话。就这样，无奈转身的艺术家们把自己像一株植物一样“散养”到大自然之中，因祸得福地从自然中获得了丰沛的灵感与启迪。他们从唐宋传承下来的绘画技法就这样在广大山区和农村基层接通了地气。于是乎，元代山水画家将唐宋以来的青绿山水（工稳细致、色彩青艳、宫廷气息浓郁的山水画）发展为水墨山水。至此，水墨成为中国山水画的主角潇洒地登上历史舞台——自此，中国书画如同两条汹涌浩荡的大河，开始了真正意义上的融汇。

侯凤岩之所以艺高人胆大，直入宋元山水画腹地，展开在艺术天地的优美翱翔，主要是借助两扇雄健的翅膀。一是拥有扎实的书学功夫。他的书法取法二王，兼得宋人意趣，功底深厚，潇洒奔放，清雅不俗。二是读万卷书，行万里路，焚膏继晷，诗书在胸。凤岩之画，浓墨为树，淡墨为山，淡彩之上，更见笔墨精神。更有甚者，画作之中，无一笔拖抹犹豫，任它千山与万壑，一笔一笔写出来。笔笔见锋，不激不厉，激情涌动又淡定从容。

我忘情于这画中山水，感悟有三。一曰清朗。在格局与气息方面，他吸取了黄公望等元四家的清逸，但巧妙地避开了元人心态中自然流露出的过于荒寒孤寂、不食人间烟火以及逃避现实的出世思想。他的画，有清净之气但不让人感到寒冷，有阴凉但又让人感到阳光无处不在。换句话说，深入继承传统又饱含时代气息和蓬勃朝气。我想，这种宏观的艺术感觉正是侯凤岩良苦用心之所在。二曰情趣。他的画让人看着有意思，像是山水和树木在唱着一台戏。山山俱伟岸，树树皆君子，了无俗气，纤尘不染。我们不仅会晤了潇洒的笔墨，还似乎感觉到了其中的故事和思想。本来，一幅好画就应该是一首诗、一篇散文和一篇好小说。他的画作，幅幅有戏。一峰一石，一树一景，一亭一桥，都是充满动感与情感的生命体，各有心思，互为宾主，揖让、烘托、陪衬，峰回路转，曲径通幽，惹人遐思无限。将思想和情趣向作品大胆地主观注入，正是元代山水画家的最大亮点，侯凤岩深得个中三昧。三曰畅达。他的画，气息通畅，能让人感觉到山水的呼吸，能让人想象阵阵清风在峰峦树木之间有意思地巡游穿行。于是，观者自会感同身受，生发出“荡胸生层云”的舒畅感。而这些看不见的气息通道，正是中国山水画的独家本领，此间，关乎于制造矛盾和化解矛盾，关乎于逻辑与辩证，还关乎于哲学与宗教。

还有重要的一点，就是侯凤岩的画有古意，而且是很本质很内在的古意。对中国书画来说，有古意，既是基本要求，亦乃最终旨归。这里所说的古意并不是古人陈旧的笔墨表象，而是一种具有久远生命力的艺术符号和艺术思想。其实，在真正的古意之中，蕴含着千百年来艺术流变过程中恒定而提纯的宝贵内容与思想，这部分不断丰富和壮大的具象与抽象存在构成了艺术的主要根脉。对传统艺术而言，再强大的现代性都无法与古意抗衡，因为古意具有几千年的厚度，而现代无论多么波澜壮阔也只是一个平面上的景观。丰富庞杂的现代性，只有其中幸运而珍贵的极少部分能够成为后人眼中的古意。细看，侯凤岩画中的古意，还弥漫着氤氲的禅意，这种化境般的禅意，是精神提炼的化境和积极的禅意，是与阳光侧面相逢的化境与禅意，是平常心和正能量的化境与禅意，兼具知而讷言、为而不争的君子之风。

从尚德林篆法阮籍《咏怀诗》谈起

中国书画线条之高妙，在于自由放松中无意而为的准确与肯定，进而是高质量和到位之后的自信与醒透。尚德林大篆书法阮籍《咏怀诗》引发出吾如此感慨。

一幅高妙的书法作品，总是能达到内容与表现形式的完美和谐。大篆书古诗，古雅相合，相得益彰也。“天马出西北，由来从东道。春秋非有托，富贵焉常保。清露被皋兰，凝霜沾野草。朝为媚少年，夕暮成丑老。自非王子晋，谁能常美好？”这是作为“竹林七贤”之一的阮籍感叹人生光阴流逝，略带伤感的一首咏怀诗，大意为：天马出自西北，我却看见它从东路奔来。春去秋来本无止靠，富贵如何能够长保？清露覆盖着水边的兰花，凝霜沾浸着原野的草木。早上还是美丽的少年，傍晚已变得既丑又老。我不是仙人王子晋，谁能够永远美好？这首古诗之所以成为让人千年吟咏的名篇，不仅仅是一首凭空感叹白驹过隙、人生易老的伤怀之作。在美好的感伤与惆怅背后，是对人生理想的期许与寄托，更是诗人至情至性的心境表达。且看“天马”“东道”“春秋”“清露”“皋兰”“凝霜”等意象，是那样大气而清新，而这些作者钟情的意象选择，不正是他人生向往与追求的精神境界吗？

汉书曰：“天马来，从西极，涉流沙，九夷服。天马来，历无草，经千里，循东道。”我猜想，阮籍在诗中真正要表现的是大道周行，万物周而复始的循环。譬如诗中说，白马出自西极，我却看见它从东边大道上奔驰而来。我想这匹神马可能是围着地球跑了一圈。而在这样的天地循环中，一个人如何在稍纵即逝的人生中，保持达观的心态，坦然认知与遵循自然规律，了悟人生的积极意义。而作者所羡慕的王子晋，贵为太子，尚能舍弃荣华富贵，耐得寂寞，清心寡欲，克己修身，最终得道成仙，修成正果。这种"放下便是"的顿悟，在红尘滚滚的当下，对于疲于奔命，追名逐利，乐此不疲，郁郁寡欢于一己之私之人，可以说具有醍醐灌顶的"开示"作用。

尚德林先生志于书道数十载，锲而不舍，孜孜以求，可谓化百炼钢为绕指柔，蔚然有成。先生所书大篆，将金文和碑书之厚重沉实与行草书之流美畅达熔为一炉，其上古之气与童稚之趣尤令人"爱不释眼"。更可贵的是，他把中华传统文化之书法艺术在大洋彼岸发扬光大，让古老的东方艺术焕发出时代的神采，令人不由钦之、敬之、赞之。再观此作，承古贤而出新意，展卷在前，清气徐来，古汉字若众仙玉树临风，端庄有仪，卓然出尘，令人心生旷古幽思之情与高洁向善之念。

篆文解字话中秋

癸巳中秋前夕,有幸欣赏到我的老师——美籍华人书法家尚德林先生的两幅金文大篆书法作品,感慨之情油然而生。有道是,年年中秋月,人人思乡情。月到中秋,无数天涯游子会陡添思念家乡思念亲人的情愫,而身处美国的尚德林先生,则以饱蘸激情的笔墨抒发着自己的思亲思乡之情。

优秀的书法作品总是让人们争相珍藏,而把自己浓烈的情感在创作中融入字里行间,将此情此意如佳酿般长久存留和品味,则成为书法家的专利。

首先,以金文大篆这种古老的字体传达人类情感深处由来已久的思念,契合而贴切。进而观之,尚德林先生的作品虽然以传统的金文大篆书体书之,却没有一丝刻板和迂腐之气,恰恰是自然天真,灵气十足,令人耳目一新,在心海中荡起无边的涟漪。窃以为,以悠久古老的篆书来表现与颂扬思乡之情,游子之意,从形式、载体到内容都是非常默契的。坦言之,感会心知的书法家找到了表达心绪的最恰当的方式。

其次,篆书的象形意味让书作颇具画意,扩大了审美和联想的空间。在"黯中时滴思亲泪,只恐思儿泪更多"这幅作品中,我们会看见三只含泪的眼睛,而眼泪的泪字,思儿的泪比思亲的泪还多了两行,思儿的思字也比思亲的思字也要宽大一些(恰如母亲的怀抱)。这些微妙的变化,正是尚德林老师通过艺术创作发于真心而表于幽微,把母子相思的画外音、题外旨不露声色地阐释出来。在书作"尊前慈母在,浪子不觉寒”中,母字上部的两个绞丝旁也像是母与子上下相望的两双眼睛,我仿佛看到,母与子的对望中,有绵绵相思如丝如缕,尽在不言中。而浪子的“子”字则特别像赤子浪迹天涯的小脚印。这幅精美的书作仿佛告诉我们:只要有尊前慈母在,浪迹天涯的游子走得再远,内心都是踏实和温暖的。

再者,书家能够以自然和自由的笔触表达源于生命的情感。我们知道,篆书源远流长,线条纯粹,结构严谨,是东方的典型文化符号。反之,它给书法家留下的自由发挥空间也较小,创新的难度较大。所以,我们看到的诸多篆书作品似曾相识和千篆一面就不足为奇了。如何在守规矩、尊法度的同时,激活古老的篆书,赋予这种书体以时代精神和蓬勃的生命力,是对书法家提出的崭新命题。而尚德林先生的探索和成就给出了令人信服的回答。那源于自然的灵动多变的线条,那浓淡干湿浑然天成的用墨,让人目光一亮又低首沉思,却都能从本质上遵从篆形与篆法。正所谓,在创造中求变化,又能做到万变不离其宗。这一点,也暗合了慈母和游子的情感——无论游子走多远,无论母与子过着怎样的生活,但所有的母亲和孩子的那种源于生命的思念,永远也不会改变。

时代在发展和变化,现在,很少有人再穿母亲“临行密密缝”的衣服,但慈母思儿与游子念母的情感古今如斯。尚德林先生分明是在以书作提示着普天下所有的儿女:无论你在哪里,无论你在做什么,都要时时从心底想念着亲爱的妈妈。包括生咱养咱的母亲,包括故乡母亲,更包括祖国母亲。

有感于两只企鹅的对话

对著名书画家、美籍华人尚德林先生而言，可能是由于他的艺术求索和文化交流经常往来于“地球村”各地，使其在不经意间具备了更宏阔的文化视野与艺术眼界。所以，他的画作总能给我们带来一种清新的惊喜，一种情不自禁的思索。

最近，尚德林先生从网上发来一幅企鹅国画的图片，让我沉思良久，想到了很多很多。

首先，以国画表现企鹅，古今鲜见。古人是看不到企鹅的，不知道遥远的南极洲有这种可爱善良的“冰雪之子”。当今，人们也很少有机会与企鹅“亲密接触”。虽然很多人可以通过影视、网络和图书看到这些可爱的小家伙儿，但将其融入笔端，借企鹅寓深意，则更是少见了。

两只企鹅，分明是站在冰清玉洁的地球之巅会心对话的两位高人，它们像是在闲聊，又像是在讨论，可能是在议论冰川融化带来的海平面升高，又像是在担心着重重雾霾对人类生存的困扰。

没有背景和衬托，宣纸上不着点墨的空白就是无边无际的皑皑南极啊！黑白分明的企鹅，原来是如此地适宜以中国的笔墨来表现！两只企鹅，运笔泼墨一润一枯，那笔墨丰富的内涵与高质量的线条，既让毛茸茸憨态可掬的企鹅跃然纸上，又使其悄然具备了抽象与哲理的象征与寓意：直立行走的企鹅，酷肖人，黑袍加身，宽衣大袖，有如神父与先哲，大气散淡而风度翩翩。它们离我们很远很远，但想到它们，心中就会升起一种亲切的圣洁和温暖……以南极的企鹅喻人喻世，呼唤至纯至美的境界,呼唤现实世界和精神世界的环保意识,皆可谓贴切而精妙。

寻找深度与意义,是艺术家永恒的责任。布鲁诺·舒尔茨说,现实的本质是意义或意识。那么我们不妨解读为:我们要有意识地去寻找意义。这绝不是一句空话。优秀的传统文化,要继承,要发扬光大,一个主要途径,就是要以精湛的传统艺术表现崭新的时代主题,崭新的时代主题会激活优秀传统的艺术基因;优秀的传统艺术会赋予时代主题以厚度与张力。艺术家修炼功夫是必须的,但精湛的功夫只有找到契合时代的表现主题,才能焕发出艺术蓬勃的生命力与感染力。简言之,秉承千百年优秀艺术传统的艺术家,要有意识地在当世中找到艺术创造新的灵魂,让艺术为人们带来美的享受的同时,更给人以教益与更深刻的思考和启迪。

芭蕉荫里有佛禅

最近，观赏到美籍华人书法篆刻家尚德林先生在洛杉矶通过 QQ 邮箱发来几幅水墨芭蕉图，惊喜，触动，不禁有话想说。

芭蕉是一种通灵性、通神性、通佛性的植物，它君子般倜傥风流的身姿，它潇洒而不失矜持的宽衣大袖，总能让人浮想联翩。于是，我很自然想到了《西游记》中铁扇公主法力无边的芭蕉扇，想到了古画中亭台楼榭旁风姿别具而不失低调谦卑的芭蕉丛，想到怀素和尚以蕉叶为纸，终成一代草圣的千古传奇……

芭蕉入画，古已有之，但以芭蕉为艺术载体，阐释与表达哲学意识与佛禅之味，显然，尚德林先生对水墨芭蕉有着更深刻的感悟。我们仿佛看到芭蕉叶上一个个晶莹剔透的水滴，化作精灵般的水分子，顺着筋脉里的小小通道，流向深处，去开发“芭蕉意蕴”这个葳蕤的艺术矿藏。

尚德林先生笔下的芭蕉已不再是画面的陪衬和点缀，甚至也不是作为绘画主体而描绘其完整的形象，多为构图饱满的“局部写真”。我们看不出引人注目的亮点，看不出画面元素的宾主，看不到人兽禽鸟，甚至看不到疏淡的大面积留白……摩肩接踵的芭蕉、鳞次栉比的芭蕉、相互穿插的芭蕉叶，形成一个密集的“芭蕉空间”，而且，这个溢出画面“芭蕉空间”向四周伸延辐射，形成了一个芭蕉世界，而这个清凉世界，是多么令人神往啊！再进一步说，他的“局部芭蕉”和“密集芭蕉”中还蕴含着哲学与逻辑。蕉叶之间的穿插、支撑、遮掩、烘托、揖让当中，似乎存在着某种秩序。其实，世界万物都存在和遵从于各自的秩序之中，于庞杂无序中探寻和发现这些时隐时现的秩序，是非常快乐的事。这时候，我们会慢慢咂摸出尚德林先生芭蕉图的抽象意味，沿着蕉叶不同方向铺排的那些浓淡干湿的墨线，已经不仅仅是芭蕉，而成了一种艺术思考与意识的象征物了。尚德林先生所重视的是思想、意境、传神。他用笔墨表现的不仅仅是芭蕉的表象，而是传达和承载他的思考、寓意和精神寄托，更意在体现艺术家自强不息的精神追求。

从用笔用墨上看，尚德林先生书印双修，是当代书家中驾驭金文的高手，尤对商周钟鼎金文有着独到的探究与收获。他深信，无论甲骨文线条的挺劲爽利，还是金文的苍茫厚朴，都源于自然造化，而这些源于自然又经过千锤百炼的线条，如果运用到绘画中，一定会相得益彰，别开生面。尚德林先生深刻领悟用中国画的传统笔墨语言来表现精神内涵，画中的线条不仅是一个个艺术元素和符号，更是艺术家对客观世界的一种感觉、一种体悟，他将这种感觉与直觉融汇到笔下的生动线条，充分体现了他的审美旨归和艺术表现的主题思想。所以，尚先生以书如画，线条挥洒劲健飘逸，充分体现了以书入画，则画无不妙之理。凭着深湛的书法功夫，手笔合一，使得画作形神兼备。他把掌握并娴熟运用的书法创作规律运用到绘画中，用源于自然的文字书写来表现自然物象，在继承中国传统笔墨的同时，又丰富了中国画的造型，强化了其线条质感。细观其画作，那苍劲而不失爽利的篆籀笔法的线条，本身就充满了冲击力与审美意趣，加之具有抽象意味的思辨组合，就更加耐人寻味。他的芭蕉图还有一个特点，尺幅之内，构图看似简单却繁复有味，丰富的笔墨更是构成了一派丰富得令人玩赏无尽的“大观园”，可谓蕉叶深深深几许，一层一韵一境界。

如前所述，尚德林先生的芭蕉图，给人最深切的感受是其强烈的佛禅之韵，这种佛禅之气，不尽是所谓超凡脱俗和不食人间烟火的清虚缥缈，而是雨打芭蕉，迸珠溅玉，以浇胸中之块垒；氤氲满纸，一派苍茫，以寓精神之大观。更可贵的是，那种元气淋漓的力量中，分明彰显着金刚罗汉一般无坚不摧的气概，更传递着故乡土地般厚实而温暖的亲切感。这种亲切的力量，会直抵你心灵深处感情最柔软的部位。除了芭蕉，我们还会看到他笔下炸裂的石榴、秋后的残荷、染霜的南瓜……这些意象，也都与故乡、家园、土地有关，都连接着我们生命和情感的脐带。而那些枯黄老叶上的锈斑，不正是游子的伤痛与心结么？夕阳下仿佛用紫铜打制的蕉叶，告诉我们植物的身体中同样蕴含着金石之气。而尚德林先生正是通过芭蕉，将喜水耐湿的草本植物赋予了钢筋铁骨，将金石的苍劲峻厉注入了似水柔情。“沧桑岁月无点泪”“西窗一雨无人见，展尽芭蕉数尺心”“芭蕉叶上无愁雨，自是多情听断肠”“饥寒也相依”等意味深长的题跋，也正是天涯游子对家国的思恋之情与矢志献身艺术的真实写照。

凝视着尚德林先生的画作，浮想联翩。那些蕉叶上隐约的格子中，好像还有很多很多的内容，等待着艺术家们去书写；那些一层一层小小的绿色帷幕后面，似乎还隐藏着等待我们去探究与发现的无尽秘密……

范硕的襟抱与气格

喜欢范硕先生的字已有十几年的时间。除了欣赏其整体意境，还喜欢品鉴单字甚至每一根线条。我觉得，范硕的书法线条一直在修炼中变化。近几年来，他笔下的线条更趋于内敛。我特别注意体察到他的起笔和收笔：起笔似尖非尖（这种“尖”，像出土的锈蚀了的宝剑），颇得甲骨文、简帛书的质感。收笔也像起笔一样，不显锋芒，偶露章草意，颇显高古超迈，若高士，于平和内省中参悟，而不急于去表达与陈述。他的书法线条，在自足与自信之中传达着某些启示。凝视片刻，静止的线条仿佛缓缓游动起来，如游龙扭身，白云轻移。他笔下的线条，尽管锋芒和劲道已经退敛到内部，但却没有休眠，含着十足的中气，蕴含着不竭的力量，随时等待某种神秘的召唤。这些动中寓静的线条，都能在安然中体现动感，在灵动中体现安然。有性格却不板滞与古怪，有灵气却又不张扬轻佻，其分寸与火候的把握与拿捏，可曰道也。他笔下的线条像出土的冷兵器，慢慢褪去了早期略显张扬的个性而趋于内敛，更抵近了怀素、于右任、谢无量、王学仲……不同之处，是范硕的线条草木气息更重一些，是一种具有金石气的蓬勃。

谈到其字的结构，我的脑海里会蹦出“小巍峨”这个语词。好个难得的“小巍峨”！不去刻意地拉架势，而是一种不露声色的巍峨。这个巍峨，让我想到了“峨冠博带”这个词。由这个词，我进而想到了屈原（想到了傅抱石先生笔下的《屈子行吟图》）。于是，我们会想到字的风骨、襟抱、气格等等，通篇流灌之后，则是气象与苍茫。顺着线条的蜿蜒小径，我们再往结构的幽微深邃处行进，你会感觉到些许悲凉。这种不易觉察的悲凉，不是悲伤和悲痛，而是悲天悯人，心通万物的大情怀。他的字，总是让我想到那些饱含悲剧色彩的文学名著，让人从内心感同身受，让人放不下。在这些线条中，草木，山川，道路，流云，奔马，去留无意的智者，俯仰天地的高士……都能恍惚窥见影踪。恍惚有像，细睹无迹。这种存在与虚无之间的微妙转换，给人带来难以言传的艺术快感。

无论线条还是结构，这多年来，从范硕的书作中都能明显地窥见其"回归"与"内视"的轨迹。他早期的作品，在清雅高迈与不落凡俗之中，表达的欲望与个性张扬是显而易见的。他在那时候的作品中，体现出了一种高傲的倔强。这种高傲的倔强迅速得到了书界较广泛的认可与肯定。然而，范硕没有满足和故步自封，他一直在思考中行进。我觉得他的这种行进不是向外的展拓，并不是强化与夸张自己的个性。他走的是一条"向内"的道路，是一条走向"内在的核心"的道路，是一条走向"思"与"悟"的道路。如果我没有猜错，是通向心境的澄澈，是接近于禅性和了悟的思考。是采集天地万物之菁华，强大自我的过程。他的字，如太极高手的圆融与合抱，在散朴与顺势中延伸意境；他的字，仿佛就是一个个"仰观宇宙之大，俯察品类之盛"的智者。这些脾气不同秉性不一的生命体，却又在和谐与圆融中达成和解，如一台戏，在相互烘托与辉映中托出了不同角色的鲜明个性，而这些迥异的个性，却又能深化共同的主题，烘托整体的剧情。

就我的观察，范硕行草书得颜真卿、何绍基的襟抱，而就线条质量而言，碑学的比重较大，金石气浓。窃以为，范硕的贡献主要在于以碑学的线条去表现连贯畅达的帖学的意趣与章法。在这一点上，他的追求与张旭光先生有异曲同工之妙。张旭光的行草书，在注重怀抱拓展的同时，还追求重心的降低（暗合了草书的"扁沉"特性）。而范硕的行草书，则是重心微微提升中的"膨胀"，这种"膨胀"的辐射力，统摄整体，对字形成精神上的笼罩。说得通俗一点，他的字，如同满腹经纶的饱学之士，给人一种饱满充盈、中气十足的力量。相对于颜真卿与何绍基而言，范硕一直在努力寻求一种突破，除去一般意义上结构和点画的突破，我猜想，他可能在寻求一种“出世”的情怀，这种情怀，可曰道，可曰禅，但又不全是，更趋近于一种风骨气格上的审美追求。

还有一点，范硕的行草书，既有艺术冲击力的“重量”，又具典雅潇洒的飘逸之气，我还注意到他的书作都有清晰的行距，颇得古人尺牍手札的书卷气。而且，他很多行草书行距较宽。从章法上看，保持较宽的行距是有难度的，因为字距离远了，还要能说上话，需要增加字的磁性和辐射力。这方面，范硕与张荣庆先生可称知音也。

范硕先生字画兼善，更是一个耐人寻味的话题。他的字有山气，他笔下的山有字韵。线条的小径，接通了他的字与画。那些汉字体现着自然生命的动感，那些山峦和树木是有精神有学识的。他的山水画是一笔笔“写”出来的，每一根线条都是禁得住推敲的。特别是作为主要手段的焦墨渴笔，却总能让人感到烟云满纸，水汽氤氲。这些线条，很容易让人想到黄宾虹和张仃，但又是范硕自己的线条。宾虹老的线条水气足，拙味足。张仃先生的线条辣味足（我总是想到他的大烟斗）。范硕的线条注重的是一种浑厚的清雅，我们看不到泼墨重彩，却能感到画面的厚重与沉实。细想，这是一种“借白”的能力。他用扎实的美术功底和对黑白透视关系的理解，让渴笔呼唤除了“计白当黑”的“白”，让“白”成为变现山峦质量的主角。从更高的审美层面看，这些“白”还表达着恍兮惚兮、似无还有的虚灵之味。他山水画的线条，颇具“藤意”，老辣而勃动，隐隐体现出一种向上和不屈的精神。他的画，从古人处来，更从造化中来，有溪山耕读幽雅和闲情，却不是小欢喜和小情调，这山奔海立的太行气息和燕赵风骨，雄浑中透着肃穆与悲壮，有一种悲天悯人的大情怀。

在范硕先生的字与画中，我还明显地体察出对“势”的把握。《笔势论》有云：“悬针垂露之踪，难为体制；扬波腾气之势力，足可迷人。”范硕先生的字与画，是迷人的。窃以为，所谓势，是有倾向、有节奏的运动感。我注意到范硕先生的字，在“势”上也是在有意收敛。他可能是在寻找一种规矩的、有秩序的“势”。近年来，无论是笔画和字形的对比还是俯仰倚侧之变，都缩小了幅度。有意思的是，这种缩减了幅度的动势反而扩大了作品的内在张力。虽少见“势崩腾而不可止”，但确

“在豪迈之中有淳穆之气”。

写到这里，不由想到，无论文学还是书画，但凡名家，都有一片属于自己的根据地，如张大千之于敦煌，黄胄之于新疆，刘文西之于陕北，白雪石之于漓江，宋文治之于江南，于志学之于长白，周尊圣之于天山……范硕的山水画和行草书，给人强烈的太行气息。他多次到太行写生，已经深入了太行的深处，与大山进行默默而愉悦的心灵对话。艺术探索，亦是常常寄意深远，因为，隐密之机，每寄于寻常之外；幽深之理，常潜于杳冥之间。由此想到《游褒禅山记》中“夫夷以近，则游者众；险以远，则至者少。而世之奇伟、瑰怪、非常之观，常在于险远，而人之所罕至焉，故非有志者不能至也。”的话来。他的字与画，传统的根须都扎得很深，却能隐隐地焕发时代气息，这种现代气息的彰显，亦是隐忍与平和的，有一种含而不露和引而不发的谦逊。于是，这种时代气息和现代性，就成了有源之水和有本之木。

书屋:大名“书井”小名“书池”

“漂”在北京10多年,终于有了一个像家的地方。因面积不大,书房还是被挤得没地方安置,床头屋角到处放的都是书(特别像当下,到处体现和谈论着文化,就是没有它正儿八经的空间)。原想把书柜安置在客厅的两面墙壁上,让人一进来就觉得有扑面而来的书卷气。后来想想不妥。一来有卖弄和张扬之嫌,二来家庭成员一家老小未必都喜欢被书整天围着,如此一来不显得自己有点太自私了?卧室放书也不妥当,有人反对,我也觉得有道理。那么多大师在木柜中立着,看着你赤裸裸呼呼大睡也是有点不体面……后来选择了储藏间当书库,阳台做书房。阳台虽窄仄些,但还透亮,虽然半个版图同时属于了花房,但我觉得这些花卉让舞文弄墨更有灵感,没关系的。无论家国,文化的存在总是委屈才能求全。

不到3平方米的书库虽然小些,但四面利用起来还真把几千册书都盛下了,让人有点始料未及的惊喜。收拾停当,环顾四壁,有一点被书压迫而产生的“幸福的窒息感”。再小也算个藏书楼呢,颠沛流离的书们总算也有了自己的新居。心里暗想,小是小了点,但要能申报一个京城书房第一小,还是蛮能聊以自慰的。起个啥名号?干脆叫书井吧,形象又贴切。后来去请我的书法家老师题写书斋名,老师说,干脆大号叫“书井”小名叫“书池”吧。我心想,“书井”“书池”里面都是水,汲饮也好,沐浴也好,都是对身心有利的好事。每日沐浴在书海之中,每个毛孔都是打开的,岂不更好?虽然有“天池”“城池”等等这些关于

“池”的大词撑着,但心里还是钟情于“书井”。因为“井”的腰围虽然没有“池”大,但它下接地气,上通星空,有张力。坐在里面,还可以把自己想象为一只自得其乐且视域狭窄的青蛙,时刻提示自己的浅陋和局限……

有时候,一个人掉到“井”里,沉沦,望着四面纸质的峭壁,绝望又向往……终于有一天,在网上看到翟永明的一首诗,总算是找到了知音,“书井”与“书池”的意思全齐了。那首名唤《如此坐于井底》的诗是这样写的:

某一天我会静静坐于井底
如同坐于某位女士的浴室

井壁笔直　通往某颗星
如果它有足够的吸力
如果它没有　井
就像一个小型的抽风机
往上　抽走我体内的
有害物体　然后
一切事物的空气
托起我　像托起一小口清气

翰墨天涯赤子心

龙年春节期间,“月是故乡明——尚德林书法篆刻展”在福建美术馆隆重举行,一时观者如云,好评如潮。旅美华人尚德林先生现为中国书法家协会会员,美国中国书法篆刻学会会长,中国国家画院外聘专家,中国华侨文学艺术家协会高级顾问。他多年来奔走于中美之间,身体力行,以自己精深的书法篆刻造诣和华夏儿女的赤子情怀,向世界传播中国优秀传统文化,赢得了人们的尊敬。

尚德林先生书印双修,是当代书家中驾驭金文的高手,尤对商周钟鼎金文有着独到的探究与收获。他深信“学到穷源自不疑”,将甲骨文线条的挺劲秀美融入金文的苍茫厚朴,独辟蹊径,健步走上了属于自己的艺术大道,其作品,更给人带来苍中寓雅、愈品愈妙的审美享受。古人云:“心正则笔正。”尚德林先生的书作给人的第一印象是正气。正气者,正大之气也。他的书法道路,走的是正途大道,绝非避重就轻、投机取巧的旁门左道。纵观古今艺术大家,有一个共同点,即其用功都是正力。真正的艺术追求,用正力、下苦功是根本,然后才会有曲径通幽和事半功倍。此谓功不唐捐,持之以恒的正面强攻必不可少。尚德林先生深谙此理并潜心而为,他自命“苦驼”为艺号,像一峰不知疲倦的骆驼,在孤独而漫长的取经之路上不倦行进。他将“古人专一艺有不朽者,必先苦其心志,粹其精力,积其岁月,而后始有造诣也”的古箴言作为自己的座右铭,在汉文字肇始以来的商周古道上,几十载不倦跋涉,不断获得“梅花香自苦寒来”的艺术报偿。

注重溯本求源，找到艺术的主根

设若将中国书法比作一棵参天大树，很多书家都在图省事地折枝摘果，而只有少数人，能够以参禅悟道的罗汉精神，将身心深入到寂寞的大地深处，从真正的艺术之根汲取养分。假如把中国书法看成一条奔腾不息的长河，那么要真正弄懂这条魅力无限、风情万种的艺术之河，必须溯流而上，跋山涉水，穿越沙漠与戈壁，抵达它高处的源头。而这个过程很艰难，不知淘汰了多少追求艺术的聪明人乃至天才。只有那些耐力极强的"骆驼"们，才会踏过千山万水，取到真经。说到底，艺术追求就是一个无休止的有效坚持的过程。而这种坚持是孤独的，甚至是艰苦卓绝的。

众所周知，真草隶篆，篆为最早，而篆书这个大系又囊括了甲骨文、商周金文、东周石鼓文、秦系籀文、秦小篆以及秦权量诏版等书体，而篆书又有"书法中的外文"之称，极其难识难记。而弄清源流，探求规律，以自己的线条符号表现之，则更是难上加难。所以，有勇气进入这个迷宫，非有置之死地而后生的勇气不可。一身豪气侠气（金刚罗汉之气）的尚德林先生，不仅进入了这个迷宫，还深入商周金文这条壮根，汲取、冶炼与熔铸，让自己的艺术之树生根发芽，开花结果；让自己的精神之鼎器宇轩昂，与众不同。

力求笔写我心，在继承中寻觅自我

李可染先生曾言：（对传统而言）要以最大的勇气打进去，再以最大的勇气打出来。面对尚德林先生的作品，我们仿佛看到了一棵古树上发出的新枝——它与传统的枝干和根脉是连在一起的生命体，而又呈现出了生命成长的新意和鲜活的呼吸与脉动。字里行间既有甲骨文的挺劲爽利，又有金文的凝重浑厚；既有汉隶的宽博气象，又有摩崖的苍茫蕴藉。因为金文与契刻的血缘关系，其笔画大都是尖锋起收，且多呈弧形（形如一弯新月，亦若时翻荇藻的游鱼），让人自然想到孙过庭《书谱》中“纤纤乎若新月之出天涯”的妙句。中国书法是线条的艺术，线条质量就如建筑材料的质量，决定着建筑物的稳固。尚德林先生笔下的线条，既保持了摩崖的苍劲，又传承了金文锈蚀斑驳的质感。他在探求中发现，金文线条质感与摩崖石刻最大的区别在于其笔画之中的点状留白，正是千百年来金属锈凹所致，而这种线条特点是摩崖线条所不具备的。因为摩崖均为凹槽阴文，线条中间均为黑实，而金文凸线中才会出现点环状的锈坑。所谓岁月之功，灿由烂生，脱胎换骨，化腐朽为神奇者，唯睹迹明心者喜焉！这一点，堪称尚先生对中国书法线条的发现性贡献！

在章法结构上，他采取有行无列的布局，既保持了清晰的行距，又做到了“犹众星之列河汉”，在保持规矩中求得自由与变化。字与字之间，大小、顾盼、倚侧，于清风过林的疏朗中保持了银针入穴的精确与严谨。在摄人魂魄的洪钟大吕中保持一份难得从容的雅致，所有的豪气干云和元气蓬勃，又都熔铸在谦虚内敛的气息之中，体现出化百炼钢为绕指柔的艺术魅力。此正是尚先生书作中引人遐想的哲学思辨。看到他的金文大篆，我忽然想到了出土的编钟，在微风中蒙络摇曳，参差披拂，似乎还能听到千年之前如鸣珮环的悦耳雅音。此外，他融魏碑、简书、帛书为一体的长款题跋，既保持了整体章法的协调，又使作品在变化中平添了意趣与格调，使落款与正文相得益彰，相映生辉，余音袅袅中产生了一种艺术涅槃的张力与“化学反应”，令人流连称妙。

眷恋故乡家国，常怀悠悠赤子之心

面对尚先生书作，正气、豪气、侠气、丈夫气扑面而来。古人云：“书为心画。”书品即人品。这些都能从他笔下的一词一联、一笔一画中得到印证。的确，在他的作品中，最多的是眷恋故乡，思念母亲的诗作。“慈母手中线，游子身上衣。临行密密缝，意恐迟迟归。谁言寸草心，报得三春晖。”（孟郊《游子吟》）“卅载绨袍检尚存，领襟虽破却余温。重缝不忍轻移拆，上有慈母旧线痕。”（周寿昌《晒旧衣》）“旅馆寒灯独不眠，客心何事转凄然。故乡今夜思千里，霜鬓明朝又一年。”（高适《除夕夜》）“荷叶披披一浦凉，青芦奕奕夜吟商。平生最识江湖味，听得秋声忆故乡。”（姜夔《湖上寓居杂咏（其一）》）……身在异域，浓浓的思乡之念，恋母之情，积郁于心，日积月累，令书家感慨万千，不吐不快。此正是：我以我笔写我心，一笔一画总关情。

德艺双馨的尚德林先生，对祖国母亲之爱，对生他养他的故乡之爱，更是魂牵梦绕，思深意笃。“登高莫问千秋月，上马直追万古风”——他在美国积极弘扬中国优秀传统文化，通过和热心弘扬中国文化的人士共同努力，促使美国教育部将中文列为美国高中的双语选修课。“芝兰生于幽林，不以无人而不芳。君子修身立德，不以窘困而改节！”——他拒绝重金诱惑，断然拒绝为陈水扁刻制“中华民国元首”印。他在台湾学术访问期间，有人要他为李登辉写一副嵌名联，他挥毫写就“登峰造孽千夫指，辉暗阴魂害中华”，表现出嫉恶如仇、正义爱国的凛然风骨。久居海外，尚德林自觉保持了中华儿女的尊严，处处维护祖国的利益，多次受到中国驻美使领馆的表彰。前中国外交部长李肇星在会见尚德林时，高度称赞他是海外优秀中华儿女。

他心系桑梓，热爱故乡。2002 年，通过他不倦积极奔走，联合国在内蒙古呼和浩特大青山建立了治沙基地，筹集资金为大青山遍种防风固沙的绿树。他还多次在国外为中国遭受雪灾、地震地区的群众奔走募捐，义卖自己珍爱的书法作品，以他的善行善举赢得了人们的尊敬。

面对尚德林先生的书作，我们会突然觉得那些沉睡在甲骨、石壁、铜鼎大器上的古文字和组成这些文字的每一根线条，原本是有生命的（千年以来，它们一直在假寐），真正有追求有抱负的书法家，就是以自己的创造性劳动为它们解码，让它们复活。我们仿佛看到，那些富有灵性的线条蠕动着，在纯洁的宣纸上恢复质感、弹性和善解人意的情感……

行将收笔，特作小诗，聊表钦敬之情：

寒冬守砚又早春，
慈母家国梦中吟。
刊石刻就丹心谱，
翰墨天涯赤子心。

自有诗书催健笔

中国书法是一条抽象的河流,奔淌着华夏文化原始、本质的精神内涵。自古以来,很多文人学者都有挥毫运墨的雅好,但在时下,除了少数专业书家能以治学精神和专业态度,把写字当成一项学术追求并有所建树者,确不多见。著名诗人、中国传媒大学陆健教授的甲骨文书法,就给我们带来了这样的惊喜。

甲骨文乃中国书法之根,也是书法领域的"迷宫"。在"文化快餐"盛行的今天,更少有人耐得住寂寞去啃这块"硬骨头"。别说"半路出家"的书法爱好者,就是从事专业书法创作研究的书家也大都知难而退地绕开了这个领域。而"自讨苦吃"的陆健,则乐此不疲地扑下身子,埋头钻研甲骨文书法,取得了可喜的成果。几年来他有近百幅(篇)书法作品和书学文章在《人民日报》《光明日报》《中国文化报》《荣宝斋》杂志、《中国书法》杂志等发表,出版书法集三册,得到专家学者和广大读者的认可和喜爱。

有人说机遇总是留给有准备的人。陆健既是一位出版十几部诗集、常在《人民文学》《诗刊》等知名文学刊物发表力作的当代著名诗人,又是一位治学严谨、桃李满园的教授,艺术的灵感与丰厚的学养在他的身上默契融合,成为他翱翔艺术天地的有力翅膀。此外,他喜爱书法,多年以临池为乐事,扎实的基本功也为他的攀登与探索提供了不可或缺的有力武器。近年来他以焚膏继晷的精神,皓首穷经,授课之余以平均每天三个多小时的时间,全身心地投入到甲骨文书法的训练、追求、创新之中，取得了令人刮目的成果。

中国书画的灵魂是线条。而对甲骨文书法而言，对线条质量的要求则是最高的——既要有金石气、有古意，又要有生命力和清新之气。书法线条的锤炼是一个只可意会不可言传的过程，是反复体会尝试之后找到的一种感觉。首先，他的书法线条突破了甲骨文书法线条偏于均匀一致的藩篱，获得了更大的表现空间。古人在龟甲、兽骨上以刀代笔、以力催刀的惯性动作中，笔画必定中间粗重、两头尖细，这是甲骨文笔画的基本规律。陆健敏感地意识到并牢牢抓住这一点，进行大胆夸张。由此，线条张力和艺术表现空间瞬间扩大，成为他的甲骨文书法有别于人的笔画基本特征。其次，通过书写速度的变化体现线条质感的丰富性。书法是以笔毫“指挥”液体的艺术，即使是甲骨文和篆隶的书写，也应慎用蛮力和钝力，表达出“水”性——即连贯、起伏、疾徐的节奏变化。否则就会生硬刻板，丧失生命力。欣赏陆健的甲骨文书法，我们会感到每一笔都是“出土文物”，但每一笔又都是活的，笔画之间是连贯的，并不是单独的存在。我们还会注意到他的线条中不易觉察的涨墨和随处可见的渴笔飞白，在拉开笔画质感另一种空间距离的时候，我们又会认同它们之间的默契与呼应。涨墨处不觉臃肿，有骨力；枯笔处不觉干涩，具水性——接近了一种尽极而道中庸的高级状态。起笔与收笔，是体现甲骨文书法特点最关键之处，他在起、收笔尖与钝之间的变化中，既保持了沉潜肃穆的一致性，又有不露声色的微妙差异。更可贵的是，这种变化是自然而然的。由此，我们感觉到了一致与协调，却看不见雷同与模仿。尖中有钝，钝中含锋，有冷兵器内敛的锋芒，更似金刚杵，在力量中抵近了神奇和宗教感。至于笔画之间的复杂关系，亲疏、远近、俯仰间的呼应等等，也有独到而细致的把握。离开的能说上话，密切的做到了“自起自结”，特别是他高超的笔画“焊接”技术，更增强了甲骨文的内在的结实、沧桑感和个性。

题壁书写，是陆健擅长的挥毫方式。当把宣纸“立”起来之后，他不仅获得了书写上的自由，更解放了自己的视野与胸襟。题壁书写，作为古人惯用的书写方式，无疑对笔墨的掌控和运笔的技巧、功夫提出了更高要求，当然，它也会向知难而进的书家馈赠意外的惊喜——这正是陆健的甲骨文书法气韵生动、骨气洞达的一个重要原因。由此，我们会想到“临行题壁”的王羲之和“画龙点睛”的张僧繇，那绝不仅仅是一种潇洒，更是一种气度与风神。

写好甲骨文，仅仅有良好的笔墨功夫是远远不够的。还必须持之以恒地下苦功，牢记字形、笔画，弄懂其结构特点和规律，了解和研究殷商时期的社会体制、生活习俗和文化萌芽，必须以“板凳能坐十年冷”的精神和毅力，去做大量的分析、考据、研究、思索。在此方面，陆健教授笃实严谨的治学习惯又帮了他的大忙。诗人的灵慧和学者的勤勉再次成就了他。他把“以今之相貌含古人基因、独特风神”作为自己的目标，具体而言就是倾向于结合隶书、少许楷书的笔法摹追殷商工匠的精神、刀法契刻之笔意，进而将甲骨文书法灌注一些魏晋、唐宋人的儒雅，以形成自己的独特面目。在章法上，他也突破了甲骨文书法常见的对联形式，在释文之后加入了率性和幽默的表达，让“正襟危坐”的甲骨文在亦庄亦谐中增加了亲和力。

总之，陆健不仅仅是凭着爱好去写甲骨文，而是有思考、有方向地去实践、研究和探索一门学问。无疑，这种精神还给我们带来了书法之外的启示。

于山水间探寻笔墨神秘的力量

人之生命，存在神秘未知之力量。诺奖得主、比利时作家梅特林克曾言："尽管我们更加靠近那些未知力量，或者将它们限制在我们的内心之中，但我们依旧无法征服它们，虽然如此，我们还是知道了它们居于何处，我们应该如何打开缺口……"其实，这种神秘的力量，在热衷艺术创作的人身上表现得更为明显。的确，谁的身体里都伺伏着一头怪兽，艺术家更乐于接受它神秘的引诱和驱使，开始寻找"另外的自己"。我接触与观察过很多书画家，诸君之于书法与绘画，已不仅是一种爱好与消遣，而是将其作为生命本身的重要组成部分——乃至是最宝贵的那部分。书画家普石，就给我留下了这样的印象。

作为书画家的普石，在当今文人画领域占有一席之地。他与吴悦石、陈绶祥、胡石等当代文人书画翘楚亦师亦友，交游唱和，心有所契。他亦书亦画，以书入画，以画为书，互参互补。他性情豪爽，襟抱开阔，从善如流，以书画养性情，以真性情入豪端，书为心画，孜孜以求又能散其怀抱，乃艺苑之卓然有成者也。

普石在艺术上是多面手，书画俱佳。其画，主要为文人画新之山水、人物、花鸟；其书，由楷入行，清雅有格，自唐宋而溯魏晋，直抵二王正脉。吾作为其志同道合之书朋画友，姑且以其山水画为主题，聊发浅显之论，权为引玉之砖。

中国书画，以线条、笔墨为圭臬，线条挥运之际，笔墨点染之间，学养襟抱，纤毫毕现。古人云："能书者未必擅画，而擅画者必能书。"观千百年来国画高手，几乎无不擅书，而以此论观当今画坛，不免有今不如昔和江河日下之感。话说回来，当下之画家肯于在书法上下功夫的人亦不在少数。普石即是其一。他的字气势舒朗，意态翩然，潇洒流落，清雅不俗，他给我们的启发在于其不仅肯于在书道上下苦功，关键是找到了其书与其画相学相长、互滋互补的微妙关系。纵观普石的艺术轨迹，其国画先从古典人物入手，所画者多为泉林高士、罗汉钟馗等具有“元神”气质的人物，用笔抑扬顿挫，奇崛纵逸，颇具古意。后来，当他取法宋元，主攻山水的时候，逐渐把对书法的关注转向了二王。不难看出，这是一种智性而高明的选择。智者言，以书入画易，以画为书难。以书入画是画中偶见书，以画为书乃画中无一笔不是书。此外，以什么书入什么画是大有讲究的，羲献之书入文人山水画，天造地设，相得益彰，特别是二王之线条气质字与文人山水画之笔墨精神，乃钟期既遇之高山流水，乃大千世界之不二法门，书画的气格得到了相互的烘托与提升。普石以所学所识所思所悟，心领之，神会之，笃行之。古人云：“右军如龙，北海如象。”神龙无迹，大象无形，想欲见真龙、窥真象（相），必寻得通幽之曲径。普石的智慧更在于，选择了赵子昂和李邕作为向王羲之抵近的有效途径。所以，他在赵书《胆巴碑》《前后赤壁赋》等诸帖和李邕《李思训碑》《麓山寺碑》等名碑名帖都下过扎实的苦功。进而入得二王门径，研习《圣教序》《十七帖》和羲献尺牍，深求真谛。可以说，深研书法为他的国画创作奠定了坚实基础，也插上了腾飞的翅膀。

普石的山水画，绕过明清，直追宋元，由此可以看出他是一个艺术上的清醒者。中国山水画，始于唐，成于宋，变于元。就是在历史不算长的元代，线条与水墨取代宋代“国家画院”细致工稳的构图与色彩，成为中国画的主角登上历史舞台。自此，中国书画如同长江黄河，开始在艺术的海洋中浩浩荡荡地融汇。取法宋元，以元为主，普石深谙“清”“厚”“真”“朴”四意。宋画的精髓是“清”与“厚”：清朗，清润，清雅；厚重，厚实，伟岸。元画的精髓是“真”与“朴”：在纤尘不染、清晰可辨的山水面前，世界显露出了真相，这种“真”，显真精神，见真面目；而元画之朴得于宫廷，放逐于自然。朴能守本、显质、见格，朴中寓拙，具大自在。有论者称普石的山水画体现出士人之气、中正之气、朴拙之气，吾深以为然，其实这些正是来自宋元的营养。文人画精致易求，苍茫难得。普石画作，盈尺之内，苍莽千寻。可以看出，他让董源、巨然等宋人的山水放下了身段，更多地把宫廷庙堂放逐于自然江湖。简言之，他在承继一种纯正气息的同时，让构图和笔墨都回归了自由与真实，潜下心来，获得了一种朴素。他在对元四家和沈周、文徵明、石涛等明清诸家下足了功夫之后，同时巧妙取舍，避开了元代和清代文人由于政治、社会境遇使然，心态中自然流露荒寒孤寂、不食人间烟火以及逃避现实的出世思想，在葆有古意的同时散发出清新洒脱的时代气息，还给人带来一种舒适的温暖。

普石的山水画，笔写我心，散发出吐纳若兰的君子之气，又能见开阔的襟抱胸怀。他的画简约而不简单，画如其人，正所谓心中天地，胸中气象是也。普石乃君子，外在形象与内在气质皆然。后来随着交往的加深，我理解了画作中的温暖气息正是来源于他胸中的温情。疏密有致、俯仰有情的山，迎迓眺望、顾盼生姿的树，清净怡然、自得有悟的人，俱是胸中意象，乃我笔写我心的真实记录。普石具颖悟之才，对书画真谛每有"顿悟"式的理解。其实，书画家水平的高低与境界的高下，在具备了相当的丹青技术之外，关键是看对事物理解体悟的深度。赵子昂是跨越宋元两代的文坛领袖，更是经历了宋代尚意书风书家的个性发挥之后，正本清源、回归传统的倡导者与身体力行者，同时，赵横跨书画两界，在很长时间内都是"一哥"式的领军人物。而李邕是唐代得羲献之神髓者，尤精大王用笔之妙。法赵、李而抵王，普石识见之清醒，会心者不言自明。欧阳中石先生说，对书法，学会是最终目的，练习是辅助手段。肯下苦功是基础，触类旁通，迅速掌握要领并学以致用，才是要义。我曾见过他很多临习的名碑名帖以及古今大家之作，都能如对至尊，得笔得墨，具其形质，出其神韵。王蒙之雍润，倪瓒之超逸，吴镇之渊雅，时能融于尺幅之内，山林风物洗尽铅华之气，清气逼人。普石不仅察之能精，拟之能似，书法执使转用之纵横牵掣、钩环盘纡、勾搭缭绕、欲断还连、参差飞动，于画作中随处可见。

抛开常规性的结构和笔墨解读，我在普石的山水画中还有了新的发现。一曰太极之象。他的画有宽博的怀抱与格局，像太极高手，用笔上达到了松弛中的准确。起伏连绵的线条，虚实互参，又是那样的沉稳有致。饱含着太极绵延的意蕴。他画中的山石树木能见阴阳太极，有理性与哲思，我想这些都是他取法宋元的精神。“横看成岭侧成峰，远近高低各不同。不识庐山真面目，只缘身在此山中。”“半亩方塘一鉴开，天光云影共徘徊。问渠那得清如许，为有源头活水来。”苏轼的《题西林壁》和朱熹的《观书有感》点题式地道出了宋代艺术哲学的真谛，而这两首诗都是两幅充满动感的山水画，蕴含着万物相生相克，相互转化与关照的太极阴阳之理。普石多年从事宣传文化领导工作，敏而好学，手不释卷，腹有诗书，格物致知。所以，其画作或多或少染有禅意，是一种境由心造的自然流露。二曰麒麟之象。慢观细品，我在他的画作中发现了“麒麟”意象。他笔下少见尖耸之峰，亦不多见平缓如丘之山，一山一石，皆有狮虎之姿，活灵活现，让石头有了腾跃的欲望。而能上天入地之狮虎非麒麟莫属，而岩石苍苔俱若鳞甲，此真乃抽象之麒麟是也！而这恍兮惚兮的麒麟，无处不在又难寻其迹，正是生活在普石身心中的一只精神瑞兽。三曰水映万象。观普石画作，山林沐雨，枯笔亦润，扑面而来的俱是负氧离子。我细微地观察每一道笔触，都有着流动的意态，说得通俗一些，山是半透明的，挺拔中有着些许的柔软，充满了弹性。树干和树枝像淌向天空的溪流，石头则如剔透的冰块。概括起来说，他画作中的意象都有着水的品质与特征。上善若水，利万物而不争，以滴水穿石的专注凿出一眼深井，正是普石的追求与向往。一个真正有力量的人是让人看不到他的力量。真正的力量是春江水暖，润物无声的力量，是化育万物，又让万物感觉到很舒服熨帖的力量。

人孕育于自然之中，对世界的真相有一种难以言传的了悟与默契。其实所有艺术创作的终极目的，都是在试图揭示自然与世界的真相——通过和借助肉眼可观的物象去抵近和会晤目力所及之外的真相。所以，绘画给人的真正营养是画外之像。追求像外之象，必须借助一种神秘的力量，这是一种精神与智慧的力量。我最后还要说到潜伏在普石身心之中的这只神秘的麒麟，它介乎于存在与虚无之间，它既有狮虎之姿又有云龙之势，它纵横捭阖，睥睨万物，在麒麟的视野之中，是大川出峡一泻千里,大云出岫漠然九州……然而,这又是一只心虔于佛的麒麟,它对一滴朝露和一根草茎都心存感恩之念。普石知道,当窗外月朗星稀,笔墨的乐音在宣纸上舞蹈,顺着墨迹的曲折小径,向着艺术美好的幽深之境前行。此刻,一阵微凉的晚风吹来,他对自己生命的责任和目的有了更加清晰的认知……

洪亮的字

日常生活中，使用通感并不仅仅是诗人感兴趣的专利，譬如甜蜜的事业，譬如温暖的话语。那么，我们为什么不可以说“洪亮”的字呢？呵，他的字多么洪亮，这洪亮的字，底气十足，内蕴丰饶，如大音贯耳冲击着你的眼球……感谢我的书法家朋友洪亮，为我这个写诗的人带来的灵感。

洪亮的声音由胸腔发出，洪亮的字又何尝不是？腹有诗书，下笔成文。洪亮的字是洪亮的，洪亮的声音更是洪亮的。假如以我洪亮的声音说说洪亮的字，我先想到的一句现代京剧唱词是带尾音的“马洪亮探亲又重来”。洪亮的字有底气，首先是他有襟抱，假如给洪亮羽扇纶巾，没准就是一个青春版的苏东坡，只是好饮的苏轼先生无福和洪亮似的狂饮扎啤，若不然，古今二书家肯定有一拼。洪亮的字是洪亮的，洪亮的身板是洪亮的，洪亮的胃口更是洪亮的，用麻将桌上的话说叫做黑白通吃。管它甲骨篆籀、碑学帖学，管它行草楷隶，管它晋唐明清，反正，有营养就往腹中收拢——反正洪亮有消化力极强的胃。

那天在《中国书法》编辑部——也就是洪亮的办公室，我真是先从饮料说到了洪亮的书法。我说洪亮的字不仅洪亮，而且清亮、清凉，像加了冰块的饮料，爽中带凉，能够把你的心带到清凉境。他的字，真有可餐可饮的秀色，甜而不腻，清淡中暗含着意味，淡淡的让你不易觉察。书法是忌讳“甜”字的，甜了近媚，也近小资和奶油。但我们应该看看真正的市场上，让人入口入心的东西有百分之几是让书家们津津乐道的“老”“辣”“苦”“涩”呢？欣赏书法又不是喝中药，干吗不让人舒服一点，爽一点呢？反过来说，洪亮是帅哥不假，但绝不沾“奶油”，他的营养来自水乳大地、五谷杂粮。洪亮，又名传亮，号九牛，祖籍安徽绩溪，1961 年 4 月生于浙江安吉。现为九三学社中央文化工作委员会委员，九三学社中央书画院副秘书长，首都师范大学客座教授，《中国书法》杂志编辑，西泠印社社员，中国书法家协会会员。出版编著《吴昌硕》《洪亮印存》《中国篆刻百家·洪亮卷》《洪亮行书桃花源记》《历代咏竹诗选》等 11 种。论文多次参加全国书法篆刻理论研讨会，其中《民俗书法刍论》在《北京大学学报》发表，并获北京大学“创新成果奖”。在专业报刊上发表论文、评论计数百万字。在艺术行当，人们常将技艺高又具理论水平者称之为“双枪将”，那么加上“刀”功的杀手锏，洪亮已然是“黑白两道”的江湖上一位鼎鼎大名的剑客了。后来他远渡重洋，到美国某高等学府做访问学者，再后来在清华美院开设书法研修班，培养带动出一批研究性书家。我特别喜欢看他优酷网上的书法教学视频，后来还加盟了他的书法研修班学习。

洪亮老师的字，底子是帖学一路，清雅可观。同时因为有印学和碑学的观照和互补，而显出了朴素、大气和峭拔的品质。这说明他不仅能吃软食品，更能啃硬骨头，所以，他的字也慢慢长出了自己的骨肉身架。结构上，他破“方”有功，字形注重了在谐调中求变化，竖画短用，降低重心，这样一来为撇捺施展作为提供了新的空间和充分可能。字灵动而不飘忽，在似乎随意中着意，在自由挥洒中求质量，放得开又收得住，有了驾轻就熟、游刃有余的本事。他的字，让你感觉熟而生，有一种生长中的生命力。如此一来，不仅获得了直观效果，还体现出一种洒脱的气度。洪亮的字的确如植物，能让你感觉到一种清新的气息，隐隐有魏晋竹林名士之风。

既然苏子瞻观赤壁尚不忘饮乐，对洪亮，我们也不妨从喝冷饮再往上追。洪亮的字，质如甘蔗，铁皮甜芯，有筋节，含糖量高还有维生素。喀喀地吃着过瘾，香甜满口，有嚼头。细品，他的字里还有茶香、芥末味和薄荷味——丝丝缕缕通你的七窍哩。别光说嘴了，该上网挂他的博客去啦，打住。

聊以小诗一首以飨读者和仁兄老师吧：

洪亮之书眼界明，
九牛俯首砚田耕。
墨海无涯天作岸，
笔刀相益展鹏程。

明哥印象

很多书友都乐称青年书法家李明为明哥。我也喜欢这么称呼他，尽管他是我刚刚拜识的老师，尽管我比他还虚长了几岁。

在书法界，安徽籍青年才俊李明的确是一颗冉冉升起的明星，令人羡慕和仰望。多年练就的技艺，加之学养与积淀，让他上升得很稳健，很从容，很自然。李明之书，由二王帖学入手，天资颖悟，用功尤勤，近十年来入展获奖如探囊取物。作为沈鹏先生门下的“沈门七子”之一和国家画院曾来德工作室的助教，他以人品与实力辉耀师门，令业界认可亦为水到渠成之事。

乙未初夏的一天，我去他位于慈寿寺附近的明道书院。满屋子二三十位学员在习字，窗外苗圃青青，树荫匝地，宛杏坛之所在。明哥儒雅含笑，桌前端坐，与学生和书友娓娓而谈，举止有魏晋古风。他边聊边含笑为大家续茶，间或，有学员乐颠乐颠过来：李老师给我倒点水……那氛围特温馨又令人羡慕，一下子让我喜欢上了明道书院，喜欢上了明哥。

微信中，看到他获得十一届国展优秀奖作品的那幅八尺竖幅大楷，震撼不小。心说，擅写小字和行书的李明胆子真大，敢于挑战自我，冒险以巨幅大字投稿国展，且一投得中！真乃艺高人胆大是也！对这件事，很多人和我一样，对“获奖专业户”李明又高看了一眼。但见这幅碗口大字的楷书，以颜楷为基，兼容魏碑，参以宋意，元气淋漓，雄强温敦，率真而见意趣。此时，透过他的儒雅，分明感觉到了一种强健的力量，更看到一种气象与格局。

记得那天是个周日，大家嚷嚷着庆贺他连中三元（十一届国展优秀奖、国家画院年度奖、安徽省年度书画人物）。其实明哥早就安排下两桌酒席，款待大家。面对来自天南海北的书朋画友，他很尽兴，梁山好汉一般豪饮 N 壶。午后微醺，有人提议去林业大学打篮球。球场上，身着黄色运动衣的李明，如一头敏捷的猎豹，赢得掌声连连。他见缝插针，左冲右突，择机出手，每每得分。那天，作为“出了一身汗，没进一个球”的我，把注意力主要集中在观察球场上的李明了。我发现他在球场上奔突的足迹亦为“纵横争折”“勾环盘迂”之轨迹，蕴含着使人赏心悦目的节奏与旋律。他打球亦如写字一样，是个务实派，巧妙穿插、过人上篮以及命中率极高的远投，都看不到花哨的动作和炫技的成分，即使在篮球比赛这种对抗性的运动中，他依然体现出了一种难得的风度。但他又不是赛场上的谦谦君子，更没有过多地回避与躲闪，在勇往直前的对抗与冲撞中，又找不到他任何莽撞粗野的动作。这也正如他的运笔，疾徐有致，行似不当行而行，止似不当止而止。特别是他得分最多的右侧勾手投篮，极像空中迅疾有力的回锋。

字如其人，诚哉斯言也。

收住闲聊的话头，谈谈他的字吧。李明写小字和行书起家，深得赵孟頫的清雅俊秀，进而他法唐宋而抵魏晋，在二王一脉的很多名家名帖都下过惊人的苦功夫。无论小楷还是行草尺牍手札，他对帖学“吃水”的深度在当今书坛是罕见的。石开先生有言李明的字可追古人，即为一证。思维缜密而清醒的李明，对二王法帖在得法、得质的基础上，既能入古又能化古。入古方面，不仅能做到察之精、拟之似，将字形、字势表现，进而体察古人心境与当时的文化背景，入古做到了由表及里。化古方面，他能在探寻规律中找到一个古意的空间，在这个看似狭小实际阔大的天地间自由驰骋，透过“精确克隆”的表象，找到古字内在的迷人之处。由此，我想到了诗人西川的一句话：其实诗歌的内部是很迷人的。而自古诗书画本为一家，内里的迷人之处一定有着共同的美好属性。

顺着二王正脉，他又把目光瞄向更宽阔的领域，特别是对宋四家之米（芾）蔡（襄）用工尤勤。他透过米字的结体、用笔，探究其书学观念，把其结体颀长和松上、宽中、紧下的结构特点，和用笔精熟中的放松以及放松后恰到好处的控制能力，妥帖地移植到大字行草书的创作中，不露声色地表达出了自身的书学认知。我猜想，他可能是顺着蔡襄尺牍手札打通了二王与颜书两大审美空间，将蔡君谟之行楷尺牍的厚润雄强之气与羲献赵董有机融合。于颜书，他得到了篆隶用笔以及摩崖石刻的苍茫气象，线条的苍劲沉实得以强化；于赵书，他能以庖丁之目，透过婉媚内窥其雄强劲健与金石之气。特别是对于赵孟頫这位在书法史上倡导重回二王经典引领风标的人物和集大成者，李明明察之、笃行之、深悟之，个中三昧，唯有心知。脉络上，他法赵而抵王，由王而近米、蔡，再而至颜。这样一来，悄然具备了能将二王小字写大的本领，进而也找到了在碑帖之间自由往来的通幽曲径。由此不难看到，李明作为一头“聪明的豹子”具备了怎样的艺术汲取与消化能力。

李明的小字有大气象，如云冈石窟之《比丘尼昙媚造像题记》，可做千百倍放大之观。能在小字的结构与线条中体现出大字的格局以及线条变化与质感，我想这一定是明哥对自身的严格要求。藉此，他的小字就有了大怀抱。但见佛陀趺坐，罗汉低眉，观音颔首，在赏心悦目的字里行间，分明潜藏着诸多耐人品咂的内容与意味。简而言之，李明的小字不仅让我想到唐诗宋词的瑰丽与豪迈，还让人体悟到楚辞的高致与大悲凉。更确切地说，他的字不仅让我们想起了李白和王维，还会想到老子与屈原……

作为一头“艺术的猎豹”，他在精神文化荒原上的活动半径是非常之大的，由此，猎获所得和汲取的养分自然也会特别多。譬如他缘唐楷上溯，潜心魏隋墓志，在修炼与提升谨严法度的同时，又能以小见大，对结构和用笔有了规律性和开放性的理解；譬如他把北碑的线质融入大草，由孙虔礼入二王，盘泥流连于怀素、张旭，进而借鉴徐渭、傅山的苍茫恣肆，又吸收了于右任、谢无量、白蕉、沙孟海诸大师的艺术营养，增其雅质，逐渐形成了沉雄豪迈又不失秀雅风流的个人面目。无论大字小字，行楷还是草书，赏者均可由表及里、由浅入深，耐品耐看，令人流连忘返。

李明是一个艺术上的清醒者，作为70后书家，他心中定然还有着更高远的目标。我想，写字与做人的双重品质，是他翱翔云天的两扇翅膀。我知道他还有更大的发展空间，我也乐于看到他胆子再大一些，字再粗犷一些、苍茫一些乃至“蛮横”一些，让元神之力和“无意为工而工”的散淡襟抱体现得再自如和完足一些。进而，我想他一定能够和沈鹏、张荣庆、曾来德等大家一样，从哲学和艺术观念层面，打通中西文化的“丝绸之路”，从形而上的层面对艺术进行立体的审视与关照……总之，我希望他将身心中的艺术之豹砥砺成一头高原雪豹，在拥有技艺与体魄的同时深入葳蕤高迈的幽深凛冽之地，跃入深不见底的地穴，攀上冰雪晶莹的高峰，以夸父和希绪佛斯的精神，透过具象，更多地专注于“抽象的事业”，不断提升境界，取得新的发现与收获。

俑人谢军

谢军，擅篆刻，号俑人。不知道这名号是不是朋友调侃他给起的，歪打正着，绝了。假如给谢军塑尊黄泥等身像，一准儿能在潘家园高价卖出去，太像了！或者，干脆给他穿上青灰色的方格羽绒服，蓄起两撇微髯，不苟言笑往那儿一站，也成。艺社的书友印友都说呢，咱可牛气了，收藏了一个会喘气儿的兵马俑，而且擅长制印——原版的秦权量、秦诏版。虽号俑人，其实谢军并非五大三粗的主儿（属瘦版俑），乃一帅哥也，特儒雅，讷言敏行，具君子风。我们每月在唐风艺社活动中见面，不论对谁，此君都是不笑不说话，谈书说印侃到兴头上，也是娓娓道来，让你如饮甘醇，如沐春风。谢军是一个干事认真，爽快义气的人。对艺术，扎实勤勉，孜孜以求；对朋友，肝胆相照，助人为乐。在他身上，看不到一丝老子天下第一、七个不服八个不忿的“现代”艺术家的影子，从他的言行和作品中，自然流露出一种文雅、谦和、内敛又不失内在个性与硬度的雅士之风。总之，不管论艺还是交友，谢军都是一个能够让人感到享受的人。说艺术，他手底下心里头有东西；论人品，他骨子里性情中存侠义。

谢军治印，擅朱白两道。白文印，取法汉将军印、急就章，粗犷豪放又不失温敦儒雅；朱文印，风格从黄牧甫，工稳、爽利、干净，线条光劲，如折钗股，有汉金文、铁线篆和瘦金书的营养。他的印风，是在兼糅了上述两种风格的基础上，逐渐形成了自己的特色。

印面，谢军有着明显的特点。一是不打印稿，以刀代笔。其白文印只打纸稿和腹稿，从不打印稿。如此这般，便可以放松自由，少有约束，行刀如走笔。这样也就可以从印痕里看见行云流水的线条。二是破锋飞白，凝固速度。破锋飞白入印，属于高难度动作，只能妙手偶得，不可刻意为之，但赏玩谢军的白文印，却时时能给你这样的惊喜。敢于铤而走险，有意为之，手里面得攥着金刚钻——有这个意识，手底下还得有这个功夫。三是大小皆工，大红大白。从半寸见方的小章到十厘开外的大印，我们可以看出俑人不小的气量。"盗版"古人论书之句，可言大印难于结密而无间，小章难于宽绰而有余。此般难为之事，谢军都举重若轻地做到了。印之红白之法，与书之黑白之道大抵无异，明知白守黑者，自然通留白凸红之理。敢于大红大白者，有胆；随心所欲不逾矩者，明理。我想起俄罗斯女诗人阿赫玛托娃说过，我是匠人我懂得手艺。我以为，经常自称匠人的谢军是懂得手艺的。

边款，谢军更有着独特的风格。印之边款，乃人之衣冠，花之萼叶，是艺术品不可或缺重要元件。如何让边款丰富多彩，与印石印面相得益彰，一直是篆刻家重视和追求的内容，历史上也出现过如赵之谦等边款内涵丰富的大家。时下刻边款者，以碑体楷字为多（因为碑字金石气重，笔画直劲，适合和便于刊石），行草书次之，而以篆书刻边款者，可谓凤毛麟角。原因很简单，纯篆书刻边款，极易流于呆板和做作，费力不讨好，故绝少有问津者。知不可为而为之，谢军可以说是在一条少有人走过的地方，闯出了一条属于自己的路。谢军的篆书边款，巧妙地融取汉简的洒脱、秦权量的爽劲、石门铭的苍茫，把篆书和简书的圆笔同隶书契刻的方笔自然地糅合到一起，竖刻于长方形的石面上，高古流畅，宛若微缩版的简牍，真有妙不可言的味道。他的弯，弯而不折，像拉弓，发挥到最佳弹性；他的折，刀断意连，饱含着意犹未尽的质感。从他的边款上，我们看到了胸藏锦绣，看到了无意乃佳，看到了游刃有余的娴熟刀法，甚至听到了刀锋入石那古曲般喀嚓的乐音。

在对待艺术的态度上，谢军有着率性后面的严谨。俗话说，台上三分钟，台下十年功。率性和潇洒越是到位，后面藏掖的艰辛也就会越多。且拿他不打印稿为例。以刀代笔，看似信手拈来，随意为之，其实，真正做到成字在胸又谈何容易，他在制印前充分而严谨的准备工作是常人难以想象的。首先是根据自己的感觉反复写印稿,找到基本的感觉和方向。然后是查各种字典,在比较中纠正篆法之误,沙里淘金一般寻觅新意之字和妥帖之字。最后再修改书写印稿,众里寻他千百度,直到在灯火阑珊处,目光一亮,找到“就是他”的感觉,每每谙熟于胸,然后再从胸中自然流露到刀下。一次我到他办公室取印,等着赶车回北京。看着他爱不释手地一遍一遍地钤印,像母亲面对自己刚刚出生的孩子。我也忘了赶回京的火车,哥俩兴致勃勃谈论起来,直到暮色四合时方下得楼来,奔雅士居酒肆而去。

在艺术追求的过程中,谢军有着感人的酸甜苦乐。20 年追求艺术,一路走来,坎坎坷坷,风风雨雨,都成了记忆行囊中的珍宝。他 20 世纪 80 年代末开始喜欢上了篆刻,拜天津赵海峰先生学习,始入门径。1993 年就入选全国第二届书法篆刻新人展,崭露头角。之后,随着工作生活的变化,谢军不由自主地陷入了艺术踌躇不前的徘徊期,寒来暑往,案牍孤灯,甘苦自知。这些年,他似乎没有筑起一层艺术之塔,但不为人见的基坑里打牢了坚实的桩柱;这些年,他磨亮了一柄刻刀之剑。他获得了一种难得的清醒。他在艺术的坐标中找到了自己的位置;这些年,他渐渐看淡了很多东西,也慢慢明白了很多道理:艺术其实是一株植物,任何急功近利的拔苗助长和不合时宜的移花接木,都只能费力不讨好地帮艺术追求的倒忙。只有扎实积累,集腋成裘,聚沙成塔,才能达成艺术品质从量变到质变的过程。只有水到渠成,瓜熟蒂落,才会抵达“同自然之妙有,非力运之能成”的境界。1998 年,他的作品顺利入选全国第四届书法篆刻新人展。2007 年,入选全国首届陶印展。同年被中国书法家协会吸收为会员,成为唐山唯一的“70”后国家级会员。这些年,在经过了即若即离的状态后重新找回自信和感觉之后,真似久别的恋人重新团聚,情感和境界得到一种全新的升华。

之所以啰嗦了这么多,是因为我与谢军乃知心朋友,我知道他文质彬彬的气质中其实还裹藏着很多东西,比如粗砺与坚定、包容与友善、幽默与那么一点点无厘头……他不仅仅是一个单薄与单调的融不到人群的所谓的雅士,而是一个丰富的人。所以,他肯定可以走得更远。晚上,练字微感乏累的时候,我时常吸溜着淡茗想起谢军,想象俑人是否又进入了他常常说起的艺术状态的“真空”？想象着他那小铧犁般的刻刀，是多么快乐地在方寸见天地的石田上精耕细作，那细碎的粉末的浪花也是多么惬意地在他的指边翻卷。德国大诗人里尔克在谈到罗丹的雕塑时，大致说过这样的话：石头中是有灵魂的，它不朽地沉睡在那里，它等待我们用凿子和刻刀去唤醒。愿谢军用他心爱的刻刀，在艺术的矿脉中掘进，在向广度和深度抵近的过程中，唤醒那些永恒的艺术的灵魂。

书写山水沉默的语言

高杰是近年涌现出来的颇具潜质的青年书画家，他自幼喜爱书画，先后求学于河北师范大学美术系、中国艺术研究院、中国书法院研究生课程班、中央美术学院陈平教授山水语言工作室，他诗文书画兼修，取得了令人羡慕的成绩，作为同乡挚友，我在与他的交往中受益匪浅。

2013 年夏天，我去北京通州台湖书画院看他，坐在他散发着茶香与墨香的画室，我们整整聊了一个下午。时至今日，他那天临别时送我的由岭南出版社出版的《诗意栖居——高杰书画作品集》还摆在家里的床头柜上，早晚闲暇，翻看几页，慢观细品，有了感觉就随手记在小本子上。直到把这些零星的感觉和想法梳理归纳出来，更感觉到对高杰的画有话可说且意犹未尽。

抛开他的书法和花鸟画，我想专门说说他的山水画。

从构图上看，他的山多体现立势，山是叠起来的，看似东倒西歪却是有意味、有秩序的，这些山聚集起来的是一些有哲学关系的石头。简而言之，他画的这些山是源于真山而超越真山的，这种精神之山具备了些许超现实品质。这时候的山，有一种直面而来的震慑力和冲击力，而这种艺术视觉冲击力，往往是面对真山时体会不到的。山叠起来，自然适合竖幅构图，很少的留白，让人有点透不过气，但又能透那么一点气。这时候的留白和气孔就升值了，观者的毛孔都能呼吸到那种清冽的空气。我认为，他这种构图之高级主要在于超现实，艺术创造的精神力量总是试图达成对肉眼看到的现实的超越，从而抵达一种神性与梦境，想一想,能够把一个个山头叠起罗汉,没有神力和法力哪行?总之,这种构图突破了中国山水画构图的基本范式,接通了西方现代艺术的构图思想,但又不是生硬地照搬,是一种自信而水到渠成的“拿来主义”。再者,我注意到,高杰的山水画,山的面积占得很大,有局部特写和聚焦的意味。这也是一种很高妙的想法——就是让观者和山互相对视,乃至逼视,互相看到骨髓里去,透过表象,互相看到精神世界,达成人山互参。面对着高杰以石头为主要表现对象的山水画,我想到了美国诗人史蒂文斯的诗句“岩石是灰色而独特的人的生命”“岩石是严峻而独特的空气”“岩石的夜歌,一如在生动的睡眠里”。石头是有生命的,石头是醒着的和睡着的,石头是透明和呼吸的。这时候,真的不用担心画面不透气了。敢这么画,是一种对石头的理解和对艺术的信任。

从设色上看,高杰的山水画主要有黑、白、黄三色,个中亦藏妙道幽微。黑者,墨色也。宇宙的本色也是黑色,哲学上把黑看作原色,黑是无限深邃的,黑可以蕴藏和孕育一切。可贵的是,高杰画中之“黑”是认真地一笔一笔写上去的,他的山水画不是涂出来和泼出来的。我们想一想,每一座山,每一片岩壁都是那么庄重认真地矗立在天地之间,每一块石头都是亿万年固守在自己命定的位置,甚至每一条褶皱里都隐藏着无尽的沧桑啊!这时候我们就会从内心理解高杰那一笔一笔庄重认真的笔触了,此中有禅,个中有道,更有对天地造化的敬畏之心。由于书法功底深,高杰敢于在山水画中用重线(让我想到李可染、钱松喦、陆俨少等大师),可贵的是,高杰笔下这些“严肃”的线条又是灵动的,中锋为主,间而侧锋,笔笔力到,有节奏,具韵律,见苍茫,存厚重,充满勃勃生机。可以说,每一笔都不辜负每一块石头、每一棵树、每一片云。高杰的山水画,多为雪景,其中也暗藏玄机。一方面为留白提供了契机,让山水之“水”变成雪,堆积和飘扬起来,雪霁、云岚、水面、天空,几种虚灵的元素开始了对话,整幅画面添了灵气与庄重肃穆之气。另一方面,由于请“白”入画,还极大地提升了作品的境界与格调。浓墨重线与大面积留白相互映衬,画面一下子显得极为干净,有一种凛冽的清新和“千山鸟飞绝,万径人踪灭”的境界,这时候的画面,再也无须求助于几个古人、几只飞鸟来提神了。这是一种具有时代气息的充盈的清醒，不同于倪云林和渐江的清旷寂寥。师古而不泥古，笔墨当随时代，高杰深悟此理。而赭石之黄，乃大地之色，天地玄黄之“黄”，孕育万物之“黄”。我注意到他这些赭石浅绛运用得很润，水气十足，很好地与墨线之枯劲达成了相得益彰的和解。至于那远山偶尔露出的几点靛蓝，更是需要会心感悟的灵犀一闪。这种靛蓝，在其恩师陈平先生的画作中是经常作为主角出现的。这是夜空的颜色和梦境的颜色，高杰画中的这些点睛之蓝，更可以看出他有师承又出新意的思考。

从格调上看，高杰的山水画达到了较高的境界，假若用几个词语来概括，那就是高迈、清澈、凛冽，入大道之境。笔者在几次赴青藏高原采风创作时，近距离地体验到了这种天地无言之大美。当你面对一座神山，面对那些寸草不生的岩壁，仰望那耀眼的雪峰，你看不到一个生命体，却又感觉到生命的气息无处不在，你会被一种神秘的境界所震慑，你会被一种神奇的力量吸附，面对纯净得没有一点尘埃的山水，你会不由自主地检点身心，你会在羞愧中感觉到大自然无所不包的博大与宽容……收回遐想，将目光再次聚焦高杰的画作，我还注意到了那些树木。松树都有凌冬不凋的气质和风骨，都是些有性格和不妥协的松树，都是些植物化了的君子；那些灌木分明已经做好了准备，必定会在春天绽放第一片新绿；那枫叶红得是那样耀眼，那是看似冷酷的石头向自然万物表达的杜鹃啼血般的赤子情怀。

我还在高杰的画境中看到了诗意和梦境。正如他的书画集以“诗意栖居”为名和他的系列山水画以“溪云山房说梦”为题，我确信，这些山山水水是介乎于一位画家现实与梦境之间的产物。梦想的能力是艺术家的基本能力，正如瑞典诗人特朗斯特罗姆所言：诗是幻想，是再创造，是我们醒着的梦。我真的愿意在高杰的梦境山水中常驻不走。高杰喜读书，爱思考，是有想法的书画家。我想，他的作品之所以令人反复观摩，体悟个中三昧，愈赏愈妙，究其根由，是他以笔墨在作品中流注了精神寄托，蕴含了思想学识，所以动人，所以感人。由此想到傅抱石先生论画之语：一点一画，一草一木，一山一石，都间接受学问的支配。高杰笔下之山实乃胸中之山梦中之山也，他借助手中之笔，与山水进行了默契的精神对话。

年前，高杰通过微信发来山水画新作，墨与色的气韵更为灵动自然，可以看出，他在追求个性的同时又在自觉地更深一步地理解古贤并汲取营养，这些作品，更多地在“散其怀抱”中体现出了旷达的禅意，更注意了笔画之间的呼吸与节奏关系。他的这些新变化，让我这个“粉丝”感觉到了一种新的惊喜。“振衣千仞岗，濯足万里流”，写到这里，我推开窗子，看京城的春雪正在缓缓飘落，一种艺术与精神的温暖油然而生，透过片片雪花，仿佛又看到身背画夹和行囊，顶风冒雪攀登在大山之间的高杰。以人品学养提升艺术，由自然造化参悟人生。我有足够的理由相信，高杰会以锲而不舍的精神不断攀上新的艺术高度。

一木一山总关情

羊年春月，又去北京宋庄一木（高杰）的书画工作室，见到他的山水画新作，爱不释“眼”，遂有心得。

前几年，他的山水画多体现立势，山石有叠罗汉的味道，层层叠叠，让观者有一种直面崖壁的震慑与冲击。现在，他把构图放得平缓了，显得自然和平易了不少。这种放松和放下可以看出他的审美眼光与创作心态的变化。同时，我注意到高杰在“放下”的构图中依然保持了性格与硬度——三角构图的相互楔入使得布局很结实，兼具了构图的现代性结构特质。简言之，这种构图达成了“朴而不俗”的艺术表达，让现实之山嬗变为艺术之山、思想之山。此外，他还在构图中大胆地吸收和借鉴了西方油画和版画的构图意识，画家的主观思维得到强化。此山大朴如真又亦真亦幻，味道乃出也。

更大的变化在于，在构图与用笔用墨中，他让水墨登上了主角的位置，氤氲漫漶的水墨在让画面苍茫润泽的同时，使得黑与白的相互映照更为透彻，画面的视觉张力更为强烈。那天，他忙着给画友沏茶，我则走到近前，仔细端详了他的这些画中之“黑”。的确，这些大面积的水墨是诱人的，让我想到“黑团团，墨团团，墨团团里面天地宽”这句话来。像月下观山，这些看似黑乎乎的体积中内容是非常丰富的，山峦的走向，山石的层次、肌理都能窥见端倪，让我想起美国诗人的一句诗“岩石的夜歌，一如在生动的睡眠里”。更有意思的是，这些富有油画与水彩气质的水墨蕴含了宋元以来山水画的古意，米家山水、石涛等人的淋漓恣肆且文质彬彬的表达，让人一眼便能看出了一木的襟抱与涵养。

水墨的面积大了，线条和线条之间“白”的部分自然显出了精气神。几年来，一木的线条让我看出了反复熔炼、不断提纯的轨迹。恰如古人所言的“化百炼钢为绕指柔”，他的线条似直而实曲，小曲而大直，深得刚柔互参个中三昧。在一木的山水中，线条看似朴素平常，但细品起来根根都有较高的质量，无一笔苟且。这些线是一笔一笔写出来的，饱含篆籀和章草的意趣，锥画沙，屋漏痕，雨淋墙头，比比皆是。我还注意到，一木用线“藤”意十足，墨线如“根”，这些沉实而又灵动的线条，仿佛将生硬的石头赋予了弹性。这时，山成了活泼而充满弹性的生命体，让我想到了史蒂文斯的诗句“岩石是灰色而独特的人的生命”“岩石是严峻而独特的空气”。

如前所说，在一木近期的山水画中，水墨是绝对意义上的主角。设色上，他只在山水画中是辅以浅淡的赭石，表达出“天地玄黄，宇宙洪荒”的原始之美，他将赭石浅绛运用得很润，水气十足，很好地与墨线之枯劲达成了相得益彰的和解。至于那远山偶尔露出的几点靛蓝，更是需要会心感悟的灵犀一闪。究其根由，是他以笔墨在作品中流注了精神寄托，蕴含了思想学识，所以动人和感人。由此想到傅抱石先生论画之语：一点一画，一草一木，一山一石，都间接受学问的支配。从透视角度，他对“平斜俯视”很感兴趣，让观者情不自禁地入画。而画中的人物和动物，务求拙朴与神似，既表现出了生于斯，长于斯的本真本义，又起到了提神和点睛的作用。

诗意空濛山水间

得知青年画家刘明杰为山东临沂人，虽未谋面，心里瞬间生发出一种艺术上的亲近感。因为我最敬佩的两位古代书法家王羲之、颜真卿都是琅琊（今之临沂）人氏。关于沂水，我印象最深的是《论语》中记述孔子当年问徒弟们有何理想时，曾子说，最快乐的事就是春天到来的时候，沿着沂河岸边奔跑、唱歌，到河水中沐浴……孔子听罢欣然颔首认同。

沂水是一条传统文化艺术的母亲河。我猜想，生于斯，长于斯的刘明杰和他的传统山水画，一定与之有着血缘上的必然联系。

当今画坛，由于“现代”漫无边际、无所不在的影响，传统艺术逐渐成为“珍稀物种”，就传统山水画而言更是如此。这种现象给艺术本身带来的冲击和耗损都是巨大的。东方艺术，特别是中国书画艺术，是一条千年流淌的长河，在奔腾不息的洪流中，我们不仅要看到泥沙俱下的下游，更要追溯它的源头和沿途的风景。任何艺术，找不到“来龙”，便无从把握“去脉”。寂寞的事业需要耐得住寂寞的耕耘者，刘明杰的北宗山水画给我们带来了喜悦和慰藉。

我一直认为，中国传统山水画，本质地传承了千百年来中国文人的气质与精神。在当今，它像市井生活中某一宗濒临失传的纯正手艺，令人担心和不安。任何一门真正的好手艺，其传承都是有难度的，要有师承，有扎实的基本功，有继承的能力，更要有慧根，有在传承的基础上出新的学识和本领。而“快餐文化”泛滥的今天，在艺术的道路上，大都是想随大溜走路和抄近路的人，谁还愿意和古人一样去下那等寂寞的笨功夫？在这种情况下，刘明杰的出现更让人惊喜。在我有限视阈的青年画家中，刘明杰是少见的，甚至是唯一的。继承传统要下苦功夫，是一条远离急功近利的寂寞之路。而从另一个方面看，这条远离时尚和时髦的少有人走的寂寞之路，一旦踏实地走上去，也是一条通往成功的捷径。

中国山水画的南、北宗之说，缘于明代董其昌。笔墨上，北宗墨浓重，用笔多服从于物象，遒劲方硬，南宗墨淡雅，用笔援书入画，多服从于心，柔韧圆润。设色上，北宗多为青绿，南宗多是浅绛或纯水墨。千年以降，北宗山水代表画家自李思训、李昭道、赵伯驹、赵伯骕、南宋四家（李唐、刘松年、马远、夏圭）等一脉相传，直到近现代陈少梅、溥儒、孙天牧等，其势渐微。主要原因，是20世纪初由于新文化运动以后外国艺术的影响，在“改良派”的大声疾呼和身体力行中，被冠以“迂腐”“守旧”和程式化的传统中国画遭遇了严重挫折。甚至，自此一蹶不振，再未能回归中国画坛主流位置。

其实，这个矫枉过正的过程是一个中国文化艺术相当遗憾的过程，亟须在新世纪之初百年回眸，从宏观艺术视野深刻反思其得失。在我们崇尚科学文化和“以自然造化为师”的时候，切不能忘记艺术创作是缘于生活、高于生活的。艺术的责任不是描绘一个自然的世界，而是从自然世界出发，借助艺术的“法力”，去创造一个艺术的世界。这个艺术的世界，越完整，越自足，就越具有精神和艺术的完足性。这个过程，已经从西方艺术大师自产业革命以来走出文艺复兴时期画家痴迷于透视学、解剖学的“精确藩篱”得到证实。特别是照相机、录像机出现以后，让以毕肖于物象为能事的绘画艺术大跌眼镜——画家们终于明白，绘画的目的不仅是为了描摹与乱真，而是更多的借助现实物象，去创造一个精神的象征和载体。其实，这个过程早已让擅长写意的中国古代的艺术家驾轻就熟。仅就传统山水画而言，只要我们从艺术的欣赏角度，平心静气地面对和进入，很容易发现和感觉到画面传递出的一种纯正又超脱的艺术气质，一种源于自然又高于自然的超凡脱俗、引人向上的精神吸力。可惜，自20世纪初以降，一些引领风骚的艺术家戴着“西洋眼镜”,对此产生了色盲,以它没有亦步亦趋地“师法自然”为主要理由,批判它,误解它,委屈它,时间竟然有半个多世纪……

时至今日,在我们这个以传统文化诗书画为豪的国度,一些纯正的国宝艺术,微弱的薪火显得如此可怜、可贵,那样令人忐忑和感喟。

明杰自幼喜旧好古,痴迷传统山水画,年过而立不曾游离。可以说,在艺术的原野上,他没有去东一榔头西一棒子地去浅尝辄止地挖掘,而是认准了一个地方,集中精力打出了一口深井。他美术研究生毕业后,有幸成为陈少梅弟子、北宗山水画传人孙天牧的弟子,他遵从老师“做学问要耐得住寂寞,生活要承受得住艰苦,心要静得下来,与古人对话得做到物我两忘”的教导,寒来暑往,潜心以求,逐渐找到自己的艺术方向,形成了自己的独特面目。

从构图形式和用笔上,他有意泯消了南北宗山水画的界沟,让北宗山水过于整肃的构图和“庙堂气”放松下来(如让一位官人放下了架子);以北宗峭利劲道的用笔提起了画面的精神,弥补了南宗山水过于追求自由与松弛、散漫的不足。在用心继承的基础上融进了不少自己的新想法。细赏他的画作,如清风徐来中独坐亭台,细品淡茶,余味生香。下面列出几个关键词,权作引玉之砖。

多雾之境。明杰画作,雾霭烟霞氤氲满纸,仿佛能让人呼吸到潮湿又有些许清凉的空气。中国艺术,多含蓄,以“曲”和“隐”为指归,崇尚雾里看花、水中望月、犹抱琵琶半遮面。自古至今善画山树水云者多之,善画雾者实不多见,明杰可谓心有灵犀也。这雾气烟岚之于山水画,如同舞台上的帷幔,原来也是绝妙的道具呢! 画雾与画云不同,云界高缈,有大致的形态和边界,而雾具有笼罩性和低低弥漫的动态,画中表现很不容易。他的画中大都是多雾的天气,又让人不易觉察。山朦胧,水朦胧,雾岚后面的山水是什么样子的呢? 猜度之中,美感便悄悄生发出来了。这也大概是“道”和“禅”的况味吧。

清旷之格。明杰的画中很少见人,颇有摩诘“只在此山中,云深不知处”之诗意,更入倪瓒、渐江平远凋旷之画格。他把山水画的主角真正留给了山水本身,留给了山水之间和山水之上的空濛。有人者,亦一人足矣,一叶扁舟,“寄蜉蝣于天地,渺沧海之一粟”。寂寥山水间,或一人独对一世界,或让自然万物默默交流。这是一个远离凡尘的艺术世界,只适合中国文人灵魂和思想栖居的世界。同时,也是中国画艺术独有的世界。从西画和中国画比较来看,西画多绘人,国画多状物。即使西画风景中,景物也多是为人服务的,点题和点睛的还是人。客观地说,西方文化艺术彰显了“人”主宰世界的主题(科学技术的发展和工业革命的诞生演进,均在此文化意识的指引下),也为“人”本身所局限和困惑(如人在的城市化生活物质利益满足后表现出的精神茫然等)。中国文化艺术自诞生之时起,便崇尚“天人合一”,自觉地把自然放在了第一位(即使在“修身、齐家、治国、平天下”的儒家思想占据主流意识形态的时期,仍然知道把天地神灵放于至高无上的位置)。文人墨客们在“道法自然”的共识中,都自觉地把自然当成了艺术表现的主角,人,只是自然中的一个过客。这种审美倾向在明杰的画作中相当明显。在他的笔下,无言之山似乎在思考,有声之水似乎在诉说,甚至一棵树、一竿竹、一丛兰都承载着人的精神气质。

留白之妙。计白当黑,以简胜繁,是中国艺术的发明。像书法中的知白守黑,明杰深谙留白之谛,得到恩师孙天牧先生真传。启功先生曾说:“孙先生的作品高古出尘,妙在空白处留以意,无墨处求以画,此非大家不可为也。”稍加留意就会发现,在明杰的大部分画作中,“白”都是占主体的。露出云雾的峰头片树,亦如海平面上的冰山一角,尽显含蓄之美。白,是虚空,是无限,是未知,是诱惑;白,是雾,是水,是云,是天,是地,是万有,是无涯……由此,我想到了诗行间的跳跃,千年万里,只在句词间的一点空白。无象无迹之美,茫茫然之美,乃极致之大美,近道也。在画作中辩证地看,留白愈大胆,构图的难度越大。明杰的构图也煞费苦心、独具匠心,惜墨如金的点染勾勒,有“四两拨千斤”和造险破险的起死回生,有“横看成岭侧成峰”的理性思辨,也有“行到水穷处,坐看云起时”的气格高境……他以古人“搜尽奇峰打底稿”的精神,游走于山水之间,山边湖畔,常常一住数日,在与自然山水的守望与凝视中,不断加深对自然与生命本质中的“虚空”的理解与参悟。描述明杰独对山水凝视与思考的肖像,我忽然想到了诗人华兹华斯的话:一种精灵在驱潜一切深思者和一切思想对象,并在一切事物中运旋。

练线之功。中国画的看家本领是线条。明杰笔下的一木一石一舟一草,每一笔都是有生命的,有呼吸的。一根墨线,没有十年八年功夫是过不了关、入不了门的。这也是以用线为主的传统山水画习者寥寥的主要原因。山水画者,必精书法,通诗词,又难住了不少人。真正进入化境的线条,如张大千、傅抱石、陈少梅等前贤,笔下的墨线如度人的金针,能够穿透愚钝蒙尘的心灵,透进造化的灵犀之光。林风眠先生说:"线条是画的灵魂,我已经画了几十年线条了,终于熟练了,也只有在这种速度下,技巧才能表达思想。"诚哉斯言。我们从刘明杰的题画诗和落款的清秀俊朗的行楷书,可以看出他不俗的书法诗词功底。书画同源,善书者必善用线,来源于书法的线条才是有源之水,有本之木,来源于书法的线条才是蕴含了思想和内容的线条。

淡色之味。明杰画作,多设色浅淡或不着色。他有意吸取了南宗山水画清淡、湿润的特点,以"山水如美人,粉黛略施之"的审美契合了清旷淡泊的情境,与画面的空灵、虚白相得益彰,让构图、线条、色彩达成了高度自觉的和谐与默契。无论青绿还是浅绛,他自觉地将色彩派遣为配角,不仅不会影响墨色,而是把线条烘托得更有神采,在突出主角的时候,配角也出了戏。纯水墨,借助墨分五色表现主题,吝用积墨和泼墨之法,多采用干净利落的一次性用笔,悄然具备了艺术行为上的现代性。这有点像风景摄影大师的黑白反转片,气质、境界、情调跃然纸上,彰显出"繁华落尽见真淳"的艺术指归。我还注意到,明杰画作虽多清虚空渺,但静静面对会发现其"有声有色"的韵致和节奏。上乘画作,不仅是线条、色彩、思想,更应当让人体会到节奏,听到乐音,譬如溪流的歌唱、仕女的惋叹、林涛的喧哗……明杰的画作,会让我们静静打开诗意的耳朵,听见沙沙的细雨、扁舟的欸乃和浓雾中的树叶上音符一样砰然坠落的露滴……可贵的是,他笔下这些渐远渐淡的我们前世似曾相识的梦中山水,如今在全球工业化的浪潮中,已经在自然世界中所剩无几。这种失落之美,揪心之美,以及由此引发的反思与警醒,或许是古典山水画真正的和更广泛的现实意义所在。

我一直笃信,真正的艺术是天才的事业——即艺术家先天的身心中必须具有一个潜在的矿藏。如果没有，再勤奋的挖掘亦属徒劳。这也是社会人群中真正的艺术家寥若晨星之必然所在。明杰具灵慧，宗古人，有师承，诗情画意，跃然纸上，令人在怅然咏叹之余生发感怀与振奋。我相信，有出息的画家会有意抗拒过早地定型。他的路还长，像一棵长势好的秧苗，懂得通过时日和节气之后自然地成熟。

神牛游天自逍遥

在京观看“80后”青年画家刘鸣谦的新材料绘画展，感慨之余，很自然地想起“雏凤清于老凤声”和“初生牛犊不怕虎”的古语。我甚至想，先人之语定然不尽是对新人的鼓励与嘉许，更揭示出“长江后浪推前浪”和“一代更比一代强”的自然规律。青年艺术家共有的艺术特征，除了对传统的汲取与继承，更多地体现在艺术观念的包容、艺术视野的开阔和艺术手段的创新。这一点，在刘鸣谦的新材料绘画中得到了充分的印证。新材料绘画，顾名思义，主要就是在绘画材料的运用上具有新的尝试和探索，不同于平常所见之油画、国画、版画等。所采用的绘画材料，是炳稀、石膏、树脂的综合体，其效果兼具了油画、版画、工笔画乃至浮雕的特征，给人较强的艺术冲击力与感染力。

从渊源与内涵上，刘鸣谦的画作灵感之源主要来自古岩画，其文化根脉在深深植入岩石、大地的同时也深深植入了历史。那些活泼灵动的符号介乎于原始图腾与原始文字之间，古人狩猎耕作和舞蹈祭祀等生活场景、动物奔跑、图腾崇拜、神话传说等等，都历历在目，让人在无边的遐思中一下子就会想到中国文化的源头，闻到祖先刀耕火种的生活气息。这样一来，他的艺术追求就成了有本之木和有源之水。因为无论什么艺术方式，只有接通了传统的“来龙”，才会找到现代探索的“去脉”，只有打开通往过去的巷道，才会找到指向未来的罗盘，只有把艺术之根深深扎进传统的土壤，才会接通不竭的地气，艺术之树才会获得旺盛的生命力，根深叶茂。另一方面，他画中的意象以线描为主，且多为细线。仔细品味，这些细线并不显得纤弱无力，有质地，隐含着沧桑感，如书法线条中的“屋漏痕”“折钗股”，充满了朴素的内容。毋庸讳言，更多的年轻画家迷恋于形式与色彩，深悟线条实质内涵者并不多见，所以，我为刘鸣谦感到由衷高兴。

从内容与形式上，刘鸣谦的画作洋溢着现代性，有思想气息。艺术追求有渊源，有古味，同时又无颓朽陈腐之气。他的画，主题以体现自然和人与自然的关系为主，形式与内容是自由而丰富的。神牛，是他画作中的一个主意象，其来源仍然是古岩画上的图案，神采亦由此发萌。我们注意到，古岩画中出现最多的动物符号就是牛，其次是鹿、野猪等等，这里面定然有其必然性。想来也无外乎在劳动与生活中牛与人类的亲密关系所使然。然而，鸣谦笔下的神牛之所以“神”，之所以让人眼前一亮，是因为此牛非彼牛，这神牛既不是胎息于宋人的《五牛图》，也不是毕加索笔下的野牛，更不是李可染先生画中的水牛，这神牛的骨骼和肌肉都是由电线、灯泡、电子元器件等现代元素组成的，我暂且称其为“电子牛”“卡通牛”。如果说对现代社会具有深刻的介入能力与象征意味，能够体现其艺术思考的话，那么以艺术想象力跨越千年时空，将古典的岩画与现代的科技意象能够妥帖地融为一体，就更能洞察画家的思考、技艺与匠心了。只要会心凝神，我们就会发现这些现代意象进入画作时，变得有血有肉，具有了丰沛的情感，纷纷接通了艺术的讯号，传导着灵感的电流。在刘鸣谦的画布上，古典与现代和谐相处，达成了难得的默契。笔者认为，这是他艺术探索中最成功的亮点。

绘画中，（特别是源于中国传统的绘画）如果把线条看成骨骼，那么色彩就自然成为血肉，二者相辅相成，相得益彰，构成艺术的基本元素。刘鸣谦画作中的色彩，斑斓而协调，新鲜而洋溢着古意，虽然画作装饰感很强，却无丝毫的艳俗和脂粉气。他的画背景多为黑色，体现出深邃无边的哲学意味。是的，宇宙无边的底色就是黑色的，灵魂的底色也是黑色的，时间与空间的本质也是黑的（身处太阳系的我们常常被这宇宙中微小的光芒所局限），艺术世界无边的旷野、星空与深渊也是黑的……黑，可以包容一切，孕育一切，具有无限的可能性。黑中的光亮如神灵之光，最为醒目，最令人感动，也最给人惊喜与希望。一切种子（包括思想和灵感的种子）都无一例外地在黑暗中萌芽。此外，驼黄、深绿是另外两个重要色调，我理解，驼黄代表孕育生命的无边厚土，深绿代表着沉甸甸的希望和蓬勃的生机与活力。还有他运用磨、划、刮等丰富技法在画面上留下的“白”，更若诗眼般灵犀一闪，让观众看到了厚重世界之外的神奇之光。再从色彩的角度上把视线聚焦在他笔下的神牛，将那巨大的身体在视线中放大，我们会看到一片色彩的天空，绚丽的云团祥和地荡漾，引人思索与遐想，这些个性鲜明又能够和谐相处的色彩，无声诠释着画家对色彩的深刻理解与透彻表达。

从抽象性与朦胧感上看，刘鸣谦的画都有着追溯远古和抵达梦境的艺术指向。这些只可意会不可言传的感觉，尤为美妙。期待着这位青年画家的“神牛星座”更加神秘绚烂，给画坛带来更多的新奇与惊喜。

一石一卉总关情

雨石清荷，两个名字，一刚一柔，意境萌生。

长期以来，奇石是中国书画家的至爱，人们总能从司空见惯的石头中，发现它们夸张、怪诞和富于变化乃至以丑为美的美学特征，从中得到美的享受与启迪。雨石笔下之石，如云若水，婀娜曼妙，古人云“石不能言最可人”，一个美妙的“可”字，似可在其中下窥见端倪。在他笔下，看似生硬的石头葆有了柔软、灵透的品性。面对石中的云朵与河流，面对石中的万千景象，显然，雨石早已经不满足于“丑、漏、瘦、透”的意象表达。归结起来，他笔下之石，作为画作中的主角，是有气格的石头、有文化的石头和谦卑的石头。我想，雨石笔下和心中之石，看似清雅柔婉，内里却藏蕴着金刚之气，而且这些“金刚”还似乎在酝酿着什么，说不定啥时候石破天惊，蹦出个齐天大圣来。

一花一世界，一叶一菩提。我们不妨想一想，在一个古老的春天，漫天青绿，地球上第一朵红花的绽放是一个多么伟大的事件，她需要多大的勇气和想象力！花朵后面才有果实，果实后面才有生灵的衍生……所以，画家笔下的花卉绝不是小情调和小事情。所以，我们总是隐约觉得宋人笔下的花朵不仅仅是花朵……如来拈花，迦叶微笑。一个“拈”字，只可意会，难以言传。而拈笔的清荷，逸笔草草，每见禅意。她笔下的花卉，如仙女飞天之姿，洛神出水之容，缱绻婉约之余，可见春风化雨、云卷云舒的自然之美。看她的画，很容易想到《宋词》和《诗经》。微凉,叶蕊上有古代的薄霜……

一石一卉,关乎情性。节奏不断加快的当下生活,谁都需要学习石头的镇定自若,谁都需要一片精神的旷野,让心灵之花安静地绽放。

散其怀抱夏都湾

京北延庆夏都湾者，远山、近水、环树，乃宜居之福地也。友约偶至，身心怡然，有佳感而难尽言。于此，自然、居所与心灵达成了含蓄的默契；于此，有灵感自然发乎于心，有情韵由心感乎于笔，于是，笔墨丹青可浇胸中之块垒，信手而为乃见真我性情。玉兰有约，我写我心，我画我意，书画同道，铺毫运腕，相唱相和，何其快哉！

扇者，散也。此“散”非散漫之散，亦非松散之散，乃散其怀抱之散也。东汉蔡邕《笔诀》有云：“书者，散也。欲书先散怀抱，任情恣性，然后书之……”再者，君子执扇，扇动风生，清风入怀，胸襟自开。

在空调普及、电扇罕见的当下，一把纸扇，手中把玩，上墙一观，更多地成了审美与精神的象征。我在夏都湾一边沉思，一边眺望苍翠的风景，一边呼吸甘润的空气，一边饮下清冽的甘泉。如果说风景也可以折叠和把握，那扇面上的折痕就是登山的石阶，那驱动开合的小小轴心就在自己的手上。夏都湾静谧的夜晚，我更深地感知了今生所痴所爱：那就是与同道并肩挽手，向着艺术的高处一步一个脚印，沉稳而潇洒地不倦前行。

后 记

积攒了多年的关于书画方面的文章能够汇集出版，高兴之余，也是自己当初没有想到的。学生时代开始喜欢诗书画，想想这么多年过得真快，现在不少前辈还把我当年轻人，自己想想却已是一个 30 多年的资深爱好者了。

这么多年，除了爱好运动之外，作诗、写字、画画，有空就动动笔，好像业余时间还真没有干啥别的事。回顾来路，心中涌现的更多是感恩。我天资愚钝，自小是个“左撇子”，字写得像蜘蛛爬，上中学时在美术班上画山水不敢题款。脸红，暗下决心把字写好……这么多年一晃而过，稍稍心安的是时光未曾挥霍，爱好未曾“跑题”。命运对我更是眷顾有加，让一个挺笨的人有了这么多好朋友、这么宽阔的平台、这么多的机遇……

这本书中除了自己习字的自言自语和痴人说梦，就是对尊敬和喜爱的书画家和师长、朋友的学习心得式的文章。不管这些文章有没有说到点子上，我是用了心的，字里行间也记录了很多珍贵的友情。

感谢中国书法家协会理事、中国铁路文联主席兼秘书长、中国铁路书法家协会主席王勇平先生饱含深情的序言，我会把他笔下代表着很多帮助和扶掖我成长的人们真挚的信任与鼓励，转化为检点和鞭策自己前行的动力。感谢梁彬先生和黄丽荣女士帮助核校书稿，感谢未能一一道及姓名的师友对本书出版给予的无私帮助。